Mirando na Lua

ALEXANDRIA BELLEFLEUR

Mirando na Lua

Tradução:
Alda Lima

Rio de Janeiro, 2023

Título original: HANG THE MOON
Copyright © 2021 by Alexandria Bellefleur

Todos os direitos desta publicação são reservados à Editora HR Ltda. Nenhuma parte desta obra pode ser apropriada e estocada em sistema de banco de dados ou processo similar, em qualquer forma ou meio, seja eletrônico, de fotocópia, gravação etc., sem a permissão dos detentores do copyright.

Todos os personagens neste livro são fictícios. Qualquer semelhança com pessoas vivas ou mortas é mera coincidência.

Edição: *Julia Barreto e Chiara Provenza*
Assistência editorial: *Marcela Sayuri*
Copidesque: *Marina Góes*
Revisão: *Ingrid Romão e Natália Mori*
Design de capa: *Ashley Caswell*
Ilustração de capa: *Elizaveta Rusalskaya*
Adaptação de capa: *Maria Cecilia Lobo*
Diagramação: *Abreu's System*

Publisher: *Samuel Coto*
Editora-executiva: *Alice Mello*

Contatos: Rua da Quitanda, 86, sala 218 — Centro — 20091-005
Rio de Janeiro — RJ
Tel.: (21) 3175-1030

CIP-Brasil. Catalogação na Publicação
Sindicato Nacional dos Editores de Livros, RJ

B383m

Bellefleur, Alexandria
  Mirando na lua / Alexandria Bellefleur ; tradução Alda Lima. – 1. ed. – Rio de Janeiro : Harlequin, 2023.
  384 p. ; 21 cm.

  Tradução de: Hang the moon
  ISBN 978-65-5970-288-6

  1. Romance americano. I. Lima, Alda. II. Título.

23-84746

CDD: 813
CDU: 82-31(73)

Meri Gleice Rodrigues de Souza – Bibliotecária – CRB-7/6439

Capítulo um

De acordo com seu signo, qual hit de verão você seria?
Áries — "Cruel Summer", Taylor Swift
Touro — "Summertime", George Gershwin
Gêmeos — "Summer Lovin", John Travolta e Olivia Newton-John
Câncer — "Summertime Sadness", Lana Del Rey
Leão — "Hot Girl Summer", Megan Thee Stallion
Virgem — "Summer Games", Drake
Libra — "Cool for the Summer", Demi Lovato
Escorpião — "This Summer's Gonna Hurt Like a Motherfucker", Maroon 5
Sagitário — "Summer of '69", Bryan Adams
Capricórnio — "The Boys of Summer", Don Henley
Aquário — "Summer Girls", LFO
Peixes — "Summer Love", Justin Timberlake

Sexta-feira, 28 de maio

Annie quase chorou de alegria. Havia um Starbucks, o Santo Graal do café, a um passo do portão D2. Alguma coisa fria, cremosa e, acima de tudo, cafeinada era exatamente o que ela desejava depois de um dia de aviões, trens e carros.

Puxando a bagagem de mão com a rodinha quebrada, Annie entrou na fila e começou a procurar a carteira dentro do caos que era sua bolsa. Seus dedos tocaram a borda amassada do cartão de embarque e a embalagem da barrinha de proteína que ela havia comprado antes de correr para pegar a conexão em Atlanta. A embalagem dizia que o sabor era de bolo, mas tinha gosto de terra e tristeza. Cinco dólares jogados no lixo.

Annie encontrou a carteira bem a tempo de se aproximar do balcão, onde uma barista atraente com cabelos lilás e uma orelha cheia de joias prateadas sorriu para ela, já de caneta na mão.

— Oi. Pode me ver o maior *latte* gelado de canela, por favor?

A barista sorriu, revelando um vislumbre intrigante de metal prata na língua.

— Qual o nome devo colocar no pedido?

— Annie.

Ela inseriu o cartão de crédito no leitor e esperou o apito antes de guardá-lo de volta na carteira.

— Está na cidade a trabalho ou lazer? — perguntou a barista, entregando o recibo a Annie. — Ou você é daqui?

Se Annie ganhasse um dólar toda vez que alguém fazia essa pergunta, já estaria podre de rica. Graças ao seu trabalho na Brockman & Brady S.A., uma empresa de consultoria de recursos humanos especializada em fusões e aquisições internacionais, ela viajava trinta semanas por ano. Mas não era por isso que ela estava em Seattle.

— Vim ver minha melhor amiga.

Se ela não visitasse Darcy agora, quem sabe quando haveria outra chance? Afinal, Annie tinha aceitado uma promoção como diretora-executiva da nova filial da Brockman & Brady em Londres e, em pouco mais de um mês, estaria se mudando para lá — *permanentemente*. Com um oceano e a imensidão dos Estados Unidos separando as duas, ela não sabia quando poderia estar com a melhor amiga de novo.

— Bem, espero que aproveite a estadia, então — disse a barista, com uma piscadinha ao entregar o recibo.

Annie sentiu aquela sensação boa do rosto ficando quente e enfiou a notinha e a carteira de volta no abismo preto da bolsa antes de ir até o bar. Ela ajustou a camisa de botão por dentro da calça, alisando os amassados resultantes de oito horas sentada em um banco apertado na janela, e pegou o celular do bolso de trás do jeans.

Apertou *ligar* e encaixou o aparelho entre o ombro e a orelha, sorrindo quando Darcy atendeu no segundo toque.

— Annie?

— *Adivinha onde eu esto-ou?* — cantarolou Annie, deslizando para o lado para abrir espaço na bancada.

— Hummm... Istambul?

O aparelho escapou do pescoço, e Annie esticou a mão para salvar o telefone antes que caísse no chão de ladrilhos. A tela já tinha uma rachadura de tamanho considerável, uma fina teia de aranha inutilizando completamente o canto inferior esquerdo, por mais que apertasse ou deslizasse o dedo ali.

— Por que eu estaria em Istambul?

Darcy bufou.

— Você me pediu para chutar, eu chutei.

Annie fez sua melhor imitação de uma buzina, e o cara ao lado a olhou de um jeito engraçado.

— Errou! De novo.

Atrás do balcão, a barista de cabelos lilás entregou o *latte* para Annie com mais uma piscadinha. Annie murmurou "obrigada" e pegou a bebida, tomando um gole enquanto Darcy refletia sobre a resposta. O leite estava doce, mas não o suficiente para superar a dose extra de expresso. Annie fez cara feia e abriu a tampa de plástico com o polegar antes de pegar um pacotinho de açúcar do bar. Ela despejou o conteúdo inteiro no copo e mexeu a bebida rapidamente com o canudo para dissolver os grânulos.

— Hemisfério Norte?
— Roubar não vale.

Darcy bufou baixinho.

— Qual é. Pelo menos me diz se estou no continente certo.
— Você quer saber se eu estou na Ásia ou na Europa? Pode ser qualquer uma das duas, sabe?

Ela teve 99% de certeza de que Darcy a chamou de sabichona por trás de uma tosse maldisfarçada.

— *Annie*.
— Eu não estou na Ásia nem na Europa. Pronto.
— Você está em casa?

Casa. Se Darcy se referia ao apartamento de Annie na Filadélfia, onde ela quase nunca ia, a resposta era um sonoro *não*. Não que a Filadélfia fosse muito um lar para ela ultimamente.

— Não estou na Filadélfia. Estou no Starbucks.
— Nossa, realmente ajudou muito.

E Darcy achava que *Annie* era a sabichona. Ela revirou os olhos.

— Eu diria em qual unidade, mas não sei se ajudaria. Ainda estou no aeroporto.

Com um timing perfeito, uma voz anunciou pelo alto-falante: "Voo dois vinte e três de SeaTac para Portland".

Annie sorriu com o som abafado que Darcy fez.

— Você está em *Seattle*?
— Surpresa!
— Eu... Quer dizer... Você está aqui. Meu Deus, Annie. *Por quê*?

Annie se encolheu.

— Ué, Darce, e por acaso precisa de um motivo além de eu querer visitar minha melhor amiga? Uma melhor amiga que não vejo há... — Annie fez as contas rapidamente e se encolheu ainda mais. — Mais de um ano?

Era o maior tempo que as duas ficavam sem se ver desde que se tornaram melhores amigas, na quinta série.

— Não, não, claro que não. Eu só queria que você tivesse me avisado...

Annie manobrou sua bebida, mala de mão, bolsa e celular enquanto se afastava, abrindo espaço para os clientes que ainda aguardavam seus pedidos.

— Mas isso tiraria toda a graça da surpresa.

Darcy suspirou alto, sua respiração chiando como estática do outro lado da linha.

— Certo. Annie...

Darcy não parecia tão animada quanto ela.

Annie colocou a bebida de lado para segurar melhor o celular.

— Que foi?

— É que não estou em Seattle. Estou no Canadá. De férias.

Annie espalmou o rosto com a mão agora livre.

— Você? De férias? — repetiu Annie, soltando uma risada. — Vou cair para trás.

Que bom que Darcy havia encontrado algum equilíbrio entre vida profissional e pessoal. Antes tarde do que nunca, né? Mas tinha que ser *naquele* momento? Que timing péssimo.

— Ha-ha — riu Darcy com ironia antes de pigarrear. — Estou em Vancouver. *Elle* e eu estamos em Vancouver.

Ah, *Elle*. De repente, tudo fez sentido. Só mesmo a nova namorada de Darcy — ainda contava como "nova" se estavam juntas havia mais de seis meses? — para convencê-la a largar o trabalho e tirar férias mais que necessárias.

Annie sorriu. Depois de um milhão de mensagens e telefonemas, ela estava ansiosa para finalmente conhecer a garota que tinha deixado sua melhor amiga totalmente apaixonada. Ou *tinha estado*. No passado. O sorriso de Annie vacilou, mas ela reuniu um entusiasmo quase sincero.

— Que legal! Já estava na hora de você tirar férias.

Tão sincero que Darcy prontamente sacou.

— Poxa, Annie, eu queria que você tivesse me avisado que vinha, eu teria...

— Teria o quê? Cancelado seus planos? Ah, para. Não tem problema.

E não tinha mesmo, de verdade. Ela daria um jeito. Era só encontrar um hotel e explorar Seattle por conta própria até Darcy voltar. A essa altura, ela já era especialista em conhecer cidades sozinha.

— Chegamos ontem à noite para um fim de semana prolongado por causa do Memorial Day.* — Depois de uma pausa, Darcy continuou: — Mas podemos voltar antes se você...

— Não, não. — Annie balançou a cabeça, embora Darcy não pudesse ver. — Nem pensar.

— Mas, amiga, eu...

— Pode parar. — Ela riu. — Eu vou ficar bem, já sou bem grandinha. Posso ficar alguns dias sozinha em uma cidade.

— Quanto tempo você vai ficar?

Annie girou a proteção de papelão do copo.

— Um pouco mais de duas semanas. Volto para a Filadélfia na manhã do dia treze. Ou seja, alguns dias perdidos não serão nada no contexto geral.

— Duas semanas? Que férias longas.

---

* Feriado dos EUA na última segunda-feira de maio, para celebrar as pessoas que morreram enquanto serviam as Forças Armadas. (N.E.)

Abortar, abortar.

— Algumas pessoas *usam* todos os dias das férias pagas — brincou Annie.

— Tem certeza que não quer que a gente volte antes? — insistiu Darcy, ignorando completamente a piada de Annie. — Porque a gente pode. Elle está aqui concordando. É só dizer que sim e pegamos a estrada amanhã bem cedo.

Sim. Annie fechou os olhos.

— De jeito nenhum. Eu vou ficar superchateada se fizerem isso. Sério. Vou colocar seu papel higiênico do lado contrário o tempo todo que estiver aqui. E vou deixar, tipo, um centímetro de suco na caixa e guardar de volta na geladeira. Eu sei que você odeia quando faço isso.

— *Annie.*

— *Darcy* — disse ela, imitando o tom de voz da amiga. — Vai se divertir com a Elle aí por Vancouver, ok? A gente se vê na...

— Segunda à noite.

— Segunda à noite. Agora preciso ir. Minha bagagem já deve estar na esteira.

— Não, não, espera! Onde você vai ficar?

Ela esperava dormir na casa da Darcy, mas aquela ideia tinha ido para o brejo.

— Vou encontrar algum lugar, não se preocupe.

Darcy soltou um grunhido baixinho.

— Que "não se preocupe" o quê. Deixa de ser ridícula. Fica lá em casa. Você tem meu endereço, não tem?

— Tenho, mas não tenho a chave.

— Não se preocupa. Pega um táxi ou um Uber que eu cuido do resto.

☾

— Com licença! — A porta do escritório de Brendon Lowell se abriu silenciosamente. Katie, chefe de relações públicas e comunicações do One True Pairing,* passou a cabeça para dentro da sala. — Você tem um minutinho?

Brendon se esforçou para fechar "Os Dez Pedidos de Casamento Mais Românticos de Todos os Tempos" no YouTube, fungou forte e gesticulou para Katie entrar.

— Para você? Sempre.

— Tudo bem? Você parece que andou... — Ela apontou para o rosto de Brendon. — Chorando?

Do lado de fora da janela, um amieiro gigante despejava sua carga de pólen, polvilhando a calçada de amarelo.

— Alergia. O índice de pólen está nas alturas — disfarçou ele.

Katie torceu o nariz.

— Você estava vendo aqueles vídeos cafonas de novo, não estava?

Brendon cogitou mentir por uma fração de segundo, mas desistiu.

— Pego no flagra.

— *Certo*. Que bom que está sentado e cheio de dopamina, então.

Katie trazia seu inseparável tablet junto ao peito. O coração de Brendon disparou. Ela ficou olhando para ele sem piscar por um momento perturbador e depois revirou os olhos até o teto.

— Estou brincando. Relaxa, senão vai acabar estourando alguma veia. — Ela entrou totalmente na sala, fechando a porta atrás de si. — Fica calmo, ok? É que saiu o resultado do estudo anual sobre intimidade e relacionamentos. Aquele que você pediu para ver assim que fosse publicado?

---

* OTP, ou One True Pairing, é uma gíria frequentemente usada em *fandoms* para se referir a personagens que, na opinião do fã, formam o casal perfeito. (N.E.)

— Nossa, valeu pelo ataque cardíaco — disse ele, colocando a mão no peito. — Eu devia te acusar de insubordinação.

Ela inclinou a cabeça.

— Oi? Acho que isso não está no manual de regras do funcionário. Eu lembro de um "não colocar ninguém para baixo nem instigar guerras de fandoms", mas insubordinação? Acho que não.

A cultura corporativa no OTP estava menos para *corporativa* e mais para uma mistura de todos os truísmos nos quais Brendon acreditava: não seja um babaca, ouça o líder da guilda, e a única maneira de fracassar é não tentar.

Ele olhou para o tablet nas mãos de Katie, que batia com as unhas laranja na capa protetora preta.

— Você já leu?

Uma vez por ano, o Dew Research Center compilava suas mais recentes descobertas sobre a impressão do público em relação a intimidade e relacionamentos na era digital. Nenhum aplicativo era mencionado, mas as tendências eram esclarecedoras e ajudavam o OTP a entender melhor seu público-alvo, além de suas maiores dores e a pressão que acompanhava os namoros on-line.

Katie passou o tablet para ele.

— Já. Em grande parte, é o que esperávamos dos dois anos anteriores. O mercado inteiro está vendo uma desaceleração no crescimento de novos usuários, não é só com a gente.

Ele acomodou o tablet nas mãos.

— Visão geral?

Katie pegou a bola antiestresse com uma carinha sorridente que ficava sobre a mesa de Brendon e deu um bom aperto. Depois, emitiu uma série de *hmms* e *mehs*, parecendo um piano desafinado, e deu de ombros.

Não parecia um bom sinal.

Brendon folheou a seção de introdução sobre metodologia e práticas de pesquisa, descendo com o indicador até chegar à seção intitulada "Perspectivas e experiências".

Aproximadamente metade dos usuários que usaram um ou mais aplicativos de namoro relatou que a experiência os deixara *mais frustrados*, em vez de esperançosos. Quarenta por cento relataram que a experiência os deixara *mais* pessimistas do que otimistas, e outros quase quarenta por cento relataram não sentir nenhum dos dois.

Já espantosos trinta por cento expressaram que os aplicativos de relacionamento tornaram os namoros impessoais e não românticos.

Não românticos?

Meh era pouco.

Katie suspirou e deixou a bola antiestresse de lado.

— Eu sei. Algumas coisas estão longe do ideal, mas não se esqueça: nada disso é sobre algum aplicativo em específico. Segundo a nossa última pesquisa interna, mais da metade dos nossos usuários relataram altos níveis de satisfação, e isso foi *antes* das atualizações do último trimestre. Nós *dominamos* o mercado de usuários da Geração Z e millennials mais jovens, e usuários de outros aplicativos que resolvem migrar têm maior probabilidade de migrar para o OTP. Vamos focar nisso e ser feliz. Essa pesquisa? É irrelevante. Vamos fingir que ela nunca existiu. Você não viu nada.

Falar era fácil, mas quase um terço dos entrevistados acreditava que os aplicativos de namoro acabaram com o romance — enquanto o OTP, na verdade, estava tentando *revivê-lo*. Não que Brendon acreditasse que o romance estava morto, para começo de conversa.

A pesquisa não era pessoal. Não era um golpe contra ele ou a empresa, mas sim uma questão de princípio. Toda a razão de ser do OTP, o modelo ao qual Brendon se apegava sem hesitar, era que todo mundo tinha uma pessoa perfeita. Não uma pessoa que fosse perfeita em si, mas perfeita para alguém. Como peças de quebra-cabeça que se encaixavam perfeitamente. O OTP prometia ajudar os usuários a encontrar essa pessoa.

Era desanimador ver que tanta gente não acreditava mais naquilo.

Ele sorriu com desânimo, tendo passado de animado a amuado em menos de cinco minutos.

— Pode me mandar isso por e-mail?

— Como se já não estivesse na sua caixa de entrada. — Katie revirou os olhos, pegou o tablet e bloqueou a tela. — Achei que você gostaria de estudar os dados.

Está mais para agonizar com os dados.

— Você me conhece tão bem — brincou ele.

— É quase como se eu tivesse trabalhado com você nos últimos cinco anos, não é mesmo? — devolveu ela, se levantando e ajeitando a barra da camiseta da Capitã Marvel na cintura da saia lápis. — Você vai sair com a gente mais tarde, né? Frozen de rum por seis dólares?

Ele balançou a cabeça.

— Não posso. Fica para a próxima?

Katie fez beicinho.

— Já saquei. O chefe é *cool* demais para sair com a plebe.

— Ah, me poupe. Vocês só querem que eu vá para pagar a primeira rodada.

Katie abriu um sorriso e foi até a porta.

— Ops, pega no flagra... Te vejo na segunda, então?

— Terça. Tem feriado, lembra? Você e Jian não têm planos? — Na semana seguinte, após dois anos de namoro, Katie e Jian, vice-presidente sênior de análises do OTP, se casariam. O escritório todo tinha sido convidado e o casório fora assunto por semanas. Casamentos e finais felizes eram importantes no OTP. — Despedidas de solteiro e de solteira? Chá de panela?

Katie bufou.

— Bem, se você se refere a dormir o máximo possível antes que a minha família chegue na cidade e me faça esquecer o que significa a palavra *descanso*, então sim. *Grandes* planos.

Ela sorriu, saiu da sala e fechou a porta.

Cinco minutos depois, ele recebeu uma mensagem de Margot, amiga e meio que parceira de negócios de Brendon.

> **MARGOT (16:35):** Katie disse que você vai furar! Tá de sacanagem?
> **MARGOT (16:36):** Ela mencionou happy hour e frozen de rum por 6 dólares?

Margot e a namorada da irmã dele, Elle, eram as responsáveis pelo Ah Meus Céus, uma conta de astrologia nas redes sociais que havia viralizado. Em dezembro, Brendon convidara as duas para prestar consultoria ao OTP a fim de incorporarem a compatibilidade astrológica ao algoritmo de correspondência do aplicativo. Brendon também unira Elle e a irmã dele, Darcy, e ficara amigo de Margot como resultado.

> **BRENDON (16:37):** Tenho um encontro hoje à noite.
> **MARGOT (16:39):** Claro que você tem. Qual é o nome dessa mesmo? Tiffany? Diana? Susan? Estou começando a confundir. São tantas...

Affe.

Não tinha nada de errado com as garotas que Margot mencionara, só que no terceiro encontro ele já não conseguia

imaginar um futuro com nenhuma. Havia uma desconexão, faltava algo crítico — não por culpa delas e, com sorte, nem dele.
Faltavam fogos de artifício.
Aquela química inegável, irrefutável, de tirar o fôlego. Não amor à primeira vista — Brendon não era ingênuo —, nem somente atração física, mas uma faísca, uma chama capaz de se transformar em algo único, aquele tipo de amor digno de uma homenagem nos créditos finais do tipo: "Obrigado por escrever o roteiro, Nora Ephron", que o marido dela fazia em cada filme que produziam juntos. Havia muitos peixes no mar, e Brendon não pararia de procurar até encontrar *o peixe certo*, um Harry em busca de sua Sally. Ao contrário dos trinta por cento dos usuários de aplicativos de namoro pesquisados, ele ainda acreditava que o romance estava vivo, firme e forte.

BRENDON (16:41): O nome dela é Danielle.
MARGOT (16:43): Bom, divirta-se com a Danielle.
MARGOT (16:43): Boa sorte?
MARGOT (16:44): Merda? Uhm, esse só vale no teatro né?
MARGOT (16:44): Que a sorte esteja sempre a seu favor? Não sei bem se serve aqui.

Brendon revirou os olhos, desligando o monitor. Ele ia encontrar Danielle às seis, mas o trânsito a essa hora, na véspera de um fim de semana prolongado, certamente seria uma dor de cabeça.
As notas de abertura do tema de *Além da imaginação* ecoaram na sala e iluminaram a tela do celular que ele estava segurando.
— Oi, Darcy. Como estão as coisas aí em Vancouver?

— Você está no viva-voz — respondeu ela, o som levemente abafado. — E Vancouver é legal. Tipo Seattle, só que mais limpo ainda.

Óbvio que era com isso que Darcy se importava.

— E aí, Brendon! — exclamou Elle.

Ele trocou o aparelho da mão esquerda para a direita e puxou o colarinho, afrouxando o botão superior.

— Oi, Elle, tudo bem?

— Você não está ocupado, está? — perguntou Darcy.

Brendon olhou para o relógio e franziu a testa.

— O que foi?

— Preciso de um favor.

Ele endireitou as costas.

— Está tudo bem?

— Tecnicamente, sim. Preciso que você vá até minha casa e deixe minhas chaves.

— Deixar com quem?

Darcy estava com Elle, e a única outra pessoa que Brendon poderia imaginar precisando entrar no apartamento da irmã tão em cima da hora era ele mesmo.

— Annie.

O braço dele escorregou da borda da mesa, o cotovelo rolando sobre o nervo ulnar. Um lampejo de dor disparou em seu braço, e ele deslizou para trás com a cadeira, jogando-se contra a parede atrás da mesa. Se aquilo era alguma espécie de brincadeira, não tinha graça nenhuma.

— Annie? Annie Kyriakos está na cidade?

A visão de uma pele macia e dourada e olhos da cor do mar Egeu passou pela cabeça dele, a lembrança do cheiro de bala de melancia e protetor solar invadindo seu olfato. Ele não via Annie fazia... putz, uns oito anos. Desde o verão depois do seu primeiro ano de faculdade.

— Eu não sabia que ela estava vindo.

— Nem eu — respondeu Darcy, irônica. — Ela resolveu fazer uma surpresa. Daí o meu pedido para você ir até lá levar a chave. Ela está esperando no centro. Eu dei a ela a senha do prédio, mas ela não tem como entrar no apartamento.

Brendon enfiou a mão no bolso frontal da mochila do notebook e pegou o chaveiro, verificando novamente se a chave reserva de Darcy ainda estava lá. Ele guardou o chaveiro de volta, fechou o bolso e se levantou, passando a alça da mochila pelo ombro.

— Deixa comigo. Estarei lá o mais rápido possível.

Capítulo dois

Oito. Seis. Sete. Dois. Seis. Um. Quatro.

O teclado numérico do prédio de Darcy piscou com uma luz verde, e Annie correu para abrir o portão, empurrando a pesada maçaneta de latão. Ela acenou para o motorista do Uber por cima do ombro enquanto se curvava para se proteger da chuva inesperada. A rodinha traseira bamba da mala prendeu na soleira, fazendo-a tropeçar para trás ao puxá-la com mais força. As sandálias pretas de salto escorregaram no chão de mármore liso.

Um pouco sem fôlego, ela tirou a mala do caminho, apoiando-a na extensa parede de janelas. Lá fora, a chuva aumentava e as rajadas de vento batiam nas vidraças. Tinha entrado na hora certa. Estava um pouco molhada, mas não totalmente encharcada. Annie juntou o cabelo úmido na nuca e o torceu em um coque bagunçado, prendendo-o com o elástico que levava em volta do pulso, e então finalmente parou para se orientar.

O prédio de Darcy era impressionante, todo em mármore preto sarapintado de veios dourados, com imaculados — e pouco práticos — sofás de couro branco alinhados de lados opostos nas extremidades do saguão. Diante da entrada havia um elevador prateado reluzente. Ela releu duas vezes a mensagem que Darcy havia enviado assim que as duas encerraram a ligação.

DARCY (16:44): O código é 8672614.

DARCY (16:52): Brendon está levando a chave. Ele deve estar aí em 20 minutos.

Brendon Lowell. A última vez que Annie o vira pessoalmente tinha sido oito anos antes, quando Brendon ainda era um calouro desengonçado, com um jeito fofo de se expressar com as mãos quando ficava empolgado. Para um cara que criou um dos aplicativos mais populares do mercado, ele era incrivelmente ruim em manter suas redes pessoais atualizadas. Seria interessante ver o quanto ele tinha mudado. Se é que tinha mudado.

Dez minutos depois, a chuva havia passado e o céu estava mais claro. O sol pairava no horizonte, pintando o céu de um laranja ardente com traços em cor-de-rosa e amarelo que surgiam no início da noite roxa. O crepúsculo se aproximava, a luz do dia queimando até desaparecer. A *golden hour*, o momento do dia que Annie mais gostava, quando as sombras não são tão escuras e tudo é banhado em tons quentes de âmbar. Deixando a mala dentro do prédio, ela voltou para a calçada respirando fundo, inspirando o cheiro do asfalto encharcado de chuva. Com a temperatura caindo, ela cruzou os braços para se proteger da brisa.

O apartamento de Darcy ficava em uma colina íngreme, a vários quarteirões do mundialmente famoso Pike Place Market, no que aparentemente era um bairro tranquilo e antigo. O trânsito parecia menos intenso do que no centro da cidade, e o ponto privilegiado de Annie proporcionava uma visão desimpedida da rua. Um carro Smart prata disparou como uma bala ladeira abaixo e parou no meio-fio.

O carro tinha uma chave gigante afixada no porta-malas, como se fosse de dar corda, fofa demais para não ser registrada. Annie sacou o celular do bolso de trás e tirou várias fotos antes de passar para o modo vídeo e gravar um registro curto da chave girando.

O motor desligou e a porta do motorista se abriu, fazendo Annie piscar algumas vezes. *Olá, você...* Ela entreabriu os lábios e sentiu o queixo cair um pouco, apenas o suficiente para soltar um suspiro sufocado ao ver o motorista se desdobrar para fora do carro no auge de seu um metro e oitenta e *muitos* centímetros.

Parecia coisa de palhaço de circo. Annie não entendia como o cara tinha conseguido encaixar aquele corpo todo em um espaço tão pequeno, mas ela também não estava reclamando. Não mesmo. Agradeceria ao universo de todo o coração por trazê-la para este lugar, neste momento, de modo a poder apreciar a visão daquele homem lindo fechando a porta de seu carrinho minúsculo, levantando um braço — santo bíceps, Batman! — e acenando... para ela?

Um calor subiu por seu pescoço, espalhando-se como fogo pelo maxilar. Meu Deus, o cara estava olhando diretamente para Annie enquanto ela filmava aquelas pernas longas, os ombros largos e *olha esses antebraços* em toda a sua glória. Annie se atrapalhou com o celular, apertando o botão para interromper a gravação, mas aquela maldita tela quebrada não obedeceu. Para tentar disfarçar, ela se virou bruscamente para a direita, fingindo estar registrando o pôr do sol.

Com o canto do olho, ela observou o motorista subir no meio-fio e... Meu Deus do Céu, ele e sua camiseta justa estavam andando na direção dela.

— Annie Kyriakos.

Era o nome dela. O cara do carrinho sabia o nome *dela*. Ele estava parado a menos de meio metro, sorrindo tão abertamente que os cantos de seus olhos castanhos se enrugaram e suas covinhas se aprofundaram e... Puta merda.

O cara do carrinho era Brendon Lowell, o não-mais-irmão-*zinho* de Darcy, e ele e seus bíceps e covinhas e belos cabelos cor de bronze a deixaram sem palavras. Muda e congelada, como se alguém tivesse apertado o botão de pause em seu corpo. Seu sistema só voltou a ficar on-line quando Brendon estendeu os braços, passou pelas costas dela, e a puxou para um abraço que arrancou um gritinho dos lábios de Annie.

— *Brendon?*

Ela estava com o rosto pressionado contra o peito musculoso dele e o nariz enterrado no algodão macio e quente de sua camisa, que tinha cheiro de sabão em pó e chuva. Depois de um instante, ela deu um passo para trás, seus joelhos decidindo não colaborar e quase perdendo a força. Annie lutou para se equilibrar apertando os antebraços *dele*. Os antebraços de Brendon. Desviando o olhar das próprias unhas azuis vibrantes cravadas na pele pálida e sardenta (onde deixaram marquinhas de luas crescentes), Annie fez um caminho lento e sinuoso pelo corpo de Brendon com os olhos.

Assim que chegou ao rosto, viu o sorriso torto que ele oferecia.

— Faz um tempinho...

O eufemismo do século. Fazia tempo suficiente para Brendon ter deixado de ser *fofo* e virado *aquilo*: um homem alto e ágil, com seus cabelos ruivos e suas sardas, os membros um pouco longos demais e os olhos castanho-claros arregalados como uma corça pega de surpresa no meio da estrada. Ela engoliu em seco. Brendon envelhecera *excepcionalmente* bem.

— Só oito anos.

Ele riu, o som vindo de algum lugar no fundo do peito.

— Só isso. — Com os olhos ainda enrugados da risada, ele a estudou e indagou: — Você não esperou aqui fora esse tempo todo, né?

— N-não.

Annie apontou para trás com o polegar, sua mala visível pela janela de vidro do saguão.

— Eu estava lá dentro, mas quando parou de chover resolvi vir aqui fora porque não estava... chovendo.

Uau. Brilhante. Ela pigarreou, nervosa de repente. Provavelmente culpa do *latte* ultragrande que tomou de estômago vazio. É, era isso.

— Eu, hum... muito obrigada por vir até aqui deixar a chave. Espero não ter atrapalhado a sua noite.

Brendon remexeu no bolso da frente da calça, tirando a chave do apartamento de Darcy. Annie sentiu a mão dele roçar na base de suas costas enquanto Brendon a contornava e se endireitou. Com um movimento rápido do chaveiro, um sensor piscou em verde e ele abriu a porta, movendo-se para o lado para deixá-la passar.

— Imagina, que bom que eu pude ajudar.

Ela sorriu timidamente.

— Acho que mereci o perrengue por ter vindo sem avisar.

Ele a seguiu até o saguão, trocando a chave pela mala. Annie sorriu, grata, e colocou a bolsa no ombro, indo atrás dele na direção do elevador.

— Quanto tempo você vai ficar na cidade?

— Duas semanas e meia. — Ela se juntou a ele no elevador. — Mais ou menos. Meu voo de volta é no dia 13.

Ele apertou o botão do nono andar e assobiou.

— Nossa, quem me dera ter duas semanas e meia de férias.

Ela grunhiu, começando a se orientar. Não estava mais *tão* confusa quanto à diferença que oito anos faziam.

— Ah, as dificuldades do sr. *Forbes* Trinta Antes dos Trinta.

Ele sorriu.

— Hum, você não tem me vigiado, ou tem?

Ela sentiu mais uma vez aquele calor subir pelo pescoço, deixando escapar uma risada de surpresa com a ousadia de Brendon.

— Darcy adora se gabar de você.

Ele fez *hmmm*, balançando sobre os calcanhares.

— Ela contou que eu também estou na lista Quarenta Antes dos Quarenta da *Fortune*?

— Aham, ela só esqueceu de mencionar como você se tornou humilde.

Annie apertou os lábios, contendo um sorriso ao sair do elevador e se mover para o lado, deixando Brendon mostrar o caminho, já que ela não sabia qual era o apartamento de Darcy.

Ele parou em frente à terceira porta à esquerda, apartamento 909. Annie destrancou a porta e entrou, piscando com a súbita claridade depois que Brendon apertou o interruptor.

— Obrigada.

Ela pegou a mala de volta, empurrando-a pela soleira e entrando no saguão de Darcy, a maldita rodinha traseira sendo um porre mais uma vez.

Apesar do design minimalista, o apartamento de Darcy era mais aconchegante do que qualquer quarto de hotel que Annie pudesse ter escolhido de última hora, além de muito mais espaçoso. Ela girou em um círculo rápido, assimilando o espaço.

— Apartamento legal.

Brendon permaneceu na porta com uma das mãos enfiadas no bolso.

— Tirando a alergia de Darcy a cores, é sim.

Ela prendeu uma risada. O lugar *era mesmo* monocromático.

— Imagino que o quarto de hóspedes seja...

Brendon inclinou a cabeça para a esquerda e completou a frase:

— No final do corredor, segunda porta à direita. Tem um banheiro compartilhado entre os dois quartos, e um lavabo no corredor. Os lençóis estão no armário do banheiro e produtos de banho embaixo da pia.

Darcy já havia detalhado tudo aquilo para ela, mas Annie apreciou o lembrete. Não que ela precisasse de produtos de banho. Sua coleção de frasquinhos de xampu de hotel estava saindo de controle.

— Maravilha. Vou só deixar isso no quarto e já volto.

Ela empurrou a mala, tomando cuidado para não arranhar os rodapés ao dobrar o corredor. Assim como o restante do apartamento, o quarto de hóspedes era simples e moderno, com piso de madeira escura coberto com tapetes felpudos brancos e paredes brancas sem decorações, exceto por um quadro em preto e branco que provavelmente custava uma fortuna.

Annie deixou a mala ao lado da cama *queen-size* — na qual ela mal podia esperar para cair de cara assim que tomasse um banho para tirar a sujeira da viagem — e voltou para o hall. Brendon guardou o celular no bolso e sorriu.

— Precisa de alguma coisa antes de eu ir?

Nada em que ela pudesse pensar.

— Não. Só vou tomar um banho e desfazer as malas.

Nesse segundo, a barriga de Annie roncou, fazendo Brendon rir.

— Ok, acho que eu vou atacar a geladeira antes e *depois* eu tomo banho e desfaço as malas.

Brendon fez um biquinho de lado.

— Você pode até dar uma olhada, mas, se eu bem conheço a Darce, ela provavelmente limpou a geladeira para não deixar comida estragando.

— Aposto que consigo arranjar alguma coisa.

Ou pelo menos ela esperava que sim.

Brendon coçou o queixo.

— *Ou* tem esse lugar na Sixth Avenue com um *dim sum* delicioso, se estiver interessada.

Que alternativa Annie tinha? A barrinha de proteína enterrada no fundo da bolsa não daria conta.

A barriga roncou de novo, decidindo por ela.

— Vamos nessa.

☾

— Duas semanas inteiras em Seattle. Quais são os planos?

— Eu não planejei nada além de visitar Darcy — disse Annie, girando a taça de vinho pensativamente. — Não sei. Visitar o Space Needle, talvez?

Quando Brendon empurrou o último bolinho na direção de Annie, ela recusou com um gesto, completamente cheia.

Ele então pescou o *dim sum* da cesta com seus hashis.

— O Space Needle? Não é um daqueles lugares que a gente visita uma vez e nunca mais?

Ela tomou um gole e deu de ombros.

— Acho que só vou saber indo lá.

Ele levantou as sobrancelhas até o teto.

— Você nunca foi?

— É minha primeira vez em Seattle — disse ela, rindo do jeito que ele a encarou. — O que foi?

— Eu só presumi que você já tinha vindo. Você já esteve em todos os lugares.

— Eu não estive *em todos os lugares*.

Tecnicamente, Annie já *havia* ido a Seattle, mas, até hoje, ela nunca saíra do aeroporto, então não contava.

Ele deixou os hashis de lado.

— Vamos ver. Berlim. Praga. Paris — disse ele, contando cada cidade nos dedos. — Nova York. Cingapura. Devo continuar?

— Hum, você não tem me vigiado, ou tem?

— A Darcy fala de você o tempo todo.

Ela abaixou o queixo, escondendo um sorriso satisfeito atrás da taça. Era bom saber que Darcy pensava nela com frequência.

Um pouco depois, Annie se lembrou que só estivera em Praga por menos de um dia, graças a uma escala longa.

— Acho que nunca contei para a Darcy que estive em Praga.

As pontas das orelhas de Brendon ficaram vermelhas.

— Tudo bem. Talvez eu tenha visto essa no Instagram.

Ela reprimiu um sorriso.

— Então você *tem* me vigiado.

— Nossa, falando assim você faz parecer bizarro. — Ele espalmou o rosto, gemendo baixinho na palma da mão. — Como se eu estivesse *stalkeando* você no Facebook ou coisa assim.

Ela riu.

— E você estava?

Annie viu um brilho divertido naqueles olhos cor de âmbar. Ele estava com o cotovelo apoiado na mesa, passando o polegar pelo lábio inferior.

— Por que eu faria uma coisa dessas?

É, por quê? Ela não sabia o que dizer sem parecer hipócrita, já que ela o havia *stalkeado* no Instagram também. Primeiro, porque Darcy não tinha conta, fazendo de Brendon a melhor fonte de atualização sobre a amiga. Segundo, porque o conteúdo dele era interessante e as poucas selfies que ele postara ao longo dos anos eram fofas. Em vez de responder, Annie sorriu.

— Tudo bem, tem uma pergunta que estou morrendo de vontade de fazer — continuou ele, se inclinando e apoiando os antebraços na mesa. — Quantos idiomas você fala?

Ela riu.

— Fluentemente? Ou "sei me virar para tentar ter uma conversa, mas posso meter os pés pelas mãos"?

— Por que estou sentindo que existe uma boa história aí?

Ela cobriu o rosto quente com as mãos.

— Nossa, é muito humilhante.

— Você sabe que agora vai ter que contar, né?

Era uma boa história, Annie só desejava que não tivesse acontecido com *ela*.

— Eu estava em Roma a negócios e decidi fazer uma visita guiada no meu único dia de folga. No final do tour eu disse ao guia que precisava de um cochilo depois de horas atravessando a cidade a pé. O que teria sido normal, mas a palavra para soneca é *pisolino*, que é surpreendentemente semelhante à palavra *pisellsino*. — Ela fechou os olhos antes de completar: — Que significa "pênis pequeno".

Brendon quase cuspiu.

— Você disse ao guia que precisava de um...

— Aham — disse ela, assentindo com tristeza. — Meu Deus, que vergonha.

Os ombros largos de Brendon estremeceram com uma gargalhada silenciosa. Ele enxugou os olhos e sorriu.

— Ok. Todos os idiomas, então.

Annie começou, contando nos dedos.

— Inglês, obviamente.

— Obviamente.

— Grego.

— Você nasceu na Grécia, não é?

Ela ficou surpresa por ele se lembrar disso.

— Isso. Meu pai é de Tessalônica e trabalhava no consulado, e minha mãe era tradutora na embaixada dos Estados Unidos na Grécia. Foi assim que eles se conheceram.

Eles só se mudaram para os Estados Unidos quando Annie tinha 7 anos, quando já era fluente em inglês e grego.

— Sou fluente em francês. Sei italiano o suficiente para me fazer passar vergonha, aparentemente. Alemão, o bastante para pedir comida ou pegar um táxi que me leve ao lugar certo oitenta por cento das vezes, e... — Ela sorriu. — Graças ao Duolingo, sei até dizer algumas palavras em alto valiriano.

Ele sorriu e levou a mão ao peito.

— Assim você me mata.

— Eu imaginei que você adoraria essa parte.

Brendon estreitou os olhos, se divertindo.

— Está me chamando de nerd, Annie?

Ela fechou um olho.

— Se a carapuça serviu...

Brendon soltou uma risada surpresa e atirou o guardanapo nela por cima da mesa. Ele errou a taça de Annie por pouco, o que a fez lembrar da história do desastroso primeiro encontro de Darcy e Elle. Elle tinha derrubado vinho no colo de Darcy.

Brendon ficou branco, provavelmente pensando a mesma coisa.

— Nossa, podia ter sido feio.

Ela enrolou o guardanapo e o arremessou de volta nele, rindo ao vê-lo arregalar os olhos.

— Para sua sorte, não sou apegada a esta blusa.

Ele baixou o olhar antes de voltar ao rosto dela, as pontas de suas orelhas ficando adoravelmente vermelhas mais uma vez.

— É uma bela blusa.

Brendon mordeu o lábio inferior, um sorriso se insinuando nos cantos da boca. Em qualquer outra pessoa, aquele sorriso teria sido perigoso. O tipo de sorriso que faria Annie cometer alguma imprudência depois de um primeiro encontro. Mas aquilo não era um encontro, e o cara na frente dela era Brendon, irmão mais novo da sua melhor amiga. Ou seja, inofensivo.

— Obrigada.

Ele umedeceu o lábio que tinha prendido entre os dentes, e Annie sentiu um leve calorzinho no fundo do estômago. Então pigarreou e bebeu um gole de água. *Totalmente* inofensivo.

— Viajar tanto a trabalho... Deve ser o emprego dos seus sonhos.

Annie bufou em sua taça.

— Recursos humanos é o emprego dos sonhos *de alguém*? — Brendon precisou franzir a testa para Annie perceber como aquilo soara péssimo. — Ah, não me entenda mal. Eu sou muito boa no que faço, e gosto de conhecer novos lugares, adoro estudar idiomas. O problema é que a maior parte do que conheço são salas de reuniões e hotéis. E embora eu ser poliglota seja visto como uma vantagem, a maioria das reuniões é conduzida em inglês.

A realidade havia ficado abaixo das expectativas, como tudo mais em sua vida. Às vezes, o trabalho dela era um pouco chato, mas pagava as contas. Annie não tinha do que reclamar.

Ela balançou a cabeça de maneira brusca e colocou um sorriso no rosto.

— Mas a gente passou praticamente o tempo todo falando de mim.

Ele se inclinou um pouco mais sobre a mesa e deu de ombros. Seu sorriso era de curiosidade.

— Eu não estou reclamando.

Talvez não *ainda*.

— Falando em emprego dos sonhos... — disse Annie, olhando incisivamente para ele.

— Eu? — perguntou ele, rindo e recostando na cadeira. — Ah, não. Eu não tenho o emprego dos sonhos.

Annie ergueu as sobrancelhas.

— Não?

— Não. Eu tinha aspirações muito maiores — disse ele, em tom sério.

— Maiores do que criar um aplicativo de namoro de sucesso? Do que ser dono de uma empresa?

Ele olhou para os lados, se debruçou sobre a mesa e baixou a voz para um sussurro conspiratório.

— Eu queria ser o Hugh Grant.

Ela piscou lentamente.

— O Hugh... Grant.

Brendon murmurou afirmativamente, o canto da boca tremendo. Annie riu.

— Você está me zoando.

— Juro que não! — Brandon deu um sorriso de orelha a orelha. — Eu realmente queria ser o Hugh Grant, juro. Tudo bem que eu só tinha 10 anos.

Ele tentou dar uma piscadela e falhou miseravelmente, seus olhos se fechando em uma piscada demorada que a fez sorrir.

— Dez? Isso não conta.

O queixo de Brendon caiu, seus olhos faiscando com as luzes fracas do restaurante.

— Conta, sim. Não menospreze meus sonhos, Annie.

Ela apertou os lábios.

— Perdão. Por favor, discorra mais sobre como você queria ser... o Hugh Grant.

— Ele fez todos os meus filmes favoritos. *Um lugar chamado Notting Hill, Quatro casamentos e um funeral, Amor à segunda vista*. O cara tinha aquele charme acessível e desajeitado. Eu me identificava muito. — Ele sorriu mostrando as covinhas para ela. — E ele sempre ficava com a garota.

As bochechas de Annie doíam de tanto sorrir.

— Então você queria ser ator?

— Não — disse ele, mas franziu a testa, pensativo. — Só o Hugh Grant. Tirando a história da prisão, obviamente.

— Obviamente. — Ela descansou o queixo na palma da mão. — Até que um belo dia você mudou de ideia?

Ele deu um suspiro dramático.

— Infelizmente, assim como o Highlander, só pode existir um Hugh Grant. Sendo assim, passei vários anos à deriva, sem saber qual rumo tomar na vida.

— E aí descobriu sua verdadeira vocação, criando o maior aplicativo de namoro do mundo.

Brendon corou.

— Que gentil. Mas não. Aí eu fiz um curso de roteiro na faculdade porque pensei que, já que eu não podia ser o Hugh Grant, eu poderia ser a Nora Ephron.

— Faz *todo* sentido.

— Mas aí eu esbarrei em um pequeno problema — confessou ele. — Odeio escrever conflitos entre casais. O que, acredite se quiser, é necessário.

— Histórias precisam de conflito? — perguntou ela, com um estalar de língua. — Quem diria?

Ele inclinou o queixo, rindo baixinho.

— Não eu na época, infelizmente. Meu professor me elogiou por escrever um roteiro espetacular... — Ele estremeceu antes de terminar. — Se meu objetivo era escrever um pornô soft.

Ela cobriu a boca com a mão.

— Por favor, me diga que esse roteiro ainda existe.

E que ela poderia colocar as mãos nele o mais rápido possível.

— De jeito nenhum — disse Brendon, cruzando os braços. — Fora de cogitação.

— Não pode me provocar com a ideia de um pornô soft escrito por você e depois não me deixar ler. É falta de educação.

— Não *era* pornô, essa é a questão. Havia... havia um desenvolvimento de personagens. — Ele fez o que provavelmente pensou ser um gesto inocente com a mão, os dedos apontados para cima e abertos. — Um *crescimento*.

Annie lutou para manter uma expressão séria.

— Tenho certeza de que havia muito, *muito* crescimento.

— Desisto — disse ele, grunhindo baixinho. — Acho que nem preciso dizer que resolvi deixar o hobby da escrita para a minha irmã.

— E o resto é história.

— Mas no seu caso, se trabalhar com RH não era o emprego dos seus sonhos, o que você queria ser quando crescesse?

Ela sorriu.

— Quem disse que eu queria crescer?

Ele sorriu de volta.

— Não ri — alertou Annie.

— Você riu de mim.

Justo.

— Ok. Lembra do *Total Request Live*? Ou não é do seu tempo?

— Você é só dois anos mais velha que eu — brincou ele.

— Todo dia, depois de pegar o ônibus da escola para casa, eu me sentava na frente da TV e assistia à MTV até meus pais chegarem. Eu era meio obcecada pelo *TRL* e queria ser apresentadora quando crescesse. Aí o *TRL* foi extinto, e minhas esperanças e meus sonhos, massacrados.

Ela enxugou uma lágrima imaginária do canto do olho.

— E você foi forçada a se contentar com sua segunda paixão: implementação da estratégia de negócios.

— Acho que você quer dizer estratégia *corporativa* e gestão estratégica, mas é fácil confundir as coisas. Aposto que o OTP tem todo um departamento de recursos humanos que sabe a diferença para você — provocou ela.

— Entendo o motivo dessa sua paixão tão profunda e duradoura pelo que faz. Parece fascinante — devolveu ele.

Paixões profundas e duradouras e recursos humanos não combinavam muito, pelo menos não na cabeça dela. Aquilo não era sua vocação de vida nem o que a fazia sair da cama todo dia de manhã. Era só um emprego. Só o seu trabalho. Nada mais, nada menos.

Ele cutucou o interior da bochecha com a língua.

— Então está me dizendo que você queria ser o Carson Daly quando crescesse?

Ela enterrou o rosto nas mãos e espiou por entre os dedos.

— Meu Deus. Eu meio que queria?

A risada foi morrendo até Brendon ficar apenas olhando para ela com um sorrisinho no canto da boca.

Era ela, ou o restaurante tinha ficado quente como um forno de repente? Annie passou o elástico que estava em volta do pulso sobre a mão e prendeu os cabelos para cima em um coque improvisado.

— Brincadeiras à parte, como vão as coisas com o OTP?

Subitamente envergonhado, Brendon passou a mão pelo topo da cabeça.

— Boas, na maioria do tempo. Estamos passando por uma desaceleração geral no crescimento do mercado, e os resultados anuais da pesquisa I-R foram... variados, mas bons. Estamos vendo certo aumento de um sentimento antiaplicativos de namoro. *Burnout*, eu acho. — Ele deu de ombros. — Namorar, flertar é divertido, mas tem suas frustrações.

Divertido não era uma palavra que ela usaria para descrever um encontro.

Annie franziu a testa.

— I-R?

— "Intimidade e Relacionamento." — Ele puxou o colarinho, abrindo o botão de cima e revelando a cavidade da garganta e um pedaço de pele. Quando viu o pomo de Adão subindo e descendo, Annie engoliu em seco também. — Uma vez por ano, o Dew Research Center publica dados atualizados sobre a percepção do público quanto a namorar e sair na era digital. Não é sobre o OTP especificamente, mas é importante estar a par das tendências e impressões para prevermos os problemas antes que eles surjam.

— E os resultados foram "variados"?

Ele estalou os nós dos dedos e deu de ombros.

— Decentes, no geral, mas trinta por cento dos entrevistados relataram sentir que os aplicativos transformaram os encontros em algo impessoal e sem romance.

— Pelo lado bom, significa que setenta por cento não se sentem assim.

— Isso é verdade.

Annie pegou a taça e tomou um longo e demorado gole.

— Não acho que seja justo dizer que é tudo ou nada. — Brendon inclinou a cabeça de lado, e ela continuou: — Digo, eu não acho que os aplicativos de namoro sejam os únicos culpados.

— Únicos? Tipo, então você acha que... Desculpe, o que você estava dizendo?

Ops. Annie sabia meter os pés pelas mãos em inglês tão bem quanto em italiano.

— Nada — disse ela, recuando.

— Fala — pediu ele, cutucando Annie por baixo da mesa. — Você não vai me ofender. Eu quero ouvir o que tem a dizer.

— Eu nem uso mais aplicativos de namoro. Não faço parte do seu público.

Ela não usava mais aplicativos de namoro porque não *namorava* mais. Ponto-final.

— Não foi isso que eu perguntei.

Com um suspiro resignado, ela aceitou que não havia escapatória. Seria fácil demais.

— Eu não diria que os aplicativos de namoro são responsáveis pela morte do romance, mas...

— Epa, epa, *epa* — interrompeu ele, boquiaberto. — *Morte do romance?*

Ninguém saberia dizer o que exatamente havia causado a morte, mas Annie suspeitava que os relacionamentos modernos tinham sido os responsáveis pelo golpe final. Com o advento dos aplicativos de namoro, as pessoas não precisavam *se esforçar* para transar, que era o que a maioria procurava. O velho e comprovado mínimo — sair para beber e jantar — não era mais necessário, não em um mundo de gratificações instantâneas. E aqueles que diziam estar em busca de algo a mais? De amor? Até podiam se esforçar no começo, mas era só questão de tempo até que a máscara caísse e as pessoas mostrassem sua verdadeira face.

As pessoas pararam de tentar, e depois pararam de se importar.

Annie tinha visto isso acontecer, tinha vivido em primeira mão muitas vezes — tantas que perdera a conta. Faíscas que se apagavam. Aniversários esquecidos, términos por mensagem de texto — isso quando aconteciam oficialmente — e o famoso *ghosting* eram a nova norma. Torcer pelo melhor era exaustivo. Ela preferia esperar pelo pior a viver se decepcionando, na expectativa que um dia alguém pudesse surpreendê-la.

Ela tomou mais um gole para ter coragem e prosseguiu com cautela.

— Você precisa admitir: as pessoas hoje em dia têm uma capacidade de atenção ridiculamente curta.

— A maioria — concordou ele, fazendo com que os ombros de Annie desabassem de alívio.

— A *maioria* das pessoas quer uma frase de efeito de trinta segundos em duzentos e oitenta caracteres, ou menos. Qualquer coisa além disso e elas partem para outra, porque não se importam de verdade. E ninguém se lembra de nada, e nem tem por que lembrar, né? Fica tudo registrado on-line. Quando foi a última vez que você se lembrou do aniversário de um amigo sem a ajuda do Facebook?

Ele franziu a testa.

— É uma conveniência.

— E desde quando uma amizade, que dirá um amor, deveria ser uma conveniência? Ficar escolhendo as pessoas pela foto, como se fosse um cardápio e…

— A gente não funciona assim. Temos um algoritmo que combina os usuários de acordo com diversas variáveis de compatibilidade importantes, determinadas por questionários e o que esperamos que sejam testes de personalidade divertidos. Avaliamos interesses e valores compartilhados, estilos de comunicação, senso de humor. — Com os antebraços apoiados na beirada da mesa mais uma vez, Brendon falava apaixonadamente. Seus olhos brilhavam. — Na verdade, uma das reclamações mais frequentes sobre o OTP é que *não* somos tão convenientes quanto outros aplicativos. Ninguém quer responder a uma pesquisa de cinquenta perguntas só para acessar matches disponíveis na esperança de *talvez* encontrar alguém para transar. É mais fácil baixar um aplicativo diferente. E está tudo bem. Não estou preocupado em ser o aplicativo mais baixado, ou o que tem mais usuários. Não é sobre isso. Não é sobre gerar receita com anúncios nem lucrar com upgrades para contas premium. É sobre fazer as pessoas felizes ajudando-as a encontrar o amor. É *nisso* que eu quero que o OTP seja o melhor.

Annie deu um sorriso contido, mordendo a língua. Não queria estragar a alegria dele dizendo que ele podia até tentar, mas que, para cada pessoa que se importava com o amor, havia uma dúzia que não estava nem aí para isso. As pessoas podem dizer que se importam, podem reclamar que estão solteiras, podem até começar com as melhores intenções, mas na hora H a maioria quer facilidade.

— Isso é... admirável.

Brendon a encarou fixamente enquanto mordia o lábio, as engrenagens em sua cabeça quase visíveis. Annie cruzou os tornozelos e se preparou para que ele lhe desse o melhor de si. Ou o pior. *Tanto faz.*

— Sabe, a Darcy parecia de saco cheio de encontros até conhecer a Elle.

Annie largou o guardanapo ao lado do prato e balançou a cabeça, rindo baixinho.

— Ah, meu Deus. Eu não consigo acreditar que caí nessa.

Ela devia ter previsto aquilo a um quilômetro de distância. Ela devia ter sacado aquilo a *anos-luz* de distância. Do espaço sideral, de uma galáxia muito, muito distante.

— Não sei nem por onde começar. Você está tão errado que nem tem graça.

Ele contorceu os lábios.

— E ainda assim você está rindo.

— Porque estou *confusa* sobre como fomos, no intervalo de cinco minutos, de debater Carson Daly para isso. — Ele riu mais ainda, o que a forçou a contrair os lábios para não rir junto. — Isso é ridículo, e eu não deveria esperar nada menos. Darcy me disse que você era assim.

— Assim como? — perguntou ele, a curiosidade criando um vinco entre as sobrancelhas.

Quando se mudou para Seattle, Darcy amargara incontáveis encontros às cegas marcados pelo irmão, que se recusava a ouvir quando ela dizia repetidamente que não estava interessada. Tudo bem que a imprestável daquela ex, Natasha, tinha partido o coração de Darcy, então, quando ela dizia que não estava interessada, ninguém precisava ser um gênio para entender que era medo de colocar seus sentimentos em risco. Brendon tinha boas intenções ao pressioná-la a se aventurar novamente, e teve sorte unindo Darcy e Elle, mas nada disso mudava o fato de que ele não sabia quando não se meter.

Ela girou a haste da taça quase vazia entre os dedos.

— Teimoso, para começar.

— Prefiro *tenaz*.

Ela engasgou, grata por não ter tomado um gole. Brendon teria ficado encharcado de vinho.

— Tenho certeza de que a palavra exata que Darcy usou foi *cabeça-dura*.

Ele sorriu com malícia.

— Tem certeza de que ela não disse *agradavelmente* persistente?

A pulsação de Annie se intensificou. Alguma coisa no brilho dos dentes brancos de Brendon contra o rosa dos lábios e aquela discussão cada vez mais acalorada fazia o coração dela disparar.

— Está mais para insistente. E ela disse que você tem uma quedinha por psicologia de mesa de bar. — Ela prendeu uma mecha de cabelo atrás da orelha. — Não sou sua irmã, Brendon.

Alguma coisa que ela não conseguia definir cintilou nos olhos castanhos dele.

— Não, não é.

Annie engoliu em seco e sentiu a garganta inexplicavelmente seca.

— E também não estou me recuperando de um coração partido, muito menos esperando secretamente que alguém me conquiste.

— Claro — disse ele, assentindo com desdém. — Se você diz...

Ela franziu os lábios.

— Mas eu não estou *mesmo*.

A maneira como ele sorria sem dizer nada era irritante. Annie terminou seu vinho e colocou a taça de lado.

— Beleza, quer saber o que eu acho?

Ele se inclinou sobre a mesa ansiosamente.

— O quê?

— Acho interessante como você se preocupa com o que todos ao seu redor, até mesmo estranhos, pensam sobre o amor a ponto de se dedicar tanto a resolver os problemas amorosos deles.

Ele levantou as mãos, se rendendo.

— Bem, o que eu posso dizer? Sou um cara altruísta.

Embora Annie não argumentasse contra aquilo, ela suspeitava que Brendon era muito mais do que isso.

— Pode ser. Mas não posso deixar de me perguntar por que é muito mais fácil para você resolver os problemas amorosos dos outros do que os seus... *Hummm*. Fuga, talvez? Repressão? Não, como é que chamam mesmo? Projeção?

Brendon soltou uma risada, balançando a cabeça.

— Há uma pequena falha na sua lógica. Eu não tenho problemas com minha vida amorosa.

— Repressão, então — decretou ela, assentindo sabiamente.

Um músculo na mandíbula dele se contraiu.

— Nada disso.

— Você ainda está solteiro?

Graças a Darcy, Annie já sabia que sim.

Brendon estreitou os olhos.

— Estou.

— Hum.

— Hum. — Ele a imitou. — O que isso quer dizer?

— Nada. Só estou pensando em como nos aconselham nos aviões a colocar a própria máscara de oxigênio antes de ajudar os outros.

Ele deslizou discretamente o maxilar para a frente, tão pouco que, para alguém mais distraído, poderia ter sido apenas um espasmo.

— Ainda não encontrei a pessoa certa.

Annie traçou a haste da taça vazia.

— Você já se perguntou por quê?

Um músculo em sua mandíbula saltou.

— Existem o quê, sete bilhões de pessoas no planeta? Muitos peixes no mar.

— Bom, aposto que com mais algumas deslizadas de tela você vai fisgar a garota dos seus sonhos.

Quando o garçom passou rapidamente para deixar a conta, Brendon se apressou para pegar a carteira.

— Não, pode deixar — interveio Annie. — É o mínimo que eu posso fazer para agradecer por você ter trazido a chave de Darcy.

Ele pegou a conta da mesa e balançou a cabeça.

— Nada disso, eu quem te convidei para jantar. Eu pago. — Brendon enfiou o cartão de crédito dentro do estojo de couro e o deixou na beirada da mesa. — Voltando à nossa discussão.

— Não quero discutir com você, Brendon.
— Tem certeza? Você parecia estar se divertindo.

Estranhamente, ela estava. Brendon dava o seu melhor, argumentando de um jeito espirituoso, sem passar dos limites ao ponto de irritá-la de verdade.

— Acho que não temos mais nada a discutir. Eu tenho minhas opiniões e...

— E vou fazer você mudar de ideia. O romance não morreu, e eu vou provar.

Annie explodiu com uma risada.

— Você pode tentar.

Ele contraiu a boca.

— Faça ou não faça; tentativa não há.

Ok, essa ela mereceu.

— E como exatamente você planeja me fazer mudar de ideia?

Ele bufou, seu sorriso contradizendo o gesto.

— Você quer que eu revele meus métodos? O que você acha que eu sou? Um amador?

Annie se lembrou de todos aqueles encontros que Brendon armou para Darcy.

— Nada de encontros às cegas. Eu não moro aqui, esqueceu?

— Não era isso que eu tinha em mente.

— Então como é qu... — Ela mordeu a língua. Não importava, porque não funcionaria. — Beleza, então. Boa sorte.

O canto esquerdo da boca de Brendon se curvou em um sorriso que marcava a covinha em sua bochecha.

— Não preciso de sorte, Annie.

Capítulo três

De acordo com seu signo, que cena de filme romântico você seria?

Áries — O beijo na chuva em *Doce lar*

Touro — A serenata na escada de incêndio em *Uma linda mulher*

Gêmeos — O beijo no campo de beisebol em *Nunca fui beijada*

Câncer — A casa dos sonhos em *Diário de uma paixão*

Leão — A serenata na arquibancada em *10 coisas que eu odeio em você*

Virgem — Os cartazes em *Simplesmente amor*

Libra — A pintura de Marc Chagall em *Um lugar chamado Notting Hill*

Escorpião — O brinco de diamante em *Clube dos cinco*

Sagitário — O acesso à biblioteca em *A Bela e a Fera*

Capricórnio — Darcy pagando o casamento de Lydia em *Orgulho e preconceito*

Aquário — A serenata na caixa de som em *Digam o que quiserem*

Peixes — A corrida só de calcinha na rua em *O diário de Bridget Jones*

Sábado, 29 de maio

As panturrilhas de Brendon arderam quando ele ficou na ponta dos pés, esticando o braço esquerdo até o suporte amarelo. Seus dedos rasparam o fundo; perto, mas não exatamente lá. Ele se segurou na pedra de um cor-de-rosa terroso com um pouco mais de força e ajeitou o pé, levantando a perna direita na altura da cintura e colocando a ponta do pé no pedacinho verde de um apoio que estava na altura do quadril. Equilibrando-se, ele aproveitou o impulso para se erguer, e alcançou o apoio de mão acima. O suor escorria por suas costas e encharcava sua bermuda. *Sucesso.*

Vários metros abaixo, Margot grunhia enquanto subia pela parede de pedra.

— Você está tão quieto hoje.

O pé direito de Brendon escorregou e seu estômago despencou em queda livre. Ele se segurou, abraçado à parede enquanto esperava a respiração voltar ao normal.

— Desculpa. Só estou com muita coisa na cabeça.

Na noite anterior, ele fora dormir se perguntando por que alguém como Annie havia ficado tão cética. No caso de Darcy, ele entendia. Mas o que tinha levado Annie a desistir do amor? Ela não parecia ter as muralhas de uma fortaleza em volta do coração feito Darcy, cuja postura defensiva dava para ver de longe. Tudo bem que tinham conversado apenas por algumas horas, mas ela parecia mais apática em relação ao amor do que alguém que sofrera muito por ele.

O comportamento dela o deixara com a pulga atrás da orelha. Tanto a resignação quanto a atitude irreverente diante da promessa de Brendon de provar que ela estava errada. Annie parecia tão segura de si quanto ele, o que só o deixou mais determinado a fazê-la mudar de ideia.

O problema era que não sabia por onde começar.

— Sobre?

Conhecendo Margot, ela o repreenderia por isso, mas talvez também pudesse ajudá-lo a ver as coisas por outro ângulo. Jogar luz em algum ponto cego.

— Digamos que eu precise provar para alguém que o romance não está morto.

— *Alguém*. Isso tem a ver com o OTP?

De certa forma, sim. Descobrir como mudar a opinião de Annie sobre o amor poderia ajudá-lo a entender melhor a desconexão daqueles trinta por cento de usuários cansados de tudo.

— Mais ou menos. Está mais para um... projeto pessoal.

Seus dedos começaram a doer, o tendão que atravessa o polegar já anunciando uma cãibra.

— Pessoal... — Margot bufou com força e murmurou algo que ele não conseguiu entender. — Desce aqui.

Ele balançou os pés e respirou fundo, sentindo a queimação nos ombros antes de descer até o chão, dobrando os joelhos para amortecer a aterrissagem. Margot passou o dorso da mão na testa, deixando um rastro de pó de giz na pele.

— Alguém *quem*?

Brendon se agachou, pegando uma garrafinha de água na bolsa de academia. Com os dentes, ele puxou o bico, entornou a garrafa e tomou um grande gole, esvaziando metade de uma vez. Passou a mão na boca e suspirou.

— Annie, aquela amiga da Darcy, chegou na cidade ontem.

Margot arregalou os olhos, satisfeita.

— *Annie*? A mesma garota por quem você tinha o maior tesão quando era novo? A garota que você...

Brendon levantou a mão, interrompendo-a antes que ela pudesse constrangê-lo ainda mais. Ele teria uma *longa* conversa com Darcy sobre o que era e o que não era aceitável compartilhar sobre a infância dos dois. Contar para a namorada era uma coisa, mas na frente da colega de quarto da namorada? Que por acaso também era amiga dele? Uma amiga que adorava pegar no pé dele? Tinha passado dos limites.

— Sim, aquela Annie. Ela veio fazer uma surpresa para Darcy. Precisei ir até o apartamento deixar a chave reserva com ela.

— Ora, ora, ora. De repente, sua crise matinal de sábado faz todo o sentido.

— Não tem crise nenhuma. Eu só preciso provar uma coisa.

— Sobre o *amoooor*. — Ela arrastou a palavra dramaticamente. — Para a garota por quem você era *apaixonado*. Interessante.

Ele estava começando a se arrepender de ter pedido a ajuda de Margot, que só parecia interessada em implicar ainda mais com ele por causa disso.

— Não tem nada de interessante. É porque no jantar ela disse que...

— Jantar? O que aconteceu com o encontro com a Diana?

— *Danielle* — corrigiu ele. — Eu cancelei. Ou melhor, adiei.

Danielle estava indo visitar a família no lago Chelan, e os dois concordaram em deixar para uma próxima.

— Para poder ir a um encontro com a Annie. Entendi — disse Margot, sorrindo.

Ela não tinha entendido.

— Isso... Isso não tem nada a ver. — Brendon pôs a mão na nuca, sentindo a pele queimando. — Não foi um encontro.

Margot se deitou no chão e olhou para o teto, abraçando o joelho contra o peito, alongando os tendões.

— Sair para jantar é o mais clássico dos primeiros encontros.

— As pessoas precisam comer, Margot — disse ele, com um suspiro. — Estamos desviando do assunto. Nós jantamos. Nós conversamos. E a Annie me disse, escuta só: que ela acredita que o romance morreu. E eu disse que provaria que ela estava errada. O problema é que estou travado. Arranjar alguém para ela está fora de cogitação, já que ela vai ficar na cidade por pouco mais de duas semanas e eu não conheço o tipo dela o suficiente para pensar em alguém adequado.

Além disso, não que Brendon fosse admitir, mas a ideia de combinar Annie com outra pessoa não lhe caía muito bem.

— E o aplicativo? Ela não pode simplesmente baixar o OTP e pronto?

Definitivamente não. Annie havia deixado bem claro o que pensava sobre aplicativos de namoro.

— Acho que os aplicativos podem ser parte do problema.

Ele precisava pensar fora da caixa. Algo no qual ele geralmente era bom.

Margot franziu a testa.

— É em momentos assim que realmente lamento o posicionamento da sua Vênus e do seu Marte.

Mas que inferno.

— Margot.

— Mas é, ué. Sua pobre Vênus em Áries e seu Marte em Câncer. Você é um sonho de padaria que sabe o que quer, mas não sabe como conseguir.

Margot estalou a língua e balançou a cabeça. Seu beicinho exagerado denunciava que ela estava, mais uma vez, rindo da cara dele.

— Dá para falar sério por um segundo? — implorou ele. — Estou pedindo sua ajuda.

— Por que você está incomodado com o que Annie acha? A opinião da melhor amiga da sua irmã não é problema seu.

Mas a verdade é que Brendon não suportava a ideia de alguém pensando que o amor era uma causa perdida, achando que o jeito era se contentar com menos do que fogos de artifício só porque ainda não havia encontrado a pessoa certa. Ênfase no *ainda*.

— É o princípio da questão que me incomoda. É tão *triste*, sabe? E, do ponto de vista profissional, isso me diz respeito *sim*. Annie não é a única pessoa que pensa assim. Ontem saiu a pesquisa anual de intimidade e relacionamentos. *Trinta por cento* das pessoas entrevistadas acha que os aplicativos de namoro mataram o romance. Não posso simplesmente ignorar isso.

O OTP também não podia. Talvez Brendon não conseguisse convencer todo mundo, mas fazer Annie mudar de ideia já seria um bom começo.

Margot franziu a testa e curvou os lábios para baixo, fazendo uma cara feia.

— Brendon, de coração, você realmente precisa aceitar o fato de que não pode dar um final feliz para todas as pessoas do planeta, cara. Até você tem limites.

Limites o cacete. Ele sorriu para ela.

— Quem disse?

Ela apertou a testa com a mão.

— Você não aprendeu *nada* com o que aconteceu com a sua irmã e a Elle? Tipo, sei lá, não aprendeu *nada* sobre se intrometer na vida amorosa alheia?

Ok, o medo de Darcy de se magoar fez ela afastar Elle e lamentar o dia em que Brendon armou para as duas. Mas Darcy superou no fim das contas, prova de que o amor é realmente capaz de superar tudo, incluindo os medos mais profundos e sombrios das pessoas.

— Todo mundo adora jogar isso na minha cara, mas sei que a minha intervenção valeu a pena. Além disso, nesse caso não é intromissão. Eu disse claramente para Annie que vou fazer ela mudar de ideia. Eu só não sei *como*.

— E o que você esperava? *Hum, vou perguntar para a Margot. Ela é uma fonte de sabedoria.* Você que é o especialista nessas cafonices, Brendon, não eu.

— *Cafonices?*

Ela revirou os olhos.

— Você ouviu. Essa história de "você me completa" e "você me ganhou no olá" e "você me enfeitiçou" e "me fez um homem melhor" e "você é perfeito" e "você é um pássaro"... Que porcaria esse último quer dizer, aliás? — Ela mostrou a língua. — Cafona.

— Ouvi pelo menos cinco referências românticas sendo massacradas aí, talvez mais. Você parece bem experiente para mim — brincou ele.

— Tudo dos filmes que *você* me obrigou a assistir. Só estou dizendo que você vive para essas breguices.

— Não são breguices. E, mesmo que fossem, não há nada de errado com um pouco de breguice. Isso dá esperança, mostra que o amor...

Uma ideia começou a tomar forma, nebulosa e incompleta, mas melhor do que qualquer outra que havia tido até então.

Margot ergueu as sobrancelhas.

— Mostra que o amor...?

— Que forma melhor de provar que Annie está errada do que mostrando a ela?

— Mostrando *o quê* a ela? Sem ofensas, mas não acho que forçar a garota a passar por uma maratona de comédias românticas realmente resolva o problema.

Uma lâmpada acendeu, as peças do quebra-cabeça se encaixando.

— Margot, você é um gênio.

— Dá.

Um segundo de hesitação depois, Margot perguntou:

— Você se importa de me *explicar por que* eu sou um gênio?

— Porque você tem razão. Mostrar a ela um monte de filmes não vai resolver — disse Brendon, jogando a garrafa de água de volta na bolsa com um sorriso. — E é por isso que eu vou cortejá-la.

— Meu Jesus amado. *Cortejá-la?* — Ela fechou os olhos e gemeu. — Você só pode estar brincando comigo.

— Não, é sério. Eu vou cortejar Annie, e que maneira melhor de fazer isso do que usar meus filmes favoritos como modelo?

Os maiores gestos e momentos românticos? Brendon recriaria todos eles.

Margot o olhava sem expressão por trás dos óculos.

— Estou falando sério, Mar. Você tem ideia de quantos filmes foram gravados ou ambientados em Seattle? *Digam o que quiserem, Sintonia de amor, 10 coisas que eu odeio em você, Vida de solteiro...*

— Já entendi.

— Essa cidade é mais romântica do que as pessoas pensam. Temos os melhores restaurantes, a orla, uma roda-gigante...

— O que uma roda-gigante tem a ver com romance?

— Você viu *Diário de uma paixão*? *Com Amor, Simon*? *Nunca fui beijada*? — A essa altura, rodas-gigantes já eram um elemento básico do romantismo. — Ninguém para te interromper, com uma vista incrível, privativo...

— Ou seja, romântico — disse Margot, revirando os olhos. — E qual é o seu objetivo com tudo isso no fim das contas? Fazer a Annie se apaixonar por você?

— Eu só quero mostrar que o romance não é uma causa perdida. Que existe alguém por aí para cada um de nós e que a pessoa certa, quando aparecer, vai estar disposta a conquistar você. No mínimo a gente vai se divertir.

E se, por acaso, saísse mais algum coelho dessa cartola, Brendon não reclamaria. Se fosse para ser, seria.

— E você não acha... — começou Margot, comprimindo os lábios. — Ah, quer saber? Deixa pra lá. Não adianta discutir quando você fica assim.

— Assim como? — perguntou ele, sorrindo. — Certo?

Margot balançou a cabeça.

— Qualquer dia desses esse seu complexo de herói vai se voltar contra você. E *eu* é quem vou ter que morder a língua para não dizer "eu avisei".

Capítulo quatro

Viver pulando entre fusos horários por causa do trabalho tinha danificado totalmente o relógio biológico de Annie. Pegar no sono não era o problema; o problema era conseguir dormir uma noite inteira. Entre colchões de hotel excessivamente duros e check-outs cedo demais, ela raramente conseguia ficar na cama após o sol nascer.

Para combater a insônia, adotara o passatempo altamente masoquista de correr de manhã cedo.

Sentindo-se completamente castigada, mas também um pouco entorpecida de endorfina, Annie usou a barra da camisa surrada para secar o suor da testa e tirou os tênis de corrida antes de entrar na cozinha com um único propósito.

Café.

Seus olhos varreram o balcão em busca da... *não*.

Ocupando metade do espaço ao lado do fogão ficava uma monstruosidade prateada com botões e controles e bicos cujas funções ela sequer conseguia começar a imaginar.

Aquilo não era uma cafeteira, era uma engenhoca, e uma engenhoca que ela sabia não estar apta a operar. Havia botões de mais e palavras de menos, apenas símbolos cujo significado era muito mais ambíguo do que o fabricante presumia. Um grão de café. Uma gota de água. Duas linhas onduladas paralelas, que se pareciam muito com o símbolo do zodíaco para Aquário. Um sinal de mais e um de menos ao lado de um controle, pontinhos enfileirados aumentando de tamanho.

Ela estreitou os olhos e fez uma careta. Cafeína não deveria ser um pré-requisito para operar uma cafeteira... máquina de *espresso*... enfim.

Ao lado do equipamento profissional estavam as canecas de Darcy, grandes como tigelas, brancas e empilhadas de cabeça para baixo em um suporte prateado, sem dúvida para evitar qualquer acúmulo de poeira no interior. Annie pegou a caneca de cima e apertou-a na frente do peito, olhando para a cafeteira com desdém.

Ela podia fazer isso. Já tinha visto os baristas do Starbucks preparando bebidas inúmeras vezes. Na pior das hipóteses, ela terminaria com uma bebida forte demais que poderia misturar com creme e açúcar suficientes para amenizar a cafeína.

Ela colocou a caneca embaixo do bico à direita, o dedo pairando diante da roda central, e apertou o botão com o símbolo de xícara. A máquina ganhou vida, os botões frontais acendendo em um azul forte. O aparelho zumbiu e estremeceu quando os grãos da parte de trás começaram a cair em cascata nas entranhas da máquina, até...

O bocal da frente cuspir um líquido denso e escuro pela frente da máquina, pelos armários e pelo chão. *Merda.* Ela procurou a caneca e a encaixou sob o bico certo antes de fazer uma sujeira maior.

Pelo menos ela fez a cafeteira funcionar. Não tinha sido *tããããão* difícil...

Ops, vitória cantada cedo demais. O café chegou até a borda da caneca e entornou pelas laterais, formando uma poça na bancada e pingando até o chão, aumentando o diâmetro da poça ali também. A bebida quente alcançou seus dedos dos pés, que escorregaram e deslizaram no ladrilho.

Mas que grandiosíssima merda.

Annie girou o botão central da máquina como se fosse uma roleta, mas a única mudança foi que o café que saía do bico ficou mais escuro, mais preto, mais *lamacento*.

Com as mãos apoiadas na bancada e as pernas abertas ao redor da poça, ela alcançou a parte de trás da cafeteira e puxou o fio da tomada na parede.

De repente, a máquina desligou, e em milésimos de segundos tudo simplesmente parou: o zumbido, o rangido, a trituração dos grãos e o vazamento deram lugar a um silêncio abençoado, exceto pelas batidas do seu coração ecoando na cabeça.

O lugar estava em ruínas, como uma zona de guerra respingada de café.

Suspirando, Annie pegou um punhado de toalhas de papel. O jeito era ir ao Starbucks.

Depois de um banho quente, Annie colocou uma saia maxi plissada em seu tom favorito de rosa, uma camiseta cropped branca e sandálias gladiadoras, visto que o aplicativo de previsão do tempo prometera sol e máxima de vinte e quatro graus. Ela abriu o navegador e começou a digitar.

As dez melhores coisas para fazer em Seattle...

Sozinha, sugeriu o preenchimento automático.

— Obrigada, Google — murmurou ela no silêncio da sala.

Armada com uma lista de lugares para ir, atrações para ver e um mapa do centro da cidade baixado e nos acessos rápidos, Annie lançou um último olhar para a cafeteira de Darcy, pegou as chaves da mesinha de entrada e abriu a porta.

Encontrou Brendon parado no corredor, pronto para bater, com uma caixa branca presa na dobra de seu cotovelo direito.

— Brendon. Oi. — Ela deu um passo para o lado, acenando para ele entrar. — O que te traz aqui?

— Acredite ou não, eu estava aqui perto. — Ele levantou a caixa um pouco mais alto. — Todo sábado de manhã, eu e a Margot, que é amiga da Elle e minha também, e de quem aposto que você já ouviu falar, praticamos escalada em uma academia perto do Seattle Center. Depois passamos por uma padaria na Roy Street e compramos doces antes de virmos para cá tomar café da manhã com a Elle e a Darce. Meio que já virou uma tradição. Tipo a noite de jogos, sobre a qual tenho certeza de que a Darcy vai te contar.

Ele virou a caixa e abriu a tampa. Santo Deus. Dentro havia pelo menos uma dúzia de folhados, todos perfeitamente dourados, o aroma celestial de manteiga e geleia de frutas flutuando até seu nariz, fazendo sua barriga roncar. Brendon pareceu segurar um sorriso.

— Eu sei que a Darcy está viajando, mas é difícil largar o hábito. Achei que você não se importaria.

Me importar? Annie teve que engolir para não babar.

— Ah, nossa. Estou tão ofendida. Como você ousa me trazer coisas de aparência tão deliciosa? *Que indelicado*.

Ele riu e passou por ela em direção à cozinha, colocando a caixa no balcão.

— Os rolinhos de marzipã são meus favoritos, mas eu já soube de fontes seguras que o folhado de cereja e chocolate branco também é excelente.

Annie tirou o doce de cereja da caixa, ansiosa. Gemeu na primeira mordida, corando quando Brendon sorriu.

— Nossa, que delícia.

Era tão bom que quase rivalizava com os doces com os quais ela se empanturrou na última vez que esteve na França.

— Eu avisei.

Ele pegou um rolinho de marzipã e apoiou o quadril na bancada ao lado da maquiavélica máquina de café.

Brendon estava usando uma camiseta simples com uma girafa na frente. Acima da estampa, havia os dizeres GIRAFAS TÊM CORAÇÕES GIGANTESCOS, e um balão de fala acima da boca da girafa acrescentava: EU ME IMPORTO MUITO. O algodão marcava os bíceps dele, chamando atenção para os braços. A pele pálida era salpicada de pelos castanho-claros e um punhado de sardas que subiam pela lateral da mão. Os dedos longos envolviam o doce, o tendão do pulso flexionando sob uma cruz de veias em azul-escuro.

Annie terminou de mastigar e engolir, tirando os olhos dos antebraços musculosos.

— Então. Escalada, hein?

Ele limpou as migalhas das mãos sobre a pia.

— Margot me fez gostar.

— Ela vem?

Afinal, Brendon dissera que era uma tradição dos dois.

— Não, ela tinha outros planos — respondeu ele, sem dar mais detalhes, apontando com o queixo na direção do hall de Darcy.

— Você estava saindo?

Annie fez que sim, olhando para a caixa de doces e sentindo o croissant de amêndoa chamar seu nome. Talvez Brendon o dividisse com ela.

— Eu estava indo procurar o Starbucks mais próximo.

Brendon fez um som engasgado e se endireitou, balançando a cabeça.

— Você está em Seattle. Pode arranjar coisa melhor do que aquilo que eles chamam de café.

Aquilo? Annie tossiu.

— Nossa, que metido.

— Eles torram demais os grãos!

Brendon movimentou as mãos e gesticulou fervorosamente, polvilhando a sala de açúcar de confeiteiro.

— Calma, você vai se machucar — disse Annie, acenando para a máquina de café atrás dele. — Aliás, suponho que essa engenhoca dos infernos tenha sido presente seu?

Darcy certamente não tinha aquilo quando morava com Annie. Sem contar que ela não parecia ser do tipo que possui algo tão frívolo. Segundo o que Annie sabia, Darcy era mais chegada na prensa francesa. Talvez Seattle a tivesse mudado, mas Annie achava mais provável que outra pessoa fosse a responsável pela cafeteira. Alguém como Brendon.

Ele apertou os lábios, o queixo tremendo.

— Engenhoca dos infernos?

Ela estreitou os olhos.

— Esse é, de longe, o nome menos agressivo que eu usei para ela hoje de manhã. Passei dez minutos limpando o chão depois que a caneca transbordou. Os botões são incompreensíveis. Ninguém deveria precisar de um manual para fazer uma xícara de café.

— Você aperta o botão da xícara e depois ajusta o mostrador para o volume de café desejado — disse Brendon, contraindo os lábios.

O rosto dela ficou quente. Quando ele colocava assim, parecia simples.

— Ou posso pagar quatro dólares para alguém fazer isso por mim. Além disso, eles têm calda de doce de leite com canela. A Darcy não.

Brendon fez uma careta, evidenciando seu desgosto.

— Torrado demais *e* caro demais. Você está me matando. É sério que prefere pagar quatro pratas por água de café queimado?

— Água de café queimado com leite e açúcar — retrucou ela, sorrindo.

Brendon estremeceu, exagerando seu falso horror.

— De jeito nenhum. Definitivamente não.

— Como é que é?

Faça chuva ou faça sol, Annie *ia* tomar o café dela.

— Isso mesmo. Eu não posso, em sã consciência, deixar você se contentar com um Starbucks em plena Seattle. Vem, vou te mostrar o que é um bom café.

Embora ela não se importasse com a companhia, não queria atrapalhar.

— Não precisa. Aposto que você já tem planos.

— Agora eu tenho. — Brendon sorriu, as covinhas aparecendo. — Pega as chaves. Vou apresentar Seattle a você.

☾

Brendon fez um péssimo trabalho em disfarçar sua repulsa, franzindo os lábios enquanto Annie bebia ruidosamente o frapê gigante com crocante de caramelo.

— Servido?

Ela ofereceu a bebida, rindo quando ele quase tropeçou no meio-fio na pressa de recuar.

— Não, obrigado. Isso nem é *café*.

Ela sorriu com o canudo ainda na boca.

— As três doses de café dizem o contrário.

— É um milk-shake superestimado. Um milk-shake superestimado que custa seis dólares.

— E é uma delícia. — Graças ao açúcar e à cafeína, Annie já estava bem mais animada. — O que você tem contra milk-shakes?

Ele fez uma careta.

— Você não lembra?

Ela levantou o rosto para olhar para ele.

— Não lembro do quê?

Brendon enrugou o nariz.

— Da vez em que apostei que conseguia terminar meu milk-shake antes de você? Você não lembra mesmo?

A lembrança a atropelou como um caminhão. Imediatamente, seus olhos se fecharam com força, os lábios rolando para dentro, o resto estremecendo.

— Não, pelo amor de Deus. Você vai me traumatizar de novo. Você estragou batata frita para mim por mais de um ano.

Uma grande façanha, considerando que batata frita era uma das suas comidas favoritas.

— Eu estraguei batata frita para *você*? — Os ombros de Brandon estremeceram de tanto rir enquanto os dois abriam caminho pelo mar de pedestres da manhã de sábado perto do Pike Place Market. — Fui eu que fiquei com uma batata alojada no nariz.

Annie engasgou.

— Não fala sobre isso!

Uma simples aposta de quem terminaria o milk-shake primeiro — Darcy não pôde participar por ser intolerante à lactose — acabou com Brendon, na época com 13 anos, vomitando no estacionamento de uma rede de fast food. Annie teve o pior congelamento cerebral da sua vida e, de alguma forma (ela ainda não tinha certeza de como isso fora fisiologicamente possível), Brendon acabou com uma batata frita mal mastigada alojada no nariz depois de vomitar até as tripas. A batata ficou presa na cavidade nasal a ponto de exigir uma ida ao pronto-socorro para removê-la.

— Falar sobre isso? Eu tive que *viver* isso. Até hoje não consigo olhar para um milk-shake sem sentir o nariz arder.

Annie sentiu o próprio nariz arder, empático.

— Justo. Mas a questão permanece: você pode até não gostar, mas isso aqui conta como café.

— Eu te levo ao café que, sem dúvida, tem o melhor grão orgânico de produção ética da cidade, e você pede *isso* — disse ele, estalando a língua. — Que vergonha.

Annie sugou o canudo ruidosamente.

— Eu me sinto *péssima*.

Depois de atravessarem a rua, ele a guiou pelo mercado, passando por barracas de sabonetes artesanais, mel de cultivo local, buquês de flores em cores vibrantes, produtos frescos, bijuterias e geleia de pimenta em potes de vidro. A alguns metros de distância, uma multidão se reunira em volta de alguns homens com macacões de borracha laranja, que gritavam e jogavam enormes salmões em cima um balcão.

Um puxão suave em seu pulso a impediu de entrar no mercado coberto para olhar mais de perto. Brendon apontou com o queixo para a esquerda.

— Vem. Eu quero te mostrar uma coisa.

Sem soltar a mão de Annie, Brendon a conduziu por uma esquina, desviando para um túnel escuro que se abria em um beco, as paredes de tijolos cobertas de...

Chiclete?

Ela riu.

Muito chiclete, mais chiclete do que tijolo. Rosas, vermelhos, azuis vibrantes e amarelos terrosos, esbranquiçados, laranjas, verdes. Chicletes e mais chicletes grudados nas paredes por todo beco, com vários centímetros de espessura. Era muito repugnante e fascinante ao mesmo tempo.

— Essa é a Gum Wall, o paredão de chicletes.

Brendon enfiou a mão no bolso e sacou dois chicletes, oferecendo um a ela.

— Eu sei que é coisa de turista, mas é um marco de Seattle. Todo mundo precisa visitar pelo menos uma vez.

Annie colocou a bebida sobre os paralelepípedos perto da parede, abriu o chiclete e mordeu no meio. Uma explosão de melancia, azeda e doce. Ela mastigou até a goma perder a forma, o sabor frutado ainda inundando sua boca.

Brendon juntou os lábios e escorregou a língua coberta de chiclete verde para fora. Ele inflou as bochechas e contraiu as narinas, produzindo uma bola gigantesca diante do rosto, que foi de opaca a translúcida, com a goma ficando cada vez mais fina.

Annie não sabia bem o que a levara a fazer aquilo, mas ela levantou a mão e estourou a bola de Brendon. Uma fina camada de chiclete verde-claro cobriu os lábios, as bochechas, a ponta do nariz e a pequena covinha no queixo dele.

Ele congelou com os olhos arregalados e os lábios entreabertos, o chiclete grudado no meio.

— Não acredito que você fez isso.

Ela riu e pegou o celular, tirando uma foto rápida de Brendon todo sujo de chiclete.

— Foi mal?

Rindo, Brendon começou o árduo processo de raspar os restos de chiclete da barba por fazer. Por fim, ele descobriu que era mais fácil desenrolá-lo, seus dedos fazendo pequenos círculos concêntricos até quase todo o chiclete sair, exceto pelo pedaço grudado na lateral do nariz.

Annie abafou uma risada e apontou.

— Ainda tem um pouco ali.

Ele esfregou o lado errado.

— Saiu?

— Não, está...

Ela subiu na ponta dos pés, levantando a mão para fazer o serviço por ele, bufando quando o chiclete se recusou a sair.

— É grudento demais.

A respiração dele fez cócegas na mão dela.

— É o que todo mundo me diz.

Annie bufou e deu um tapa no braço dele.

— Não se mexe. Se você ficar balançando a cabeça, eu não vou conseguir tirar.

Ele enrugou o nariz.

— Desculpe. É que faz cócegas.

As panturrilhas dela estavam começando a arder por ficar na ponta dos pés.

— Você é alto demais.

Ele desceu uma das mãos até a cintura dela, segurando-a firme enquanto se inclinava para mais perto. Perto o suficiente para Annie ser capaz de contar as sardas na ponte de seu nariz. Ele pôs a língua para fora rapidamente, umedecendo o lábio inferior. O aroma doce e frutado do hálito dele foi flutuando até ela.

— Melhor?

Annie assentiu, sem palavras.

Plim! Plim!

Annie deu um salto para a frente, colidindo com Brendon para fugir de uma bicicleta que passou voando atrás dela.

— Você está bem?

Eles estavam colados do peito até os joelhos. A mão que Brendon tinha apoiado em Annie se fechou ao redor da cintura dela, segurando-a contra ele, mantendo-a firme.

Annie grudou a língua no céu da boca, sentindo os joelhos estupidamente bambos de repente.

— Aham.

Ela levantou o rosto do peito firme dele, onde o havia enterrado. A luz do sol batia nos cílios claros e invejavelmente longos de Brendon, destacando as manchas âmbar em suas íris, o contraste deixando as pupilas mais escuras. Ele deu uma risadinha, a vibração retumbando até os dedos dos pés de Annie. *Até a pontinha de cada dedo.*

— Tem certeza?

Ela deu um passo para trás, descendo as mãos, corando intensamente quando tocou levemente nos braços dele, duros feito aço.

— Aham.

Tudo ótimo.

Brendon olhou para baixo.

— Ah, merda. Deixei cair meu chiclete.

Era impossível dizer qual chiclete era o dele, já que os paralelepípedos eram quase tão cobertos quanto as paredes.

— Melhor no chão do que preso no meu cabelo — afirmou ela, tentando se esquecer de como a proximidade de Brendon a deixara bizarramente desequilibrada.

Ele fez um som de concordância.

— Tem razão. Quer colar o seu?

Ela sentiu o calor irradiar pelo pescoço.

— Eu, hum... engoli.

Entre o ciclista passando e estar colada em Brendon, ela tinha engolido o chiclete sem pensar.

— Que tal uma foto?

Ela sorriu com a oferta, passando o celular para Brandon.

— Claro.

Brendon tirou várias fotos seguidas, mas, quando Annie esticou a mão para pegar o telefone de volta, ele o ergueu para o alto.

— Nah, antes eu preciso ver se ficaram boas.

Ele deslizou pela tela, rindo ao ver o próprio rosto coberto de chiclete. Ele deslizou o dedo mais uma vez, e a última foto que Annie havia tirado apareceu na tela, na Trafalgar Square ao entardecer.

— Londres? — perguntou ele, devolvendo o celular.

Ela assentiu.

— Dos lugares que já visitou, qual é seu favorito?

Annie enfiou o aparelho dentro da bolsa e pegou a bebida do chão.

— Estamos falando a trabalho ou em geral?

— Em geral.

— Hum. É difícil, mas eu provavelmente teria que escolher a França.

— Paris?

Ela balançou a cabeça.

— Paris é linda, mas tive a sorte de passar três semanas na Provença na temporada da lavanda. Os campos ficam cobertos de flores roxas e o perfume no ar é maravilhoso. Eu dormia com as janelas abertas.

— Nossa, deve ser lindo. Isso me faz pensar em uma cidadezinha chamada Sequim, que não fica muito longe daqui. Ela é conhecida como a "Capital da Lavanda na América do Norte". A maioria da lavanda que encontramos no mercado daqui vem de lá.

Parecia incrível. E certamente "cheirava" incrível também.

— Eu queria ficar mais tempo na cidade. Adoraria ir conhecer — disse Annie, provocando um sorriso em Brendon.

— Bem, você já visitou a Provença, então...

Foi a vez de Annie rir.

— É, confesso que foi bastante incomparável. Os cenários eram de tirar o fôlego.

Annie desviou do que parecia ser um chiclete mais fresco, não querendo estragar os sapatos, e esbarrou levemente com o braço no dele.

— E você? Dos lugares em que já esteve, qual é seu favorito?

Brendon deu uma risada e passou a mão pelo queixo. A maneira como ele a olhou com o canto do olho parecia quase tímida.

— Foi... Bem, não é nenhuma Provença.

Ela esbarrou nele com o quadril.

— Qual é. Diz logo.

— Foi... *não*. Você vai rir.

E ela riu mesmo, mas só porque ele estava fazendo tanto alarde a respeito.

— Tem um nome engraçado? Tipo, Penistone, na Inglaterra? Ou Mal Lavado, em Portugal? Ou Climax, aqui na Georgia?

Ele jogou a cabeça para trás e gargalhou.

— *Não*.

Então não pode ser tão ruim.

— Ok, ok. Tomorrowland.

Tomorrow...

— Na Disney?

Um rubor subiu pela lateral do pescoço de Brendon, mas ele continuou olhando para a frente.

— Isso.

— *Brendon* — disse ela, alargando o sorriso.

— Eu sei, eu *sei*. É ridículo você ter viajado para todos esses lugares incríveis e meu lugar favorito no planeta ser na Disney.

— Pois saiba que a Space Mountain é minha montanha-russa favorita de todos os tempos. Eu costumava achar que... Bem, eu ainda acho. Que os asteroides pareciam cookies gigantes.

Ele arregalou os olhos.

— Eu *amo* a Space Mountain. Assim que fiquei alto o suficiente para entrar, obriguei Darcy a ir comigo várias vezes. Ela ficou de saco cheio.

— Eu jamais ficaria de saco cheio da Space Mountain. Eu amo montanhas-russas.

— Ah é? — perguntou ele, abrindo mais o sorriso. Então indicou a direita com a cabeça. — Isso me deu uma ideia. Vamos por aqui.

Ela o seguiu pelo beco até dobrarem a esquina. Brendon parou diante de um longo píer de madeira e apontou para uma roda-gigante.

— Não é montanha-russa, mas chega perto.

Annie protegeu o rosto do brilho do sol com a mão em concha e olhou para a roda.

— Vamos nessa.

Com o copo de frapê vazio, ela foi até uma lata de lixo ao lado do banheiro público e hesitou, olhando para a porta. Nas últimas duas horas, ela consumira incríveis novecentos e cinquenta mililitros de café gelado, e sua bexiga chegara à capacidade máxima.

— Annie.

Ela se virou. A fila havia avançado e já estava quase na vez deles. Brendon estava perto da atendente e acenando para ela. Annie olhou de volta para o banheiro e franziu a testa. Era uma roda-gigante; quanto tempo dar uma volta em um círculo poderia levar? Quinze minutos?

— Vem!

A atendente, começando a parecer irritada, batia o pé atrás de Brandon, como se Annie estivesse segurando a fila.

Ok, Annie podia esperar quinze minutos.

O timing foi ideal, pois os dois ficaram com uma cabine só para eles. Annie ocupou um dos bancos de couro, se remexendo um pouco para ficar confortável. O banco poderia acomodar confortavelmente quatro adultos, mas, ainda assim, Brendon se sentou bem ao lado dela, os joelhos de ambos se tocando levemente quando ele esticou as pernas compridas.

A roda estava se movendo relativamente devagar, e levaram cinco minutos para alcançar o topo, mas a vista fez a espera valer a pena. A luz do sol brilhava na plácida e vítrea superfície azul da baía de Elliott. À direita, a torre do Space Needle se erguia alta e imponente contra o céu azul-claro.

— Monte Rainier — disse ele, apontando para a montanha coberta de neve aparecendo majestosamente à distância. — Escolhemos um bom dia para vir.

Annie vasculhou o fundo da bolsa atrás do telefone, querendo tirar mais fotos.

— Que vista linda...
— Linda mesmo.

Annie sentiu alguma coisa que a fez olhar por cima do ombro. Quando virou o rosto, viu Brendon olhando não para a vista, mas para ela, com os olhos castanhos fixos em seu rosto, e os lábios curvados nos cantos.

— Você sente falta de São Francisco? — perguntou Annie, mudando de assunto.

Ele não podia estar insinuando que *ela* era linda. Isso seria ridículo, para não dizer totalmente cafona. As pessoas não diziam coisas assim na vida real. Não para ela.

Ele se ajeitou no banco, a coxa pressionando firmemente a dela.

— Às vezes. Sinto falta da lanchonete In-N-Out, mas o Dick's não é ruim.

— *Dick's*?

Meu Deus, com um nome desses talvez fosse melhor nem tentar adivinhar.

— Uma hamburgueria com uma batata frita maravilhosa. E dizem que eles fazem um milk-shake decente — falou ele, com um sorrisinho torto muito fofo. — Não que eu possa opinar.

— Acho que vou ter que conferir pessoalmente se é verdade.

— Sabia que você escolheu a melhor época do ano para vir? Nada supera o verão em Seattle. A gente costuma brincar que se você quiser convencer alguém a se mudar para cá, deve fazer a pessoa visitar a cidade entre maio e setembro.

— Não é de outubro a abril?

— Essa é a estação das chuvas. Não que chova tanto quanto as pessoas dizem. Miami registra quase o dobro da precipitação anual de Seattle. Mas chuvisca muito.

— Eu não me importo com chuva.

O que era bom, visto que Londres era conhecida por ser quase tão cinzenta quanto Seattle.

— A gente vai aprendendo a gostar. E você?

— Se eu sinto falta de São Francisco?

Brendon assentiu.

Ela ajeitou uma mecha atrás da orelha e deu de ombros.

— A última vez que estive lá foi... quatro anos atrás? Não é mais um lar.

Não que qualquer lugar parecesse um lar ultimamente.

— Quatro anos?

— Depois que meu pai se aposentou, ele e minha mãe voltaram para a Grécia.

— Uau. Isso é... longe.

— Eu sempre vou no Natal. Uma vez, até consegui uma semana a mais de férias e pude passar meu aniversário lá.

— *Uma* vez? O que você costuma fazer no seu aniversário? É no dia 19, não é?

— O Facebook te contou? — brincou ela.

Ele a encarou.

— Não preciso do Facebook para lembrar do seu aniversário, Annie. Eu te conheço há metade da minha vida.

Conhecer era um pouco exagerado, mas ela entendeu o que ele quis dizer.

— Quando Darcy ainda estava na Filadélfia, a gente costumava sair para jantar em um restaurante chique qualquer que ela descobriu pelo Food Network. — Annie revirou os olhos amavelmente. — E se meu aniversário caísse em um dia de semana, ela mandava minha confeitaria favorita entregar uma dúzia de cupcakes no meu escritório.

— Parece mesmo coisa da Darce.

No seu aniversário do ano anterior, Annie pedira uma quantidade obscena de sushi para comer sozinha enquanto maratonava seu reality show francês favorito. Darcy ainda mandava cupcakes para o escritório, mas aquilo não se comparava a passar o aniversário com sua melhor amiga.

Ela sentiu seu sorriso se esvaindo, vacilando, a melancolia ameaçando dominá-la, porque em dezembro Darcy ainda estaria aqui em Seattle e Annie estaria do outro lado do mundo, e vai saber se Darcy poderia enviar cupcakes de tão longe? Ela trincou os dentes e sorriu, lembrando a si mesma de que Darcy estava feliz aqui e era isso que importava.

— Você deve ter adorado quando Darcy se mudou para cá, né? E depois sua mãe também.

— Darcy, claro. Já a minha mãe...

Brendon fez um gesto vago indicando exaustão e passou os dedos pelo cabelo, que ficou adoravelmente bagunçado. Annie não se lembrava de já ter visto Brendon com o cabelo tão comprido. Não grande *demais*, mas bem longe do corte rente que ele usava quando era criança. Seu cabelo ruivo era grosso, exuberante, o tipo de cabelo em que se pode afundar os dedos.

— Aposto que você sabe como minha mãe é.

Ela sabia o suficiente. Gillian Lowell era, bom, *volátil* seria um eufemismo. Seus pontos altos eram altos e os baixos eram *baixíssimos*. Após o divórcio, ela simplesmente abandonara os filhos, deixando Brendon aos cuidados de Darcy até que a avó dos dois interviesse.

A decisão de descarregar aquela responsabilidade indevida sobre sua melhor amiga sempre faria Annie ver Gillian com maus olhos.

— Ela parece feliz aqui — continuou Annie. — Darcy, digo.

— Graças a Elle.

Annie cutucou ele com o cotovelo, de leve.

— Tudo graças às suas habilidades de cupido.

Ele deu de ombros preguiçosamente e afundou no banco, meio desleixado. O sorriso arrogante em seus lábios devia parecer completamente desagradável, mas, em vez disso, fez alguma coisa dentro de Annie se agitar.

Mas que merda.

— Viu, só? Prova de que o romance não morreu.

Deus do céu... Annie riu.

— De novo isso?

Ele estalou a língua baixinho.

— Você acha que eu esqueci?

— Eu tinha esperanças — brincou ela, cruzando as pernas.

Ok, ela realmente deveria ter feito xixi. A pressão em seu abdômen reduziu com a mudança de posição, os apelos da bexiga diminuindo até um ponto que ela poderia ignorar... por enquanto.

— Bem, saiba que não.

É claro que não. Porque isso seria muito fácil e completamente atípico para Brendon. Cabeça-dura o definia bem.

— Olha, eu não disse que as pessoas não podem se apaixonar. Só acho que o amor verdadeiro, do tipo em que se dá tudo de si, é raro. A maioria das pessoas quer o fácil. Mas toda regra tem uma exceção.

— A maioria das pessoas — repetiu ele, com os olhos fixos no rosto dela, estudando-a atentamente.

Ela baixou o queixo.

— E essa regra... — Ele se endireitou. — Você diria que Elle foi a exceção de Darcy?

— Talvez?

— Então seria lógico pensar que talvez você ainda não tenha encontrado a sua.

Ele parecia presunçoso com seu raciocínio dedutivo, sua distorção da lógica dela.

Annie não criaria expectativas. Talvez toda regra tivesse uma exceção e talvez houvesse alguém no mundo que fosse perfeito para ela, mas enquanto Brendon achava a perspectiva de sete bilhões de pessoas promissora, ela a achava sombria. Mais do que sombria.

— As exceções confirmam a regra. O fato de poder enumerar uma lista finita destaca a raridade das exceções.

— As exceções *confirmam* a regra? — A sobrancelha dele era um arco de puro ceticismo.

— É um *fato*.

Ele jogou a cabeça para trás, o riso tomando conta da gôndola envidraçada.

— Claro.

— Para — disse ela, colocando a mão no vidro frio. — Não devíamos estar nos movendo?

Ele fechou os olhos, os lábios se abrindo em um sorriso preguiçoso, o copo de café vazio descansando contra a barriga lisa.

— Você não tem medo de altura, tem?

— Eu não disse que adoro montanhas-russas? Altura não me incomoda.

Mas a bexiga, por outro lado, era difícil de ignorar.

De um alto-falante embutido no alto, veio uma estática crepitante. Alguém pigarreou.

— Hum, desculpem a interrupção, pessoal. Estamos com algumas dificuldades técnicas e por isso ficamos parados nos últimos minutinhos.

Minutinhos? Eles estavam ali havia meia hora.

— A boa notícia é que nosso técnico está dando uma olhada neste exato momento. Aguardem só mais um pouco e a roda deve voltar a funcionar em breve.

Que ótimo. Só Deus sabia quanto tempo eles ficariam presos naquela cabine, balançando no ar.

Annie cruzou as pernas com mais força, mas, quando isso não aliviou a pressão, ela se inclinou para a frente, apoiando as mãos no banco de cada lado do corpo, os dedos cravados no assento de couro. Brendon colocou a mão em seu ombro.

— Você está bem?

Ela abriu a boca, mas parou quando sentiu uma pressão na bexiga, como uma cólica, e apertou os lábios.

— Aham, estou bem.

Ela *não* estava bem. Estava prestes a explodir. Annie soltou o banco e cruzou as pernas na direção oposta, contorcendo-se na cadeira.

Ele franziu a testa.

— Tem certeza?

— Eu devia ter ido ao banheiro antes de entrar. Não pensei que a gente ia ficar preso aqui — admitiu ela, sentindo um calor subindo pela nuca.

Ele se encolheu.

— Putz, sinto muito.

— É, porque você é totalmente responsável pela minha bexiga, né? — Annie soltou uma risada irônica, mas, pensando bem, rir não era boa ideia. — Me distrai, por favor.

Ele baixou o olhar, parando e se demorando na boca de Annie, fazendo-a se perguntar por um momento bizarro que método de distração ele estaria cogitando.

Ela engoliu em seco. Ou o maldito Brendon Lowell milagrosamente a deixara molhada apenas com aquele olhar, ou ela fizera um pouco de xixi. Ela *realmente* precisava começar a fortalecer os músculos do assoalho pélvico.

Qualquer que fosse o método de distração que ele tinha em mente, não importou mais quando o celular de Annie começou a berrar "Never Gonna Give You", de Rick Astley.

— Sério que esse é o seu toque de celular? — perguntou ele, rindo.

Ela vasculhou a bolsa, encontrando o celular enterrado debaixo da carteira.

— Só para Darcy.

Annie pairou o polegar sobre a tela, encaminhando a ligação para o correio de voz. Ela estava um pouco ocupada no momento, visto que sua bexiga dificultava qualquer concentração. Além do mais, ela estava com Brendon. Ele merecia sua — quase — total atenção.

Ela guardou o telefone de volta na bolsa, decidindo que ligaria para Darcy mais tarde.

— Já ouviu falar do paradoxo de Astley? — perguntou ele.

Annie balançou a cabeça.

— É tipo o efeito Mandela? Que diz que metade das pessoas se lembra de algo de um jeito e metade não? Porque eu juro por tudo que é mais sagrado que o rabo do Pikachu tem *sim* uma faixa preta.

— Eu sei! — Ele bateu nas coxas ansiosamente. — E que em *Guerra nas Estrelas*, Darth Vader disse *sim*…

— Luke, eu sou seu pai!

Graças a Deus ela não era a única que pensava assim.

— Assim como a Rainha Má, de *Branca de Neve,* disse...

— Espelho, espelho meu — interrompeu ele.

— Quem é mais bela do que eu? — completou ela, assentindo.

Ele suspirou tristemente.

— Não entendo como alguém pode dizer que não foi assim.

— Né? Muito estranho.

Annie sentiu mais uma pontada na bexiga.

— Tá, mas o que tem esse paradoxo de Astley?

— Ah, sim.

Ele girou ligeiramente o corpo, batendo com os joelhos nos dela.

— É totalmente diferente. Imagine que você pediu ao Rick Astley para te emprestar o DVD de *Up: Altas aventuras.*

Ela assentiu, concordando com a situação hipotética em que, primeiro, *conheceria* Rick Astley e, segundo, precisaria de um filme de animação *emprestado*.

— Ok.

Brendon riu baixinho.

— Ele não pode te dar porque ele *will never gonna give you up*.

Ah, meu Deus. Ela fechou os olhos.

— Nossa.

— *Mas* — continuou ele —, ao não emprestar o filme, ele está *letting you down*.* Uma coisa que ele prometeu nunca fazer. Ou seja, um paradoxo.

— Nossa, que bobeira. — Ela sorriu. — Eu *amo* esse filme, aliás.

---

* "*Never gonna give you* up", trecho da música de Rick Astley, pode ser traduzido como "nunca vou desistir de você". Neste caso, Brendon está fazendo um trocadilho para que o sentido seja "nunca vou dar o (filme) *Up* para você". A letra também traz o verso "Never gonna let you down", ou "nunca vou te decepcionar". (N.E.)

— *Up*?

— Aham. É sem dúvida meu favorito da Pixar. Embora *WALL-E* esteja em segundo lugar.

Brendon ficou boquiaberto.

— Acho que estou apaixonado.

Ela riu e... péssima ideia. *Epicamente* péssima. A pressão em sua bexiga ficou mais difícil de ignorar. Annie passou a respirar superficialmente.

— Imagino que você também goste de *Up*?

— Não conta para a Darcy, tá?

Ele segurou a barra da camisa que estava usando e começou a levantá-la, revelando a barriga lisa com seus *muitos* sulcos e saliências. Esculpido. Essa era a palavra. O corpo de Brendon parecia esculpido.

Annie sentiu um calor subir pelo pescoço.

— O que você está fazendo?

Ou melhor, por que ele estava tirando a roupa? Não que ela estivesse reclamando, mas ainda assim...

Ele sorriu, levantando a camisa até as axilas.

— É, pode-se dizer que *Up* é um dos meus favoritos.

Em seu tórax, sobre o peitoral esquerdo, havia uma mancha brilhante de cor. Centenas de balões de cores vibrantes haviam sido pintados em sua pele. Tons de rosa, verde, vermelho e azul, tão fortes e alegres quanto a parede de chiclete que os dois visitaram. Abaixo dos balões havia uma casinha flutuando sob o mamilo achatado de Brendon.

Annie mordeu o lábio, cerrando os punhos para não fazer nada idiota, tipo esticar o braço e percorrer os traços do desenho com os dedos.

— Que fofo. E muito bem-feita. Amei.

Ele sorriu e baixou a camisa, cobrindo-se novamente.

— Obrigado.
— Por que não posso contar para a Darcy?
Ele a lançou um olhar que gritava *dã*.
— Darce odeia tatuagens. Tipo, ela não liga quando é nas outras pessoas, mas em mim? Eu nunca mais teria um dia de paz.
Ela riu.
— Você está brincando. — A cara de Brendon dizia que não. — Ok, me deixa te contar um pouco sobre a sua irmã...
— Aquele era um segredo suculento que Darcy *odiaria* que o irmão soubesse, mas inofensivo. Brendon adoraria aquilo.
— No verão em que nos mudamos para a Filadélfia para fazer faculdade, Darcy e eu... E, que bom que você está sentado... Nós fizemos tatuagens iguais.
O queixo de Brendon caiu.
— Tá de sacanagem comigo.
Ela balançou a cabeça.
— Não. Tatuagens iguais, e de *borboletas*.
Ela mordeu o lábio e sorriu com a lembrança. Tinha sido uma ótima noite.
— Vocês estavam bêbadas? — perguntou ele, ansioso.
— Não. Bom, eu não estava.
Annie não precisava de álcool para tomar decisões impulsivas. Ela já fazia isso perfeitamente sóbria.
— Onde? Eu nunca vi... — Brendon contorceu o rosto de horror. — Esquece. Esquece que eu perguntei.
— Onde toda garota de 18 anos nascida no final dos anos oitenta ou início dos noventa faz uma tatuagem de borboleta depois de beber? — Annie sorriu. — Sim. Sua irmã ostenta uma tatuagem secreta no local favorito de toda stripper.
Ele sorriu.
— Nossa, ela vai *odiar* quando descobrir que eu sei.

— É por isso que não vai contar que eu te contei — reforçou Annie docemente, embora seu sorriso fosse uma ameaça em si. — Porque ela vai *me matar*.

— Justo. Acho que posso guardar esse segredo. — Ele inclinou a cabeça de lado, estreitando os olhos pensativamente. — Então, isso significa que *você* também tem uma tatuagem no...

O alto-falante estalou e ganhou vida mais uma vez.

— Olá de novo. Lamentamos a demora, pessoal. Não há nada com que se preocupar, mas parece que temos um problema com nosso sistema elétrico. A equipe de manutenção está trabalhando para ligar o gerador reserva. Eles estimaram que não deve demorar mais do que quinze minutos. Devido à inconveniência, reembolsaremos os ingressos assim que todos desembarcarem com segurança.

Quinze minutos? Annie gemeu de sofrimento.

Não havia escolha a não ser segurar, mas Annie não sabia se conseguiria. Ela se ajeitou, balançando-se para a frente, contorcendo-se no banco, batendo os pés no chão de vidro.

Brendon abriu a tampa do café e estendeu o copo, oferecendo para Annie.

— Ok. Isso já foi longe demais. Toma.

Ela o encarou.

— Não vou fazer xixi em um copo, Brendon.

— Olha, eu sei que não é *ideal*.

— De jeito nenhum.

Na verdade, não é que não era o era *ideal*: não era uma opção e ponto. Ela não faria xixi em um copo de café dentro de uma gôndola de vidro pairando centenas de metros acima do chão com Brendon ao seu lado.

— Qual é. Você nunca fez xixi na frente da Darcy?

— Aham, da *Darcy*. Minha melhor amiga.

— E das pessoas com quem você namorou?

Er...

— Não...?

— Sério?

Ela o encarou.

— Você já?

— Bem, não, mas...

Annie riu, arrependendo-se imediatamente quando foi forçada a apertar com força os músculos da pélvis.

— Todo mundo faz xixi, Annie.

— Não na frente dos outros.

— Seus pais nunca fizeram xixi um na frente do outro?

— Isso é diferente! Eles são casados.

Não que tivesse acontecido, mas se algum namorado tivesse visto Annie fazendo xixi, provavelmente também já a teria visto nua. Visto que Brendon não era seu melhor amigo, nem seu namorado, nem nunca a vira nua, nada justificava fazer xixi na frente dele.

— Ok — disse ele, rindo.

— Tá tudo bem. Eu vou segurar.

Falar era fácil. O simples ato de respirar estava começando a doer, ela estava com a barriga inchada, e se contorcer e cruzar as pernas não estava mais funcionando.

Novamente uma estática crepitou do alto-falante, fazendo-a prender a respiração.

— Nossos técnicos estão trabalhando com afinco para colocar o gerador reserva em funcionamento, mas nos deparamos com um pequeno problema e agora estamos prevendo uma demora de cerca de trinta minutos.

Meia hora. Ela abraçou a barriga e gemeu.

Brendon balançou o copo de café para ela.

— Prometo que não vou olhar.

Ela não podia acreditar que estava realmente cogitando fazer xixi em um copo de café em público. Não que alguém, exceto Brendon, pudesse ver, a menos que tivessem binóculos. Mas mesmo assim.

Infelizmente, sua bexiga não se importava nem um pouco com onde ela estava. Annie suspirou e aceitou o copo, apertando-o com força, olhando para as gotas de café que ainda repousavam no fundo encerado. Sua bexiga estava estupidamente cheia. E se ela fizesse xixi demais? Já tivera um desastre de transbordamento naquele dia... Só que esse seria ainda mais pavoroso. Transbordar este copo seria catastrófico.

Engolindo a vergonha, ela olhou fixamente para Brendon.

— Vira de costas e... fica falando. Alto.

Alto o suficiente para abafar o barulho do xixi, por favor.

Brendon jogou uma perna sobre o assento, virando as costas largas para ela.

— Quer que eu faça alguma coisa constrangedora também? Eu posso fazer, se isso fizer você se sentir melhor.

Ela deslizou para a frente no banco e colocou a mão embaixo da saia, puxando a calcinha para baixo. Era como se sentar em um banheiro. Ela só torcia para que não houvesse câmeras naquela maldita cabine.

— Está se oferecendo para fazer xixi na minha frente?

Ele riu.

— Quer dizer... Isso faria você se sentir melhor?

— Duvido.

— Foi o que pensei.

— Ei. Brendon.

— Hmm?

— Você parou de falar.

— Ah, é. Er... a Darcy já te contou sobre quando fomos a um Escape Room no Seattle Underground?

— Acho que ela mencionou algo a respeito.
— Foi muito legal, na verdade. Nós acabamos...

Annie ignorou o que ele estava dizendo, concentrando-se na cadência profunda de sua voz, sentindo o próprio rosto em chamas enquanto se preparava para fazer xixi naquele copo de café idiota. Sua bexiga levou um tempo para entender que não havia problema em relaxar. Ao primeiro eco de um respingo, ela quase morreu de vergonha bem ali.

Brendon vacilou por uma fração de segundo antes de levantar a voz, quase gritando.

— Pois é, foi muito legal. Resolvi um monte de enigmas, e você devia ter visto a cara da Darcy quando a Elle...

Annie sentiu a bexiga suspirar de alívio, mesmo que a esse ponto ela estivesse, sim, morta de vergonha. Ela realmente estava fazendo aquilo. Xixi dentro de um copo de café no alto de uma roda-gigante. Um acontecimento que ela poderia riscar de sua lista de imprevistos humilhantes que jamais gostaria de repetir.

Annie torceu o nariz para o copo e subiu a calcinha de volta pelas coxas com uma das mãos.

— Brendon.
— Sim?

O rosto dela ardia.

— Pode me passar a tampa?
— Ah.

Ele passou a frágil tampa de plástico por cima do ombro.

Annie olhou para o copo em sua mão. Pelo menos era térmico e opaco. Ninguém saberia o que havia dentro, exceto ela e Brendon, o que já estava de bom tamanho.

— Pode se virar. Eu já... acabei.

A princípio, ela pensou que estava imaginando coisas, que a leveza de sua bexiga a estava confundindo, fazendo-a sentir que a gôndola estava se movendo. Mas não. A cabine balançou, iniciando uma descida lenta e suave de volta à Terra.

Annie apertou o copo e gemeu quando Brendon bufou, cobrindo o riso com uma tosse.

Trinta minutos o escambau.

Capítulo cinco

Brendon tinha noventa e nove por cento de certeza de que a bolsa gigante de Annie continha algum tipo de portal para outro reino. Como cabia tanta coisa ali dentro era um mistério, mas ela conseguiu retirar um par de brincos, várias moedas, seu passaporte, um fone de ouvido emaranhado, um daqueles chinelos ultrafinos que os salões de beleza distribuem, e uma tampa de garrafa, tudo antes de finalmente murmurar um rápido "A-há!" com a chave de Darcy tilintando da mão.

— Então, vamos fingir que hoje nunca aconteceu, beleza?
— Ah, qual é. Não foi...
— *Shh* — disse ela, com o dedo indicador diante dos lábios. — Nunca mais vamos falar sobre esse dia.
Ele riu.
— Não foi tão ruim. Pelo menos não pior do que parar na emergência para tirar uma batata frita do nariz depois de vomitar na frente da garota de quem você gosta.

Annie enfiou a chave na fechadura da porta e parou, olhando para trás com os olhos arregalados.

— O quê? — perguntou ele.

O rosto dela corou no tom mais bonito de rosa para combinar com sua saia.

— Eu só... não esperava por essa.

— Era um segredo? — perguntou ele, soltando uma risada.
— O segredo mais mal guardado do mundo, então. Eu não era exatamente discreto.

Deviam existir desenhos pré-históricos em cavernas e hieróglifos detalhando os sentimentos de Brendon por Annie. Ele era óbvio nesse nível.

— A Darcy ainda me atormenta por causa disso.
— Você era fofo. Eu ficava lisonjeada.

Ele abaixou o queixo e pôs a mão na nuca.

— Fofo, exatamente o que todo adolescente aspira ser.

Brendon levantou o rosto e se aproximou, apoiando-se no batente da porta. Próximo o suficiente para sentir o aroma frutado do hidratante de coco que ela usava. Ele passou a língua na parte de trás dos dentes, salivando. Protetor solar e bala de melancia, coco e sol. Até no auge do inverno, Annie sempre tinha cheiro de verão.

— Eu estava delirando. Você era muita areia pro meu caminhão.

Annie engoliu em seco, a pele lisa de seu pescoço estremecendo, as pálpebras tremendo enquanto ela o encarava por trás de uma cortina de cílios escuros.

— Não tem nada disso.

Era verdade.

— Você era linda e engraçada e a melhor amiga descolada e popular da minha irmã mais velha. — E tudo aquilo ainda era verdade. — E eu mal conseguia formular uma frase na sua presença.

Annie bufou, seus olhos verde-água brilhando quando ela os revirou para o teto.

— Eu não era...
— Você *era*. — Brendon baixou as mãos, enfiando-as nos bolsos da frente para frear o mau hábito de ficar gesticulando. Ele nunca sabia o que fazer com as mãos quando estava perto

dela. — E minha ideia de flerte era desafiar você para uma competição de milk-shake, Annie.

A risada gutural de Annie arrepiou os pelos da nuca de Brendon, acelerando seus batimentos como se ele tivesse corrido dois quilômetros a uma velocidade vertiginosa.

— É, essa foi uma bola um pouquiiiinho fora. — Ela umedeceu os lábios e levantou a mão, aproximando o indicador e o polegar.

— Eu sabia que havia errado em algum momento.

— Mas tenho certeza de que você sabe o que está fazendo agora.

Ela encostou a cabeça na porta, as ondas louras caindo em cascata sobre os ombros, as pontas dos cabelos flertando com as curvas dos seios.

Ele ficou boquiaberto, olhando para ela.

— Quer dizer... — Seus olhos dispararam de um lado para o outro, o tom de rosa já crescendo pela frente de seu pescoço. — Você criou um aplicativo de namoro, pelo amor de Deus. — Ela deu uma risada aguda, estridente, e coçou a lateral do pescoço. — E, segundo Darcy, você não tem problema com conhecer mulheres.

Talvez ele não tivesse mesmo problema com isso, talvez soubesse conversar com elas sem gesticular loucamente — na maioria das vezes —, mas ainda não havia encontrado a pessoa certa. Alguém com quem ele encaixasse. Alguém que fizesse seu coração disparar e suas mãos suarem só com um sorriso.

Alguém como Annie.

Bancar o turista na própria cidade com ela tinha sido mais divertido do que os últimos dez encontros que tivera. Annie o fazia rir e, se a maneira como ela o olhava significava alguma coisa, Brendon tinha certeza de que a atração era mútua.

Ele ergueu as sobrancelhas.

— Você e Darcy com certeza falam muito de mim.

— Ela se importa com você — disse Annie, dando de ombros e olhando para o ombro dele. — E eu me importo com ela.

O que seria necessário para ser alguém com quem Annie se importava? Brendon queria descobrir tudo a respeito dela, não só para provar que ela estava errada sobre a questão do romance, mas também porque estava desesperadamente curioso.

O que ele tinha dito a Margot naquela manhã não era mais verdade. Ao menos não totalmente. O X da questão não era só orgulho.

Era um interesse pessoal.

— Sei que você queria estar passando esse tempo com a Darcy, mas espero ser um substituto adequado enquanto ela não volta.

Ela sorriu para ele.

— Mais do que adequado. Eu gostei de você ter me mostrado a cidade. Hoje foi divertido. Menos a parte do vexame.

— Ah vai, aquilo ajudou a gente a criar uma conexão.

— *Conexão?* — repetiu Annie, rindo. — Ok então.

— Eu disse que ficaria feliz em fazer algo para ficarmos quites, lembra? Posso me humilhar de alguma forma.

Acabaria acontecendo em algum momento, organicamente.

Ela ergueu as sobrancelhas.

— Promete?

Ele esticou o dedo mindinho.

— Prometo.

— Uau. — Ela enganchou o mindinho no dele, que segurou firme por um segundo a mais do que o normal. — Então é sério.

— Seríssimo.

Ela riu e baixou a mão, apoiando a cabeça na porta, o que fez a blusa cropped subir ainda mais e revelar uma faixa de pele dourada e lisa.

— Estou ansiosa para ver você cumprir.

Ela entrou perfeitamente no jogo dele.

— Eu sempre cumpro minhas promessas. Que tal amanhã?

Annie franziu a testa para ele, intrigada.

— Darcy só volta na segunda — explicou Brendon.

— Ah, é. Toda hora eu me esqueço que amanhã é feriado. Amanhã, então. Mas só se eu não for atrapalhar seus planos.

Ele não tinha planos, mas, mesmo que tivesse, Annie só ficaria na cidade por duas semanas e meia. O tempo — para provar seu argumento, explorar aquela faísca entre eles e ver se havia algo mais do que simples atração em jogo — estava passando e era limitado.

Brendon se recusava a perder um momento sequer.

☾

ANNIE (19:17): Devia ter me avisado que seu irmão está ainda mais gato pessoalmente.

Como era de se esperar, seu celular tocou dois minutos depois.

— Você é nojenta — cumprimentou-a Darcy.

Annie se jogou no sofá de Darcy e riu.

— Olá para você também. Como estão as coisas em Vancouver?

— Maravilhosas. — Ela fez uma pausa, alguns sons abafados se infiltrando na linha. — A Elle mandou oi. Mas não muda de assunto.

— Você sabe que morde a isca muito fácil, não sabe?

A moderna luminária de chão cromada de Darcy projetava sombras no teto. Annie esticou as pernas e traçou as sombras com os dedos dos pés.

— Então você *não* acha meu irmão... — Darcy fez um som de vômito — "mais gato pessoalmente"?

— Não, não. Eu realmente acho. Mas aposto que, se eu tivesse mandado uma mensagem dizendo apenas "e aí", você teria levado uma hora para responder.

— Nunca saberemos a resposta para isso, não é? — disse Darcy, presunçosa. — Além disso, eu liguei para você mais cedo e você deixou cair na caixa postal.

Era verdade.

— Eu estava um pouco enrolada.

— Tudo bem. Mas e aí, como foi o primeiro dia em Seattle? Viu algo interessante?

A forma como Brendon olhou para ela certamente foi *interessante*, e as reações dela ainda mais. Mas ela não estava prestes a confessar aquilo a Darcy.

— Na verdade, vi sim. Seu irmão bancou o guia turístico.

Longa pausa.

— Ah é?

— Aham.

Darcy fez um *hummm* baixinho.

Annie revirou os olhos.

— Não me venha com *hummms*. Ele me levou para ver a Gum Wall e andar na Great Wheel. Foi divertido.

— *Hum*.

— O que eu acabei de dizer?

— Isso foi um *hum*, não um *hummm*. Foneticamente, estão a mundos de distância.

— Você, de todas as pessoas, realmente quer ser condescendente comigo sobre variantes linguísticas? Sério?

— Só achei interessante. Só isso.

Vindo da boca de Darcy, *só isso* nunca era realmente "só isso". Estava mais para o equivalente a uma vírgula. Melhor ainda, uma elipse. Uma pausa dramática.

Como era de se esperar, Darcy respirou fundo antes de começar.

— Você passa o dia com meu irmão e depois me manda uma mensagem dizendo que ele está mais gato ainda pessoalmente.

— Foi só para chamar sua atenção.

— Bem, funcionou — disse Darcy, bufando. — Ele tinha uma quedinha por você, sabe.

— Aham, *oito* anos atrás.

— Acho que você está subestimando a capacidade de Brendon de se apegar às coisas.

— Ele é persistente, eu admito — disse Annie, rindo. — Mas era uma *quedinha*. Você está agindo como se ele estivesse apaixonado por mim.

Annie revirou os olhos, achando ridícula toda aquela conversa.

— Você sabe como os filhotes têm *imprinting*? Como ficam apegados?

Annie cobriu o rosto com as mãos.

— Seu irmão não teve um *imprinting* comigo, Darce. Estou captando uma vibe meio *Crepúsculo* aqui, mas fique sabendo que eu me recuso a ser o bebê de computação gráfica bizarro nessa equação.

Darcy riu.

— Você foi a primeira paixão dele. Ele gostou de você por anos.

— E há anos ele não me vê. Ele não me conhece. Não além do básico.

— Vocês passaram o dia juntos.
— Não foi tão profundo.
— Você se divertiu?
— Sim?

Darcy fez mais um *hummm*.

— Se você soltar mais um *hummm*, eu desligo na sua cara.

Darcy riu.

— Não seria uma reviravolta interessante se, depois de todos esses anos, você acabasse com meu irmão?

Annie tirou o telefone do ouvido e olhou para a tela.

— Ok, meu identificador de chamadas diz que você é Darcy Lowell, mas não estou convencida. Quem é você e o que fez com minha melhor amiga?

— Você não vai me ouvir falando sobre almas gêmeas, mas talvez Elle tenha me influenciado. Um pouco.

— Um pouco — repetiu Annie, abalada.

— Pensa comigo, Annie. Se você se casasse com meu irmão, seríamos irmãs. Você poderia se mudar para Seattle.

Casar? Irmãs? Me mudar para Seattle? Mas que porra é essa?

— Você *bebeu*?

Darcy deu uma risadinha. *Risadinha*.

— Não estou totalmente sóbria no momento.

Ao fundo, Elle também estava rindo.

— Ok. Vou deixar você ir. Aproveita a noite.

— Não, eu não terminei.

É, mas, bem, Annie tinha terminado.

Elle cantarolou alguma coisa ao fundo, fazendo Darcy perder o controle e rir ainda mais. Annie espalmou o rosto e apertou os lábios. Ela estava perdendo a batalha. Logo ia começar a rir.

— *Para*. Eu não estou interessada no seu irmão. E eu definitivamente não vou me casar com ele. *Definitivamente*.

— "Definitivamente"? O que isso quer dizer? Qual o problema com meu irmão?

Annie nunca conseguiria ganhar ali.

— *Não* tem nada de errado com seu irmão. Eu não *conheço* seu irmão.

— E o que há para conhecer? Ele é bem-sucedido. Empresário. Ele é um...

— Um gato, segundo você mesma — acrescentou Elle ao fundo, sempre prestativa.

Darcy fez um péssimo trabalho em abafar o riso.

— Ele é fofo e...

— E você acha ele *lindo*. Já está pensando em dar uns pegas nele... Em transar com ele... — acrescentou Elle.

Darcy engasgou com a própria risada.

— Não tem nada disso — disse Annie, bufando. — Eu não quero dar uns pegas nem transar com o Brendon. Eu *não* gosto...

— Dele. Tá bom, tá bom — disse Elle, e se desfez em gargalhadas histéricas.

— Eu não quero ficar com ninguém! — desabafou Annie. — Ok? Eu eliminei totalmente a hipótese de um namoro.

A risada de Elle sumiu de repente. Pelos sussurros abafados, Annie tinha quase certeza de que Darcy havia coberto o telefone. Ela mordeu o lábio, tentada a afundar o rosto em uma das almofadas do sofá.

Do outro lado da linha, uma porta se fechou silenciosamente. Darcy pigarreou.

— Desculpa. Eu não quis...

— Tá tudo bem. Agora, realmente, vou deixar você voltar para as suas férias, ok? Vai lá dar atenção pra Elle.

— Elle está bem — disse Darcy, ignorando as preocupações de Annie. — Mas e *você*?

Annie deu uma risada sarcástica.

— Estou ótima.

— Annie.

— Ao contrário do que meu pequeno desabafo possa parecer, eu realmente estou bem. Prometo.

Ela estava bem. Ótima.

Darcy suspirou.

— Eu sei que passei esses últimos meses meio... meio envolvida demais com a Elle.

— É como você deveria estar.

— Mas você é minha melhor amiga, Annie. Eu tinha que ser melhor em manter contato.

Annie mordeu o lábio inferior.

Estava tudo bem.

Era o curso natural das coisas. Darcy havia se mudado para Seattle. Annie morava do outro lado do país. Darcy agora estava feliz e comprometida com Elle. Annie não era mais a primeira pessoa para quem ela ligava, a primeira pessoa para quem ela mandava uma mensagem, a primeira pessoa a quem ela recorria.

Darcy ainda era essa pessoa para Annie, mas Annie não era mais aquela pessoa para Darcy.

E tudo bem, a vida é assim mesmo. Annie estava feliz por ela. Darcy merecia ser feliz, merecia estar com alguém que a amava tanto quanto Elle.

O problema é que, em um nível totalmente irracional, vergonhoso, em um nível que nunca em um milhão de anos ela admitiria em voz alta, aquilo doía.

Annie não invejava Darcy por seu relacionamento, só queria que não parecesse que o mundo inteiro estava seguindo em frente enquanto ela estava parada. O que era irônico, visto que era ela quem estava em constante movimento, pulando de cidade em cidade, voando de um destino para outro. Todos os seus amigos estavam sossegando ou tentando sossegar. E ela usava a palavra *amigo* vagamente. Seus amigos estavam mais para conhecidos a esta altura, porque, para a maioria das pessoas, o que os olhos não veem, o coração não sente. Annie ficava muito mais tempo ausente que presente, e o número de seus convites para encontros e almoços havia pagado o preço por isso.

— Você desistiu de namorar? — perguntou Darcy.

Annie beliscou a ponta do nariz.

— Não é *grande coisa*. É só... — Ela deu de ombros, embora Darcy não pudesse vê-la. — Um monte de pequenas decepções que se acumularam.

Decepções que tornavam a ideia de se expor, de abrir o coração, completamente desagradável.

— Estou exausta — acrescentou ela. — Não é divertido, sabe? Eu sei que deveria ser divertido, mas acabou virando o oposto.

Annie passara a temer mais um primeiro encontro do que uma ida ao dentista. Na melhor das hipóteses, não eram românticos e pareciam mais uma entrevista de emprego do que qualquer outra coisa. Na pior, ela saía cheia de esperança. E esperança é uma coisa perigosa.

Quantas vezes mais ela teria que estar com alguém que achava que, só por ter pagado um drinque, iria direto para a cama com ela?

Quantas vezes mais ela teria que desencanar e partir para outra porque a outra pessoa não queria encarar um relacionamento à distância?

Quantas vezes ela precisaria entrar em um novo relacionamento só para ficar olhando para o celular, esperando, se perguntando se receberia uma mensagem de volta?

Ela já havia levado perdidos, sido traída, enrolada. Qualquer termo para definir encontros fracassados, Annie já tinha experimentado em primeira mão.

A última experiência tinha sido a gota d'água. Após dois meses de namoro, Annie tinha certeza de que as coisas entre os dois estavam indo bem. Ryker era legal, um pouco rígido, mas de vez em quando a fazia rir. Também não era alérgico a enviar mensagens de texto e sabia fazê-la gozar. Ou seja, muitos pontos a seu favor. Até que um belo dia Annie viajou a trabalho por duas semanas e, na volta, quando ele disse que não podia jantar porque tinha planos com outra pessoa, ela descobriu que os dois eram menos exclusivos do que presumira. O cara tinha um encontro. Com outra pessoa. Ok, tinha sido culpa dela presumir, mas Ryker a fez se sentir bem idiota por isso. Ele *riu* quando Annie admitiu que não imaginava que ele estava saindo com outras pessoas.

Ela estava cansada. Tinha chegado ao limite.

Faíscas não significavam merda nenhuma. Borboletas no estômago? Urubus circulando no céu era muito mais adequado.

A próxima pessoa com quem ela saísse, se e quando decidisse se expor, seria uma escolha segura e confiável. Ela não precisava de faíscas; ela queria estabilidade. Firmeza. A personificação de um caderno de capa dura. Talvez parecesse chato, mas ela estava de saco cheio de investir em gente que não investia nela. Que se danassem as borboletas.

Darcy pigarreou e continuou:

— Você disse que se divertiu com Brendon.

E era verdade.

— Não foi um encontro, Darcy.

Sim, ela tinha se divertido. E sim, Brendon era lindo de uma forma que a pegara totalmente de surpresa.

Mas acabava ali.

Um dia divertido com um cara engraçado e bonito.

Isso não mudava o fato de que ela não estava em busca de amor. Com ninguém, e certamente não com o irmão mais novo da sua melhor amiga, alguém que nem a conhecia. Se Brendon ainda gostava dela, era só porque nutria uma falsa ideia dela na cabeça, só porque a colocara em um pedestal. Se Annie desse uma chance, se deixasse Brendon conhecê-la, ele certamente desistiria e procuraria coisa melhor.

Era sempre assim.

E isso não mudava o fato de que em duas semanas ela estaria de volta à Filadélfia por um curto período até terminar de arrumar a mudança.

Não mudava o fato de que em breve estaria em Londres, a meio mundo de distância.

E se houvesse alguma atração ali?

Não mudava nada.

Fingir o contrário seria bobagem.

Mas Annie não podia dizer nada daquilo por telefone. Em dois dias ela poderia contar a Darcy pessoalmente, mas não daquele jeito.

— Tudo bem — disse Darcy. — Eu só... Eu me preocupo com você. E me preocupo com meu irmão.

Eis outra razão pela qual a atração por Brendon não mudava nada.

Ele era irmão da Darcy. E a amizade de Darcy era importante demais para arriscar pela possibilidade de rolar algo com Brendon.

Até porque, se rolasse, certamente terminaria mal.

— Brendon é um guia turístico muito fofo. — Uma boa, *ótima*, distração até Darcy voltar. Uma boa companhia para ela não ter que explorar a cidade sozinha. — Mas só isso.

Capítulo seis

Domingo, 30 de maio

BRENDON (12:19): Oi! Hoje ainda está de pé?

Annie tomou um gole do *latte* de canela comprado no Starbucks na esquina do prédio de Darcy e pairou o polegar sobre o teclado, lembrando-se do que havia dito a Darcy pelo telefone.

Brendon é um guia turístico muito fofo. Mas só isso.

Fosse lá o que Darcy achava que estava acontecendo, ela estava errada. Brendon estava só mostrando a cidade. E sendo simpático. E daí se de adolescente fofo e desengonçado ele havia se transformado em um homem lindo de ombros largos? E daí se ele era superengraçado e a fazia rir? O formigamento que ela sentia com os sorrisos — e as covinhas — dele não significavam nada. Totalmente irrelevante.

ANNIE (12:27): Claro. Que horas?
BRENDON (12:31): Tudo bem se eu passar aí às 17h?

Ela tomou o último gole do *latte*. Passava das dez, e seu café da manhã havia sido as sobras dos doces que Brendon levara no dia anterior. Ela teria que procurar comida de verdade para almoçar, porque a geladeira de Darcy estava vazia, com exceção de uma garrafa de Pinot Grigio e uma caixa de iogurte infantil que Annie apostava que era da Elle.

ANNIE (12:34): Por mim tudo bem ☺
ANNIE (12:36): Aonde vamos?
BRENDON (12:37): 🤐

Um mistério. *Interessante.*

BRENDON (12:38): Leva uma jaqueta. A temperatura vai cair para quase 15 graus esta noite.

Eles estariam ao ar livre. Não era uma dica muito boa. Era verão, ou quase, e a maioria dos pontos turísticos ficava ao ar livre. Ele poderia ter pensado em qualquer lugar. Na torre do Space Needle. Ou no... certo, aquele era o único palpite dela. Havia o mercado, a Microsoft e o Monte Rainier e, segundo Darcy, a cultura da cidade era eclética. Na verdade, a palavra usada foi "esquisita", mas nos últimos dois meses *esquisita* ganhara o acréscimo de *maravilhosamente*, então Annie lera nas entrelinhas.

ANNIE (12:39): Certo!

Ela não parava de pensar na determinação de Brendon em provar que o romance não estava morto. No dia anterior, ele até fizera alguns comentários sobre amor e romance em algumas conversas, mas nada tão aberto que Annie sentisse como se ele tivesse realmente tentado. Ela não pôde deixar de se perguntar que tipo de carta ele tinha na manga.

ANNIE (12:40): Não ganho nem uma dica?
BRENDON (12:46): 😬

☾

Às 16h55, alguém bateu na porta.

— Já vou!

Annie roubou mais um gole do vinho que vinha bebericando na última meia hora e abriu a porta.

Ela imediatamente mirou no buquê de rosas que Brendon segurava na mão esquerda. Eram pelo menos duas dúzias, com hastes longas amarradas com uma fita de gorgorão da mesma cor das flores.

Seus olhos dispararam entre o buquê e o sorriso radiante de Brendon.

— Oi. — Ele mostrou uma covinha, oferecendo-lhe as flores. — São pra você.

Annie sentiu os dedos dele tocarem os dela quando aceitou as rosas, satisfeita ao notar que não havia espinhos, embora o buquê fosse mais pesado do que ela esperava. Segurou firme as hastes quando o buquê balançou, inclinando-se para o lado, e recuou um passo, gesticulando para Brendon entrar. Darcy provavelmente tinha um vaso guardado em algum lugar.

— São lindas, Brendon. Obrigada.

Verdade seja dita, ela achava rosas superestimadas — isso sem falar no aroma esquisito —, mas não ia dizer isso porque o gesto havia sido muito fofo. Annie não conseguia se lembrar da última vez que alguém lhe dera flores.

Brendon fechou a porta e foi atrás dela até a cozinha. Lá, foi direto até o armário ao lado da pia, pegou um vaso de cristal da prateleira de cima e encheu de água na pia.

— Eu não sabia se você preferia rosas vermelhas ou cor-de-rosa.

— Rosa é minha cor favorita.

Brendon abriu um sorriso enorme para ela.

— Está pronta?

— Ainda não quer me dizer para onde vamos?

Ela pegou o sobretudo e o vestiu, amarrando o cinto na cintura. Por baixo, usava uma calça cigarrete preta e uma camiseta listrada de gola canoa, e escolhera sapatilhas práticas para o caso de ter que andar muito.

Brendon estava usando o que ela começava a ver como um traje típico do noroeste do país. Calça jeans, camisa de botão azul-marinho desabotoada por cima de uma camiseta com uma frase de Star Trek, botas de couro marrons e um casaco de chuva preto da North Face que Annie já tinha visto em tantas pessoas em Seattle que apostava que eram distribuídos para quem vinha morar na cidade. O sobretudo rosa-claro dela saltava aos olhos.

Brendon fingiu fechar os lábios com um zíper. Ela precisava reconhecer a determinação dele de manter o suspense.

— Vamos — disse ela.

☾

Sem previsão de chuva, Brendon sugeriu que fossem andando. Na esquina da Queen Anne Avenue North com a Denny Way, Annie perguntou:

— É sério que você não vai me contar para onde estamos indo?

Brendon apontou para o outro lado da rua e Annie franziu a testa para o bar indefinido que ele estava apontando.

— Não está vendo a placa? — Ele a conduziu pela rua, apoiando uma das mãos suavemente na base das costas de Annie. — *Olha*.

Uma placa do lado de fora do bar dizia: *Atenção, aspirantes a Adele, tresloucados por Taylor e súditos de Selena: mostrem seus talentos musicais no karaoke! Sábados e domingos, das seis até fechar.*

— Como não amar uma aliteração? — Annie se afastou lentamente e a cor sumiu de seu rosto quando ela apontou com o polegar para trás. — Para de brincadeira, Brendon. Para onde estamos indo de verdade?

— Não estou de brincadeira.

— Karaoke? Sério? Subir em um palco e desafinar por uma música inteira na frente de um bando de desconhecidos? — Ela estremeceu. — Dispenso. Eu não sei cantar.

— Não estou pedindo para você cantar. Lembra da promessa que te fiz ontem? Acho que as palavras exatas que usei foram *me humilhar*.

A marca registrada de quase todas as comédias românticas favoritas de Brendon era um número musical, cujo objetivo, nove em cada dez vezes, não era impressionar. Mas *encantar*.

Patrick fugindo dos seguranças enquanto cantava na arquibancada em *10 coisas que eu odeio em você*.

Lloyd segurando alto a caixa de som tocando "In Your Eyes", de Peter Gabriel, em *Digam o que quiserem*.

Robbie dedilhando seu violão e atravessando o corredor do avião, fazendo uma serenata para Julia em *Afinado no amor*.

Annie não era a única que não sabia cantar. Falar em público era uma coisa; Brendon sabia convencer uma multidão. Mas cantar? Manter a afinação? Ele não tinha talento para música. Não conseguia nem cantarolar no tom. Pior: quando ele estava na faculdade, a diretoria colocou um cartaz na porta do banheiro avisando a todo o dormitório que, assim como se masturbar no chuveiro comunitário, cantar também era estritamente proibido. Brendon sabia para quem era aquele cartaz, visto que sua propensão a cantar o refrão de "Rolling in the Deep" durante seus banhos pela manhã não era segredo para ninguém.

Humilhação era mesmo a palavra certa, mas nos filmes ninguém se importava se você era péssimo, porque não se tratava de talento ou habilidade técnica. A questão era o esforço, o entusiasmo. A questão era fazer o inesperado.

Annie sorria abertamente e seus olhos brilhavam.

— Não pensei que você estivesse falando sério.

— Já disse que sempre cumpro minhas promessas.

Todas as promessas.

— Então, pronta para assistir enquanto me humilho na frente de uma sala cheia de estranhos?

Annie deu uma risada.

— Precisa perguntar?

O interior do bar era deliciosamente cafona. As cabines eram decoradas como cabanas. A maioria das superfícies estava coberta de palmeiras em vasos de cerâmica em cores berrantes, e fios de luzes néon, estátuas *tiki*, flores de hibisco, plumas e aves-do-paraíso cobriam as mesas e se balançavam do teto.

— Bem-vindos ao Hualani's — cumprimentou a host, pegando um cardápio de uma pilha deles. — Mesa para dois?

Annie olhou ao redor, absorvendo o tema polinésio do bar.

— Podemos pegar uma mesa perto do palco?

A garçonete assentiu e os guiou por um labirinto sinuoso de mesas até a frente do bar, bem diante do palco.

— A garçonete já vem atender vocês.

Annie tirou o sobretudo e o colocou no encosto da cadeira. Sua blusa escorregou, revelando a curva do ombro e a alça preta do sutiã. Ela ajeitou a gola da camisa, estudando o cardápio, sem saber que Brendon de repente se sentia como um garoto de 13 anos, vendo pela primeira vez as roupas íntimas de uma mulher.

Ele puxou o colarinho, o olhar passando rapidamente entre as páginas plastificadas de seu cardápio, o palco e Annie.

A garçonete apareceu de caneta e bloco na mão.

— Boa noite, querem pedir algo para beber?

Brendon gesticulou para Annie pedir primeiro.

— Uma *piña colada*.

A garçonete assentiu e anotou o pedido no bloco.

— E para você?

Rum puro, talvez? Apesar da fanfarronice, Brendon precisaria de coragem líquida para fazer aquilo. Ele folheou a lista de bebidas, procurando por algo forte.

— Esse Ligação do Buda na Madrugada é grande?

A garçonete fez um círculo com as mãos, os dedos nem perto de se tocar.

— *Bem* grande.

Perfeito.

— Então vou querer um desses.

— Já escolheram o que comer, ou volto depois?

Annie fechou o cardápio.

— Eu vou querer o Hula Burger.

O apetite de Brendon o havia abandonado, seu estômago apertado de nervoso.

— O mesmo.

Assim que a garçonete saiu, Annie apontou para a beira do palco, onde havia um cara de camisa laranja neon com estampa floral atrás de um computador aberto e conectado ao sistema de som.

— Acho que é ali que a gente deixa o nome na fila para cantar.

Ele empurrou a cadeira para trás e se levantou.

— Já volto.

— E aí, cara — cumprimentou o homem do computador quando Brendon se aproximou.

Brendon secou as mãos na calça jeans e baixou o queixo.

— É aqui que eu coloco o nome na fila do karaokê?

— Exatamente. Tem uma música em mente? — O sujeito jogou um fichário gordo na frente dele. A capa de vinil estava descascando, bem gasta. — Nós temos isso caso você precise de inspiração.

Brendon enfiou as mãos nos bolsos para que não tremessem.

— Você me indica alguma música sem notas agudas? — Ele fez uma careta. — E sem notas graves também?

— Uma música sem notas, então? — perguntou o cara, rindo.

Era mesmo pedir demais? Brendon suspirou.

— Eu vou, hum, dar uma olhada.

Ele olhou para trás. Annie estava o observando da mesa, um leve sorriso brincando nos cantos de sua boca. Ela ergueu a *piña colada*, saudando-o.

Ele se virou e folheou o fichário, arregalando os olhos. "Annie's Song", do John Denver.

Talvez fosse uma boa escolha.

Ele girou o fichário e apontou o dedo para a página.

— Essa aqui.

O cara olhou para ele, a sobrancelha e o piercing nela subindo lentamente.

— Tem certeza?

— Tenho?

O cara riu e coçou a bochecha.

— Você que sabe, cara. — O homem girou o lápis entre os dedos. — Nome?

— Brendon.

O cara deixou a prancheta de lado e voltou a atenção para a tela do computador.

— Tudo bem, Brandon.

— Brendon.

O cara o encarou.

— *Certo*. Eu te chamo quando for a sua vez. Tem algumas pessoas na sua frente.

Brendon voltou animado para a mesa.

Annie sorriu com o canudo na boca e assentiu para a bebida grande como um aquário que ele pedira, servida em um coco.

— Saúde?

Brendon ergueu o drinque, brindando levemente na borda do copo muito mais delicado de Annie, tentando não transbordar nada de seu precioso rum com suco de manga. Ele tomou um gole pelo canudo verde berrante e decorativo e tossiu. *Puta merda*. Ele fez uma careta, fechando os olhos com o choque de rum que atingiu o fundo de sua garganta, queimando quente e doce.

— Eu só tenho um pedido. Nada de filmar — alertou ele, apontando para o celular de Annie ao apoiar a bebida na mesa, tomando cuidado para não a derramar.

— Qual é. Nem se for para... guardar para a posteridade?

— Leia-se: nem se for para encaminhar o vídeo para minha irmã?

Annie fechou um dos olhos e torceu o nariz.

— Me pegou.

A garçonete se aproximou para deixar a comida dos dois.

Quando tentaram pegar o ketchup ao mesmo tempo, os dedos se tocando, Brendon empurrou o molho para mais perto dela, que sorriu antes de cobrir as batatas fritas.

— Eu queria perguntar isso no outro dia. Como você entrou no seu ramo?

— Recursos humanos? — perguntou ela, passando a garrafa para ele.

Ele serviu seu ketchup em um montinho organizado ao lado das batatas fritas.

— Recursos humanos de empresas *internacionais*. Como você deixou de querer ser o Carson Daly...

Ela riu.

— Uma apresentadora, uma VJ!

— De ser VJ — ele se corrigiu — para trabalhar com RH? É uma mudança e tanto.

Annie mastigou lentamente uma batata frita, engolindo-a antes de responder.

— Essa história de VJ era um sonho de infância. Não era sério. Quando eu era mais nova eu ficava muito tempo sozinha, sem meus pais. Como adoro música, passava muito tempo assistindo à MTV. Eu era uma garota meio... esquisita, talvez? Que cresceu vendo TV e esquentando o jantar no micro-ondas. — Annie riu. — Quanto aos recursos humanos... — Ela torceu o nariz. — Não sei. Na faculdade, me especializei em linguística e comunicação intercultural, depois em francês. Eu não tinha certeza se queria dar aulas ou arranjar um emprego na Grécia para ficar mais perto dos meus pais, porque eu sabia que o plano deles era voltar para lá, então resolvi ir a uma feira de empregos em busca de inspiração vocacional. Como todos esperam que a gente faça.

Ele levantou o hambúrguer e assentiu para ela continuar.

— Havia um estande da Brockman & Brady, e os representantes da empresa gostaram da minha formação em linguística, além do fato de eu falar grego e francês. Sugeriram que eu passasse o verão concluindo o programa de certificação de responsabilidade social corporativa da Temple caso tivesse interesse em me candidatar para um trabalho com eles. E foi isso que fiz. Achei que trabalhar em fusões e aquisições internacionais seria uma grande oportunidade de conhecer o mundo.

— Estou pressentindo um *mas* por aí.

Annie riu ironicamente.

— Mas é como eu disse na outra noite. Não é o que eu tinha imaginado. Quase não consigo conhecer bem as cidades para onde viajo e basicamente não tenho ninguém com quem conhecê-las. No final, acaba sendo um pouco... sei lá, solitário? E meu trabalho quase não tem nada a ver com os idiomas que sei falar, exceto nas raras ocasiões em que preciso traduzir um comentário aqui ou ali.

Brendon não podia deixar de sentir que Annie não gostava do que fazia.

— Então, se você não estivesse trabalhando com RH ou sendo o próximo Carson Daly... — O comentário a fez abrir um sorriso. — O que você estaria fazendo? Se pudesse ter qualquer emprego. Não seu sonho de infância, mas o sonho de hoje. Aqui e agora.

Ela pegou outra batata frita da cesta e enfiou na boca.

— Acho que não sirvo para ensinar. Não sou paciente o suficiente. — Ela pegou a bebida e tomou um gole lento. — Mas algo a ver com idiomas. Tradução, provavelmente. Eu simplesmente *amo* as nuances da linguagem e todas as suas peculiaridades. Por exemplo, como certas palavras existem em línguas estrangeiras e não têm equivalente direto em inglês. *Meraki,* do grego, significa, basicamente, realizar algo com amor, mas não existe uma palavra em inglês para isso. O mais próximo é "trabalho por amor", mas isso parece exploração. *Meraki* significa fazer algo com prazer, colocar todo o seu coração em uma tarefa ou ofício. Como depositar todo o seu amor em uma refeição ou na escolha de um presente. — Ela abaixou o rosto e deu de ombros. — Então, é isso. Acho que tradução seria o emprego dos meus sonhos. Dar um jeito de manter um texto fiel ao original mesmo quando não é fácil. Há um componente cultural que você não pode ignorar sem perder algum detalhe na tradução.

O brilho nos olhos de Annie encheu o coração de Brendon de... Ele não tinha palavras para descrever. Era quente e leve, mas também pesado, porque ela deveria estar trabalhando com aquilo. Com algo que a iluminasse por dentro. Algo pelo qual ela fosse apaixonada, que fizesse suas palavras saírem mais rápido.

— Parece mais uma arte do que uma ciência.

Annie sorriu para ele.

— E é. Que bom que você pensa assim também.

Um eco estático encheu o salão, seguido por um toque estridente contra um microfone. O cara que ficara com pena de Brendon devido à escolha da música estava no palco e de prancheta na mão.

— Tudo bem, pessoal. Bem-vindos ao nosso karaoke. Para começar, temos Billy cantando "I Touch Myself", dos Divinyls. Pode vir, Billy. Vamos todos dar uma calorosa salva de palmas.

"I Touch Myself"? Sério? E o cara do karaoke tinha implicado com Brendon por uma simples balada?

— Quem me dera ter jeito para idiomas — confessou ele, retomando a conversa.

— Na faculdade, eu queria ter talento para números. — Annie fez uma careta, mostrando a língua. — Eu odiava cálculo. Passei nessa matéria por um triz, e só por causa da sua irmã. Ela passou *horas* me ensinando. Tipo, ela plastificou minhas anotações e colou na parede do nosso chuveiro. Ficou horrorizada quando eu tirei B na prova final.

Billy estava entrando na brincadeira, deslizando uma das mãos pela barriga enquanto cantava. Brendon tinha que admitir que o cara era dedicado, isso ninguém podia negar.

— Eu gosto de números — disse ele. — Principalmente zeros e uns.

— Isso é uma piada de código, certo?

Ele coçou a sobrancelha, estremecendo.

— Das toscas.

— Sobre números binários.

— Ei, viu? Você sabe do que está falando.

— Quase nada. — Ela contraiu os lábios, depois enfiou duas batatas fritas na boca de uma vez. Enquanto mastigava, continuou: — Meu conhecimento de código se resumia a saber personalizar meu tema do MySpace.

Brendon estremeceu, tendo um violento flashback de 2005.

No palco, Billy agarrou a virilha e deu um impulso poderoso quando a música terminou.

Annie riu.

— É, acho que vai ser difícil superar isso.

Quando o cara com a prancheta voltou ao palco, o coração dele foi até a garganta, os nervos à flor da pele. Brendon suspirou de alívio quando seu nome não foi chamado.

Annie olhou para as batatas fritas diante dele.

— Não vai comer essas?

Ele sorriu e deslizou o prato na direção dela.

— Então, tradução, hein? Por que não algo a ver com viagens?

Ela deu uma mordida antes de responder.

— Eu gosto de viajar, só queria não ter que fazer isso com tanta frequência. *Ter que* sendo as palavras-chave. Viver de uma mala fica chato depois de um tempo. Às vezes eu gostaria de poder ter, sei lá, uma planta.

Ele ergueu as sobrancelhas.

— Uma planta?

— Uma planta. Na verdade eu queria ter um animal de estimação, mas é uma ilusão. Quem sabe um peixe ou um gato algum dia, mas acho que eu talvez comece com algo difícil de matar, tipo uma suculenta, e evolua até algo delicado, como...

— Ela tocou nas pétalas do arranjo da mesa — Uma orquídea, talvez. Sua irmã tem uma samambaia. Parece resistente.

Ele riu.

— Darcy te contou sobre o coentro que ela deu para Elle?

— Você quer dizer a planta do amor delas? — perguntou Annie, o rosto iluminado com o assunto.

Ele abriu a boca, mas ficou sem palavras quando o cara com a prancheta bateu no microfone.

— Tudo bem. Bom trabalho. Vamos dar mais uma salva de palmas para Anjani. E a seguir temos... Brandon.

Brendon suspirou com a pronúncia errada e se levantou.

Era hora de dançar conforme a música.

— Boa sorte?

Annie deu um sorriso enorme, que ocupava todo o seu rosto. Ela estava gostando demais daquilo.

E tudo bem. Ela nem desconfiava que Brendon estava prestes a surpreendê-la com o melhor desempenho de sua vida.

Ou assim ele esperava.

Brendon tomou um último gole da bebida para ter coragem, se levantou e secou as mãos na calça. Depois de subir as escadas até o palco com as pernas trêmulas, alcançando e segurando o pedestal do microfone, em maior parte para se equilibrar, ele olhou para a plateia. As luzes eram fortes, ofuscantes demais para enxergar muita coisa. Havia pessoas o encarando, as expressões borradas. Quando as luzes diminuíram, Brendon piscou até encontrar Annie no meio da multidão. Seus olhos azuis brilhavam, e ela sorria para ele.

O aperto no peito cedeu um pouco. Ele conseguiria fazer aquilo. Com certeza.

Brendon levou o microfone aos lábios e respirou fundo, os olhos fixos na tela, esperando a letra rolar. Pronto para...

Não era "Annie's Song". Ele apertou o microfone com força, a estática enchendo sua cabeça enquanto a contagem regressiva da abertura de "Annie Mae", de Warren G, tocava no sistema de som.

Aquele merda com a prancheta. Brendon lançou um olhar frenético para o maldito, franzindo a testa quando o cara fez um gesto mandando Brendon seguir em frente. Alguém no fundo do bar vaiou.

Ele poderia sair do palco e voltar para a mesa com o rabo entre as pernas, ou...

Ele poderia fazer isso. Apostar todas as fichas. Tudo ou nada.

Tonto e suado sob as luzes do palco, Brendon abriu a boca e depois... Estava quase certo de que tinha desmaiado, porque quando se deu conta, todos no bar estavam de pé e... batendo palmas? Para ele? Em que planeta?

Ele procurou o rosto de Annie no meio da multidão. Do outro lado do bar, lágrimas escorriam por suas bochechas coradas, seus ombros tremiam de tanto rir. Ela enfiou os dedos na boca e assoviou.

Capítulo sete

Brendon encostou-se na parede enquanto Annie vasculhava as profundezas de sua bolsa, encontrando uma embalagem de chiclete, um zíper, algum objeto felpudo, seu batom rosa favorito que ela pensou ter perdido no mês passado e, *a-há*, a chave de Darcy. Ela se virou e sorriu. O rubor de Brendon parecia permanente a esta altura, e havia algo completamente encantador em como ele podia ir de obstinado e ousado a tímido em um piscar de olhos.

Ele abaixou o queixo e levou a mão à nuca, rindo baixinho.

— Esta noite não foi... nem um pouco como eu havia planejado.

Annie desistira de tentar não rir já no início da noite. Sua barriga doía, mas não mais que suas bochechas após sorrir tanto.

— Quer dizer que não era seu plano me dedicar um rap dos anos noventa?

— Era para ser uma música do John Denver — reforçou ele pela enésima vez antes de cobrir o rosto com as mãos.

Pobre Brendon. Ela apoiou a mão no ombro dele.

— Foi definitivamente inédito para mim. Ninguém nunca me fez uma serenata antes.

Ele abriu os olhos, desconfiado.

— Você quis dizer, ninguém nunca te fez uma serenata tão ruim.

Ela balançou a cabeça. Ninguém jamais lhe dedicara uma música ou escrevera um poema para ela — não chegaram nem a recitar um.

Ele arranhou os dentes no lábio inferior, atraindo o olhar de Annie para sua boca.

— Acho que você está saindo com as pessoas erradas.

Seu tom de voz era alegre, mas seu olhar firme era pura sinceridade.

O coração de Annie parou de bater e depois deu uma cambalhota na pressa de subir até a garganta.

Talvez fosse verdade, e Brendon tivesse razão. Talvez ela estivesse saindo com as pessoas erradas, mas isso não significava que estava interessada em se expor repetidas vezes, torcendo para encontrar a pessoa certa.

E apesar de Brendon ser atraente e fazê-la rir e seu coração disparar, aquilo não era um encontro. Mesmo que ela perdesse completamente a cabeça e decidisse chutar o balde, ser imprudente, colocar o coração em risco, simplesmente não havia tempo suficiente. Era inútil, sem futuro. Era procurar sarna para se coçar.

Ela endireitou os ombros.

— Eu me diverti hoje.

Ele assentiu, seu sorriso adoravelmente torto.

— Eu também.

O peito dela doeu ao ver como aquilo era inesperadamente difícil. Havia uma desconexão confusa entre o cérebro e o corpo, entre o que era prudente e o que parecia certo. Ela precisava recuar, mas não conseguia, não conseguia abrir a distância necessária entre eles e arejar a cabeça.

Brendon deu um passo à frente, mas não a ponto de Annie se sentir encurralada. Apenas perto o suficiente para ela sentir o cheiro da bala de caramelo que ela ofereceu depois do jantar cada vez que ele expirava, o cheiro fresco de sabão em pó em suas roupas. Apenas perto o suficiente para que ela o quisesse mais perto.

— Me diz que não está sentindo *nada* aqui. — As maçãs do rosto dele adquiriram um tom cativante de rosa. — Me diz que não sente... *faíscas*.

Ele umedeceu levemente os lábios antes de afundar os dentes no lábio inferior e a observar de sobrancelhas erguidas.

— Eu... — A voz dela falhou. Ela não podia fazer isso. E não podia *mentir*. Não quando Brendon a estava olhando como se pudesse ler seus pensamentos. Como se já soubesse. — E se eu estiver sentindo?

Annie contraiu os lábios, um rubor quente subindo pelo pescoço e queixo quando ele estendeu a mão para deslizá-la pelo cabelo dela. Com os dedos ligeiramente frios, ele o prendeu atrás da orelha, expondo sua pele sem dúvida vermelha, o rubor subindo pelas têmporas e espalhando-se pelas bochechas.

Apoiando a cabeça dela na mão, Brendon deslizou o polegar, traçando sua maçã do rosto, a pele sob o olho. Ele apoiou a outra mão, trêmula, na curva da cintura dela.

A respiração de Annie se acelerou, seu peito subindo e descendo, incapaz de piscar. Que diabo era aquilo que estava acontecendo e por que, por que ela não estava impedindo?

Ele se inclinou e diminuiu a distância entre o rosto deles até que a ponta de seu nariz roçasse o dela, bem de leve, ainda dando a ela uma chance de parar.

Uma chance que ela deveria ter aproveitado.

Uma chance que ela não queria aproveitar.

Annie ficou tão imóvel que praticamente vibrou quando os lábios de Brendon se separaram e ele inclinou a cabeça, escorregando o nariz no dela uma, duas vezes, pura tortura. O coração de Annie batia mais forte, tão forte que ele provavelmente podia senti-lo com a mão, o peito dela subindo e descendo contra o dele enquanto ela se arqueava ainda mais em sua direção.

O beijo de Brendon quase a derrubou.

Annie assistira a filmes suficientes e ouvira devaneios de sobra de suas amigas sobre beijos *mágicos*. Ela revirava os olhos para coisas como enrolar os dedos dos pés e prender a respiração, coisas como *se afogar* em alguém. Toda uma lista de expressões que faziam aquilo parecer divertidíssimo. Corações galopando alto como os cascos de uma centena de cavalos selvagens e pontinhos luminosos brilhando como um prisma por trás de pálpebras fechadas. Ela ria de como duas pessoas pressionando suas bocas *poderiam* ser descritas com o tipo de paixão quase orgástica que geralmente exigia estar sem roupa.

Ela podia afirmar com certeza que teve muitos beijos bons ao longo da vida — alguns maravilhosos —, mas nada que fizesse jus ao hype. Geralmente, beijos eram uma formalidade. Algo que você faz antes de chegar à parte boa.

Mas beijar Brendon? Foi uma revelação. Todos aqueles clichês? Nada se comparava à sensação de ver o corpo transformado em um fio desencapado dada a quantidade de estímulos.

A língua dele serpenteava para fora, flertando com a ponta da dela e… *puta merda*. Ela agarrou a camisa dele, puxando-o para mais perto, antes de deslizar a mão em volta do pescoço e emaranhar os dedos no cabelo curto, puxando com força, como uma pequena parte dela quis fazer desde o primeiro jantar.

Brendon sibilou em sua boca e arrastou a palma da mão, os dedos dançando pelos relevos das costelas e além, roçando a pele fina do cotovelo, do antebraço. Ele apertou o pulso de

Annie, onde o sangue vibrava descontroladamente, enquanto entrelaçava os dedos nos dela e prendia a mão contra a porta ao lado de sua cabeça, um movimento que a fez arquear ainda mais as costas.

Desgrudando os lábios dos dela, ele beijou então a curva de seu maxilar. Quando arrastou os dentes em um ponto particularmente sensível em seu pescoço, Annie sentiu o fôlego preso no fundo da garganta e arranhou o couro cabeludo de Brendon com as unhas, subindo a coxa até o quadril dele, o calcanhar pressionando a parte de trás de sua perna.

— *Annie...*

Ele ofegou contra o pescoço dela, sua voz rouca fazendo-a choramingar.

No final do corredor, uma porta bateu, a reverberação da madeira fazendo o coração dela disparar.

Brendon riu baixinho em seu pescoço e deu um último beijo na depressão de sua mandíbula.

— Uau.

— Aham — concordou ela.

Annie estava desconcertada desde o primeiro toque. Ela soltou um suspiro por entre os lábios macios enquanto lutava para recuperar o fôlego.

Ela não fazia essas coisas. Se perder em beijos a ponto de todo o resto desaparecer e ela se esquecer de onde estava. Ou de *quem* ela era. Quem ela estava beijando.

Ela fechou os olhos com força.

— Isso não foi uma boa ideia.

A respiração dele estava quase tão ruidosa quanto a dela, o único som ouvido no hall antes que ele pigarreasse.

— Annie.

Ela abriu os olhos.

— Com certeza me pareceu uma ideia fantástica.

Seu sorriso era irritantemente presunçoso, como se ele estivesse confiante de que a convenceria daquilo. Como se fosse simples.

Ela não conseguia decidir se queria cobrir o sorriso dele de beijos ou estapeá-lo.

— Não sou a pessoa que você quer que eu seja, Brendon. Eu... Nós não estamos procurando as mesmas coisas.

Ele baixou os cantos da boca.

— Está me dizendo que nunca tropeçou em algo incrível? Algo que talvez não estivesse procurando, mas que acabou sendo a melhor coisa que poderia ter acontecido? Você não acha que isso é possível? Que às vezes nós simplesmente temos sorte?

Algumas pessoas, talvez. Mas, segundo o histórico dela, se algo parecia bom demais para ser verdade, geralmente era.

O que ele disse parecia um sonho, mas ela se decepcionara vezes demais para deixar seus sentimentos levarem a melhor quando Annie sabia que isso não era inteligente. Ela sabia das coisas.

— Mesmo que alguma parte disso seja verdade, eu não moro aqui.

O argumento mais irrefutável de todos.

Brendon engoliu em seco e deu uma risada silenciosa.

— Besteira, o que são quase cinco mil quilômetros de distância?

Tudo?

A determinação dele era tão doce quanto fadada a ter curta duração. Ninguém com quem Annie havia saído conseguira lidar com suas viagens duas semanas por mês. E não eram quase cinco mil quilômetros.

— Brendon. — Ela levantou a mão para apoiá-la no peito, os dedos espalmados na frente do pescoço. Sua pulsação martelava, o coração ainda palpitante. — É muito mais que isso.

Ele deu de ombros com exagero suficiente para mostrar que não era tão indiferente quanto fingia ser, e balançou a cabeça.

— Eu sei, o seu trabalho...

Ela balançou a cabeça.

— Não, não é só isso. — Ela não queria fazer aquilo, falar sobre aquilo, mas não havia escolha. — Estou me mudando. Para Londres. Eu fui promovida e... começo em julho.

Ele abriu e fechou a boca, claramente sem palavras.

Annie sentiu o estômago revirar.

— Eu realmente espero que você encontre o que está procurando. Mas não sou eu. — Ela levou a mão para trás, envolvendo a maçaneta com os dedos. — Por favor, não fala nada pra Darcy, ok? Eu quero contar pra ela pessoalmente.

Então, entrou no apartamento e fechou a porta, incapaz de continuar enfrentando a expressão decepcionada no rosto de Brendon.

Capítulo oito

Segunda-feira, 31 de maio

O rangido súbito do ferrolho fez Annie virar a cabeça na direção da porta da frente. Por uma fração de segundo, todo o seu corpo congelou, exceto pelos batimentos cardíacos acelerados. *Alguém* estava na porta. Então a ficha dela caiu.

Darcy estava em casa.

Annie saltou sobre o braço do sofá, tropeçando na borda levemente curvada do tapete na pressa de chegar à porta. Ela se endireitou contra a parede, encolhendo-se quando os pés descalços esbarraram na mesinha de entrada de Darcy. *Ai*.

A dor no pé foi praticamente esquecida assim que a porta se abriu e uma Darcy ligeiramente descabelada pelo vento empurrou sua mala para o outro lado da soleira.

— *Eita*.

Darcy congelou com os braços ao lado do corpo quando Annie se lançou sobre ela. Ela riu bruscamente e retribuiu o abraço, apertando Annie de volta com a mesma força — com tanta força que doeu. Por outro lado, a pressão intensa e melancólica no peito de Annie diminuiu na mesma hora, porque Darcy estava ali.

Ela enterrou o rosto no ombro de Darcy e inalou o aroma fresco e limpo de lavanda e bergamota do xampu da amiga.

— Nossa, que saudade.

Por uma fração de segundo, ela se sentiu uma perdedora total, engasgando depois de cheirar o cabelo da melhor amiga. Mas quando recuou, visto que o forte abraço de Darcy, embora totalmente apreciado, dificultava o funcionamento normal dos seus pulmões, ela viu que os olhos de Darcy estavam marejados e seus lábios, apertados, como se estivesse prendendo o choro.

Darcy fungou e jogou a cabeça para trás, lançando os longos cabelos acobreados sobre o ombro.

— Treze meses é muito tempo para a gente ficar sem se ver. *Tempo demais*. Esta é a minha reclamação oficial sobre o assunto. Trata de aparecer antes da próxima vez, ok?

— Eu não sou a única que pode pegar um avião, sabe?

Ou ligar, enviar uma mensagem de texto, fazer uma chamada por FaceTime.

O sorriso de Darcy desapareceu, dando lugar a um vinco entre as sobrancelhas perfeitamente arqueadas.

— Annie...

— Estou brincando — disparou ela, estampando um sorriso no rosto para disfarçar o tom de suas palavras anteriores. — Eu sei que você tem andado muito ocupada.

O ano de Darcy havia sido um turbilhão. Ela tinha deixado a Filadélfia para recomeçar a vida em Seattle, sido promovida, conhecido Elle.

Elle, que havia mudado a vida de Darcy para melhor. Annie não podia se ressentir por sua melhor amiga estar ocupada. Por ela estar feliz.

Annie só queria que ela tivesse ligado de vez em quando, em vez de Annie ter que tomar a iniciativa nove a cada dez vezes. Só isso.

— Ocupada com *Elle* — acrescentou, batendo no quadril de Darcy com o dela.

Um toque de cor subiu à superfície das bochechas de Darcy. Nossa, o negócio era sério. Darcy pigarreou.

— Eu... Então. — Ela abaixou a cabeça e riu, pressionando a palma da mão na testa. — É.

O sorriso de Annie se alargou.

— Ah, meu Deus. Você está encantada *mesmo*.

— Odeio essa palavra — disse Darcy, bufando e erguendo uma das sobrancelhas. — Isso é coisa do Brendon.

Annie enroscou os dedos dos pés no tapete macio e deu de ombros. Brendon não era dono de uma palavra. Ou talvez ele tivesse passado aquilo para ela. Ops.

— Mas é apropriada.

Darcy fez um *humm* discreto e curioso, seus olhos castanhos analisando rapidamente o rosto de Annie.

Annie lutou contra o desejo incontrolável de deixar escapar que havia beijado o irmão de Darcy. Informação desnecessária. Irrelevante. *Próximo assunto.*

— Como foi em Vancouver?

Annie puxou Darcy pelo pulso até a sala, parando quando chegaram ao sofá. Ela se sentou de pernas cruzadas.

— Anda, desembucha.

Darcy se juntou a ela, se recostando e cruzando as pernas recatadamente na altura do tornozelo.

— Foi lindo. A gente passeou muito. Elle quis conhecer o Centro Espacial H. R. MacMillan, um museu de astronomia. Eles têm um observatório e um *pátio cósmico* — contou Darcy, rindo. — Eles fazem demonstrações ao vivo e você pode tocar uma das cinco rochas lunares tocáveis do planeta. É mais para crianças, excursões escolares, esse tipo de coisa, mas você precisava ver a cara da Elle.

Darcy precisava ver a cara dela mesma. Quando falava sobre Elle, seu olhar amolecia e sua boca se curvava com carinho, a voz assumindo um tom muito meloso que Annie nunca ouvira dela.

Ela deu um leve empurrãozinho em Darcy.

— Meu Deus, você está *apaixonada*.

— Tá bom, tá bom. — Darcy enfiou a mão no bolso e tirou o celular, deslizou o dedo pela tela e a mostrou para Annie. — Eles tiraram uma foto. A Elle me obrigou.

Era uma foto de Elle e Darcy com os rostos encaixados nos capacetes de dois trajes de astronauta.

Annie riu.

— Pelo visto você se divertiu.

Darcy guardou o telefone e assentiu.

— Acho que você ia gostar de lá, especialmente de Gastown. Tem um monte de lojinhas fofas e bares diferentes, além de um relógio gigante movido a vapor bem no meio do distrito.

— Que maneiro.

— Aham, bem a sua cara — brincou Darcy, baixando os olhos e erguendo as sobrancelhas pouco depois. — Seu *muumuu* havaiano também é legal, aliás.

— Com licença, isso é um cafetã.

Annie *adorava* aquele cafetã. Ela priorizava o conforto quando estava em casa, e daí?

— Eu não quis insinuar nada. É uma graça mesmo. — Darcy contraiu os lábios. — Tenho certeza de que a minha avó tinha um igualzinho.

Annie revirou os olhos e colocou uma das almofadas de Darcy no colo.

— Chega do meu cafetã. De volta a Elle e suas primeiras férias juntas. Essas *foram* suas primeiras férias com a Elle, certo?

— Aham.

— E vocês chegaram ao final sem querer se matar. Parabéns.

Os lábios de Darcy esboçaram um sorriso antes de se apertarem com força ao engolir em seco audivelmente.

— Vocês *não* queriam se matar no final, né?

Darcy balançou a cabeça de leve e passou os dedos pelo cabelo.

— Não. Pelo contrário, na verdade. — Ela respirou fundo antes de continuar. — Vou convidar a Elle para morar comigo.

Annie arregalou os olhos.

— Uau.

Morar juntas. Darcy estava prestes a juntar suas coisas, seu apartamento, seu mundo com o de Elle. Seria apenas uma questão de tempo até o casamento, porque, no fundo, Darcy queria *sim* o pacote tradicional completo.

Em pouco tempo, Annie estaria em Londres e Darcy... Bem, ela não teria espaço para uma amiga que morava do outro lado do mundo nessa nova vida.

— Estamos juntas há seis meses. Quase sete — corrigiu Darcy, um pouco na defensiva.

Annie levantou as mãos.

— Eu acho ótimo! Só não esperava. Estou muito feliz por você.

Ela se recusou a deixar a dor agridoce em seu peito estragar o humor de Darcy, porque, se alguém merecia ser feliz, esse alguém era Darcy.

— Obrigada. — Darcy fungou e sorriu. — Mas chega de falar de mim. Como você está?

Annie cerrou os dentes.

— Excelente! Estou supimpa.

Darcy piscou, parecendo assustada.

— Ok? Eu... — Ela deu uma risada silenciosa. — Onde você estava da última vez? Paris? Berlim?

Annie apertou os lábios.

— Londres, na verdade.

Não havia melhor momento para contar a novidade a Darcy do que aquele. Ela engoliu o caroço crescente na garganta e pulou do sofá. Ou ela poderia esperar.

— Mas, já que você mencionou a Alemanha... — Ela disparou até a cadeira do outro lado da sala, onde estava sua bolsa. — Eu tenho uma coisa para você. Não é nada de mais.

Darcy se inclinou e apoiou os cotovelos nos joelhos.

— Você não precisava me trazer nada.

Não precisava, mas ela quis.

Annie pegou o embrulho e o levou até o sofá.

— Eu vi na vitrine de uma lojinha em Nuremberg e pensei em você na hora.

Darcy rasgou o papel com cuidado e engasgou baixinho ao ver o que era.

— É lindo.

— O objetivo é mover a bola pelo labirinto de engrenagens e corredores. É um quebra-cabeça, mas é bonito o suficiente para usar como decoração.

Darcy passou a mão sobre o labirinto de madeira cortado a laser com uma mecânica complexa que Annie sabia que atrairia o lado analítico da amiga.

— Eu amei. Parece uma obra de arte.

Annie sorriu e se parabenizou silenciosamente pelo acerto. Ela se orgulhava de ser excelente em dar presentes e estava feliz em poder dizer que havia se superado.

— Você se importa se pedirmos alguma coisa para comer? — perguntou Darcy. — Estou meio exausta para cozinhar. Aí a gente pode comer enquanto você me conta mais sobre o que tem feito.

— Claro, seria ótimo.

Tirando a parte de falar sobre si mesma.

— Então — disse Darcy, inclinando a cabeça.

Annie mordeu a ponta da língua e sorriu.

— Você está meio esquisita — disse Darcy, estreitando os olhos. — Está calada. Você nunca está calada.

Ela zombou:

— Às vezes eu fico calada. Talvez eu esteja cansada.

Darcy ergueu as sobrancelhas.

— *Você,* cansada?

Não, mas aquilo não vinha ao caso.

— Eu não me importaria em tomar uma xícara de café. Mas sua máquina de *espresso* me odeia.

— Annie.

Darcy a encarou, levando Annie a fazer o mesmo. Darcy cedeu primeiro, revirando os olhos.

— O que você fez ontem?

Beijei seu irmão.

Annie engoliu em seco e deu de ombros evasivamente.

— Dei uma corrida longa. Fui até o... até o parque de esculturas...

Darcy assentiu para ela continuar.

Annie coçou a lateral do pescoço, a pele repentinamente sensível, apertada.

— Aí o Brendon apareceu e fomos num... Bem, é uma história engraçada.

Darcy ergueu as sobrancelhas novamente.

— Ok. Sou toda ouvidos.

O estômago de Annie se apertou, contorcendo-se até virar um pretzel.

— Fomos num karaoke.

— Karaoke?

— Aham. Foi divertido. *Engraçado*. Eu me diverti muito.

Fazia muito tempo que ela não se divertia daquele jeito. Tempo demais.

Darcy estreitou os olhos.

— O que aconteceu com o seu rosto?

— Meu rosto? — perguntou Annie, e arregalou os olhos. — Não tem nada com meu rosto.

— *Hum*. — Darcy a encarava fixamente. — Não, definitivamente tem alguma coisa acontecendo com o seu rosto.

As bochechas de Annie queimaram.

— Meu rosto é só meu rosto, Darcy. Se você não gosta é só não olhar.

Darcy franziu os lábios.

— O que você não está me contando?

— Nada. — A voz dela saiu como um guincho e ela fechou os olhos. — Puta merda, viu...

Darcy riu.

— Você é uma péssima mentirosa.

Ela não precisava soar tão satisfeita com aquilo.

Annie suspirou e se recostou no sofá.

— Ok, não me mata.

— Eu nunca mataria você. Dependendo do que você fez, posso te mutilar um pouco, mas matar, nunca.

Annie explodiu em uma risada chocada.

— *Darcy*.

Darcy apenas a encarava, torcendo os lábios.

— Ok. — Ela respirou fundo, preparando-se para a reação de Darcy. — Pode ser que eu tenha, acidentalmente, beijado seu irmão ontem.

Darcy ergueu uma das sobrancelhas, mantendo um controle impecável da testa que Annie nunca conseguira dominar. Suas próprias sobrancelhas só se erguiam ao mesmo tempo.

— Como é que alguém *acidentalmente* beija alguém? Você tropeçou?

— Não.

Darcy ergueu a sobrancelha direita para se juntar à esquerda.

— Então ele tropeçou?

— Não. Engraçadinha. Ninguém tropeçou.

— Alguém precisou de uma respiração boca a boca de emergência?

Annie deu um tapa no ombro da amiga.

— Cala a boca.

— Uau. — Darcy arregalou os olhos alegremente. — Você está ficando agressiva. Devo ter atingido um ponto sensível.

— Nossa, como você é ridícula — disse Annie, rindo. — Eu te odeio.

— Que grosseria dizer uma coisa dessas para sua futura cunhada.

Annie enterrou o rosto nas mãos e gemeu.

— Não vai rolar.

Quando ela levantou a cabeça, a expressão de Darcy estava mais neutra.

— Achei que você tinha dito que não estava interessada no meu irmão.

— Eu *não* estou.

— E ainda assim, suas ações indicam o contrário.

— Por um minuto, esqueci quem ele era e esqueci quem eu era e esqueci *onde* estava e só...

Senti. Ela apenas se permitira sentir.

— Foi no calor do momento, Darce. — Annie abriu um sorriso frágil. — Seu irmão é muito gato.

Darcy simulou uma ânsia de vômito e cruzou os braços.

— Você já disse isso, mas acho difícil acreditar que esteja tão desesperada a ponto de chutar o balde e beijar Brendon só por beijar.

Annie deu de ombros.

— Sabe, agora que você mencionou, já faz um tempo desde a última vez que transei. Então...

Darcy estremeceu.

— Ecaaaa. Para de tentar mudar de assunto me dando nojo.

— Está funcionando?

— Não.

Annie riu.

— Enfim, a gente se beijou. Não significou nada. Não vai acontecer de novo. Só contei porque sou incapaz de guardar segredos de você. Fim da história.

— *Não*. — Darcy girou, os joelhos batendo nos de Annie. — Fim da história coisa nenhuma. Você não me contou tudo. Desembucha.

Annie torceu o nariz e riu.

— Desembuchar o quê? Não tem nada para contar. Seu irmão é fofo. Ele é engraçado. Eu me diverti. Mas eu disse que não estou interessada em namorar ninguém.

Darcy franziu a testa.

— Isso foi antes de você beijar ele.

— *Ele* me beijou. — Annie prendeu o cabelo atrás da orelha. — Ou nós nos beijamos. Isso... A questão não é essa.

— Não é *justamente* essa a questão? Se não, qual seria? No mínimo, é uma das questões. Jesus.

— Não foi nada. — Darcy continuava a encará-la. — *Aff*... — Annie jogou as mãos para cima. — Seu irmão não me conhece, então...

— Seria uma ideia tão ruim assim? Deixar ele te conhecer?

Sim.

Não seria só uma ideia ruim.

Seria uma *péssima* ideia.

Porque deixar Brendon conhecê-la significava deixá-lo entrar. Significava confiar a ele um milhão de pequenos fatos, todos os pedaços aleatórios de si mesma, e esperar que ele se lembrasse de tudo.

Não dá para se decepcionar quando alguém esquece seu nome do meio se a pessoa não souber seu nome do meio. Não dá para ficar chateada quando alguém esquece sua comida favorita ou o que você sente em relação ao seu trabalho se você nunca contou essas coisas à pessoa para início de conversa. Não dá para se decepcionar quando a pessoa para de se importar se você nunca esperou que isso acontecesse.

Rejeições sempre doem, mas nada dói tanto quanto compartilhar pedaços de si, confiar em alguém com todo o seu coração e se sentir diminuída ao perceber que você valoriza mais a pessoa do que a pessoa a você.

— Meu Deus, Darcy. Por que você está insistindo tanto?

— Eu não estou *insistindo*, estou perguntando. Por que você está tão na defensiva?

— Eu *não* estou. Eu... — Ela estava. Annie fechou os olhos. — Merda. Me desculpa.

Darcy fez um leve som no fundo da garganta antes de dispensar as desculpas.

— Tudo bem. Eu só queria que você falasse comigo. Eu sei que o Brendon é meu irmão e que tenho uma tendência a ser um pouco superprotetora.

O eufemismo do século.

— Ok. *Muito superprotetora* — admitiu Darcy, revirando os olhos. — Mas você é minha melhor amiga e eu também me preocupo com você. Não estou tentando me intrometer, juro. Eu só quero entender.

Quando Darcy falava assim, era difícil ficar na defensiva. Annie suspirou.

— Como eu disse, foi uma coisa de momento. E foi... foi só um beijo. Não vai acontecer de novo.

Darcy não parecia convencida.

— Por que não?

— Darcy...

Darcy esperou Annie continuar com as mãos cruzadas no colo. Tinha sido para esse momento que Annie viera para Seattle, ao menos tinha sido parte do ímpeto por trás de sua decisão de voar para a cidade. Para contar isso a Darcy pessoalmente, em vez de pelo telefone.

Ela sabia que aconteceria e já havia contado a Brendon, então por que era tão difícil apenas dizer? Talvez porque contar a Darcy tornasse tudo real. Essa era a única conclusão à qual ela podia chegar, a razão pela qual estava protelando.

Annie endireitou os ombros.

— Eu fui promovida.

Darcy ficou sem ar.

— Eita! Sério?

— Sério.

Darcy esperou que ela continuasse.

Chegara a hora.

— É uma grande oportunidade. Para começar, vou ganhar mais.

Darcy deu um sorriso tenso.

— Isso é óbvio. Só que estou sentindo um *mas* aqui.

Annie abaixou a cabeça.

— Mas o cargo novo é em Londres.

Darcy demorou um pouco para responder.

— Imagino que você tenha aceitado. Deve ter, se está me contando.

— Aceitei.

Annie ergueu os olhos. Darcy estava olhando para trás dela, encarando a parede como se estivesse pessoalmente ofendida pelo elemento arquitetônico.

— Minha mudança é daqui a exatamente um mês.
Darcy deu um breve aceno de cabeça.
— Que ótimo, Annie. Estou feliz por você.
Então por que ela não parecia?
— Darcy.
— O quê? — disse Darcy, fungando. — Estou me esforçando muito para reunir algum entusiasmo legítimo, ok? Me dá um desconto.
Annie esperou, sem se permitir criar expectativas.
— *Londres*? — Darcy balançou a cabeça. — Por que você quer se mudar para Londres? Você... você nem gosta de chá. Pelo amor de Deus, Annie, você odeia tomate. Eles comem tomate e feijão cozido o tempo todo e você... é alérgica a cogumelos. Não existe um só ingrediente em um café da manhã inglês que você comeria.
— Torrada — alegou Annie. — Eu gosto de torrada.
— Foda-se a torrada — murmurou Darcy. — É pão seco. Completamente superestimado.
Annie tinha certeza de que os ingleses tinham outras opções de café da manhã além do tradicional. Na verdade, ela *sabia* que sim, mas aquele não era o momento de apontar como o argumento de Darcy era hilário.
— Darcy.
— Eles têm uma monarquia. Quem quer isso? A vida não é uma série de casamentos reais divertidos e duquesas gostosas. Há todo um histórico sombrio do colonialismo e... — Darcy esfregou furiosamente as pálpebras inferiores. — Olha, eu sei que estou sendo completamente irracional, mas você precisa me dar um minuto, tá? Eu te vejo pela primeira vez em mais de um ano e você me diz que vai morar ainda mais longe?
— Eu não vou mais precisar viajar com tanta frequência. Estou ficando cansada de estar sempre pra lá e pra cá.

O novo cargo estava oferecendo a ela uma chance de criar raízes, um lugar para chamar de lar por mais de duas semanas por mês.

— E você não pode, sei lá, escolher um outro emprego que te mantenha em um lugar que por acaso seja um pouco mais perto? — perguntou Darcy, a voz baixa. — Pelo menos dentro dos Estados Unidos?

Annie mexeu na bainha de seu cafetã.

— Surgiu do nada. O que eu deveria dizer?

A promoção parecia perfeita. Era exatamente o que estava procurando, se ela olhasse meio que de canto de olho.

E daí que trabalhar em RH não era o sonho dela? Às vezes, um emprego era apenas um emprego. Ela não era prática a ponto de ignorar todo o resto, inclusive a própria felicidade, mas ela não podia virar sua vida inteira de cabeça para baixo e, sei lá, mudar de carreira, né? Não.

Darcy fungou.

— Eu sei que fui eu que me mudei pra Seattle, mas... Pode me chamar de boba, mas eu sempre esperei que acabássemos morando na mesma cidade. Pelo menos na mesma costa. A Filadélfia já é longe, mas Londres?

— Você nunca me disse isso — murmurou Annie.

— Achei que não precisava. Achei que era desnecessário dizer. Você é minha melhor amiga.

Annie não disse nada, porque, honestamente, ela não pensou que Darcy se importaria.

Darcy franziu a testa.

— Acho que me enganei, né? Eu devia ter falado.

— Eu não queria te chatear — disse Annie. — Não quero que isso seja uma grande nuvem negra pairando sobre nós pelo resto da minha estadia. Vamos só...

— Fingir que você não vai morar do outro lado do mundo? — perguntou Darcy em um tom seco.
— Darcy.
— Ok, beleza. Eu vou deixar pra lá — concedeu ela, erguendo as mãos.
— Obrigada.
— Por enquanto. Eu vou deixar pra lá por enquanto.

Capítulo nove

Terça-feira, 1 de junho

Brendon estava acostumado ao azar corriqueiro, que acontecia com todo mundo de vez em quando. Um péssimo corte de cabelo. Tomar um banho de um carro enquanto está esperando algo no meio-fio. Perder a hora porque não ouviu o alarme. Até levar um bolo.

Agora ouvir Annie dizer que ia morar em Londres quando o gosto dela ainda estava em seus lábios? No momento em que ele tinha acabado de descobrir que ela se encaixava perfeitamente em seus braços?

Brendon não tinha palavras para descrever o quanto aquilo havia doído.

Beijar Annie podia não ter sido planejado, mas a química entre os dois era evidente. Ele tinha se divertido muito e estava claro que ela também. Terminar a noite com um beijo parecia a coisa mais natural do mundo. A ideia de Annie morando do outro lado do país se tornou sem importância diante das faíscas que ele sentia.

Tudo bem, a Filadélfia não era muito conveniente, mas Londres?

Viver viajando era solitário, alegara Annie, mas morar a um oceano de distância era a melhor alternativa? E quanto ao que ela dissera sobre seu trabalho envolver menos tradução do que ela esperava? Não envolveria ainda menos se ela viajasse menos?

Quanto mais ele pensava no assunto, menos sentido fazia.

— *Brendon? Brendon?*

Ele estremeceu. Havia sete pares de olhos o encarando ao redor da mesa de conferência.

— Desculpe.

Seu rosto ficou quente por ser pego distraído no meio de uma reunião. Uma reunião que ele deveria estar liderando.

— Foi um dia longo. O que vocês estavam dizendo?

Katie riu.

— Dia longo? Brendon, ainda não é nem meio-dia.

— Alguém se divertiu demais no fim de semana — brincou Jenny, a diretora sênior de marketing.

— Que nada. — Brendon riu, tentando disfarçar da melhor maneira que pôde. — Agora, no fim de semana que vem? Aí vai ser outra história.

Jian fez uma expressão de confusão fingida.

— No próximo? Tem alguma coisa especial?

— Provavelmente alguma coisa bem chata. — Katie sorriu para ele do outro lado da mesa. — Nada nem um pouco especial.

Brendon sentiu uma dor agridoce invadindo o coração.

Inveja era uma palavra muito feia para o que ele sentia. Ele não invejava a felicidade de ninguém; na verdade, era o oposto. Mas ele queria o mesmo que Katie e Jian tinham. Darcy e Elle. Elas se olhavam de um jeito simplesmente mágico, como se todos os outros desaparecessem quando seus olhos se encontravam de lados opostos de um cômodo.

— Eu não poderia estar mais feliz por vocês — disse Brendon.

Era melhor focar na felicidade dos amigos e colegas de trabalho em vez de sentir pena de si mesmo por não ter o que eles tinham. Ainda.

Katie contraiu os lábios, fazendo um péssimo trabalho em sufocar o sorriso.

— Precisamos mudar de assunto antes que Brendon fique emocionado demais para continuar a reunião.

— A reunião à qual ele não estava prestando atenção, você quer dizer? — perguntou Jenny.

— Ok, ok — disse ele, erguendo as mãos. — Saiam do meu pé. Jian, você estava dizendo?

— Os resultados do segundo semestre saíram.

Brendon olhou para a pasta bege largada ameaçadoramente em cima da mesa de conferência na frente de Jian.

— Ok, sem suspense.

— Nossos custos operacionais aumentaram, mas fizemos algumas mudanças pesadas. Investimentos.

A parceria com o Ah Meus Céus envolveu algumas mudanças consideráveis em seus algoritmos, para não mencionar orçamentos.

— Dito isso — Jian deslizou a pasta pela mesa —, nossos resultados superaram as projeções. A receita aumentou. Mais do que esperávamos.

Brendon folheou o relatório com as sobrancelhas erguidas. Os resultados eram bons. Os resultados eram *muito* bons. Ele colocou o relatório de lado.

— Isto é fantástico.

— Concordo. *Esses* resultados certamente merecem comemoração.

Brendon apoiou os cotovelos na mesa, esperando a má notícia. Aquilo estava acontecendo muito com ele ultimamente.

— Mas?

— Tivemos uma pequena queda nas contas.

— Mas isso acontece todos os anos. Pessoas cancelando a assinatura premium após o período de carência.

Jian passava a bolinha antiestresse entre as mãos.

— Sim, mas o problema é que temos um elefante na sala: o fato de que o mercado inteiro está vendo uma desaceleração no crescimento de novos usuários.

— O mercado inteiro — enfatizou Brendon, olhando para Katie em busca de confirmação. — Não é só com a gente.

Ela sorriu e assentiu.

— Não estou tentando ser um estraga-prazeres nem nada — disse Jian, suspirando —, mas nosso modelo, o que diferencia o OTP, é que prometemos ajudar o usuário a encontrar a pessoa certa para poder abandonar o aplicativo e ser feliz para sempre. — Ele levantou as mãos. — Não estou criticando o que defendemos. É só que, do ponto de vista comercial, se queremos que os usuários deletem o aplicativo, precisamos substituí-los por outros. Se temos uma desaceleração no crescimento...

— Temos um problema — completou Brendon.

Jian assentiu.

— Ou teremos. No momento, nossa receita está superando as expectativas, o que é excelente. E a satisfação dos usuários?

Katie levantou o polegar para ele.

— Maior alta de todos os tempos.

— Não precisamos entrar em pânico, mas temos um problema no horizonte e vamos precisar lidar com ele mais cedo ou mais tarde — disse Jian, dando de ombros. — Pessoalmente, sou a favor de mais cedo.

— Mais cedo parece bom — concordou Brendon, recostando-se na cadeira.

Jenny se debruçou sobre a mesa.

— Se estou entendendo bem, nosso problema é atrair novos usuários para o aplicativo? Atualizar o mar de solteiros, por assim dizer?

— Só não me pergunte como — disse Jian. — Eu sou o cara dos números.

Katie e Jenny trocaram um olhar antes de Katie assentir com determinação.

— Vamos resolver isso.

Jenny pegou a caneta e começou a rabiscar no caderno.

— Depoimentos, talvez? Geralmente funcionam.

— Se quisermos ver um crescimento relevante, não apenas um pingado aqui e ali como acontece com os usuários que alternam entre aplicativos, acho que temos que sair do nosso público habitual — disse Brendon, virando-se para Katie. — Aqueles trinta por cento dos usuários de aplicativos de relacionamento que acham que os aplicativos tiraram o romance dos namoros.

Katie franziu a testa.

— A ideia é convencer um monte de céticos?

Jenny deixou cair a caneta.

— Como vamos fazer isso?

E ali estava ela, a pergunta de um milhão de dólares.

— *Desafio* é sinônimo de oportunidade — disse Katie, lançando um olhar feroz para Jenny. — Vamos fazer um brainstorming.

— Temos tempo — lembrou Jian. — Sem pressa.

Bem que Brendon gostaria de poder dizer o mesmo.

☾

DARCY (15:16): Pode passar aqui depois do trabalho? Acho que a Annie quebrou minha cafeteira.

BRENDON (15:22): Você tentou tirar da tomada e ligar de novo?

DARCY (15:25): 😑

BRENDON (15:26): Brincadeira! Posso passar aí. Que horas?

DARCY (15:29): Chego em casa às cinco.

BRENDON (15:32): Eu chego umas cinco e dez. O que acha?

DARCY (15:35): Ótimo. Obrigada.

☾

Brendon bateu com os nós dos dedos na porta de Darcy e esperou.

E esperou e esperou e esperou.

— Ei, Darcy? Sou eu, Brendon. Você me disse para passar aqui depois do trabalho.

Depois de um instante, uma sombra apareceu embaixo da porta antes que ela se abrisse. Annie estava de braços cruzados sob o batente, o lábio inferior carnudo preso entre os dentes.

— Oi.

Brendon sentiu o ar ficar preso no fundo da garganta, os pulmões se contraindo. Porra. Ela estava linda. Os cabelos longos estavam presos em um coque bagunçado no alto da cabeça. Algumas mechas haviam se soltado, emoldurando seu rosto maquiado, mas onde ainda se via um minúsculo conjunto de sardas pontilhando a ponte do nariz. Ela não tinha muitas sardas — não como ele, que era coberto por elas da cabeça aos pés —, o que tornava as poucas que tinha ainda mais adoráveis. Preciosas devido à sua escassez.

— Oi.

Ele abriu um sorriso, esperando não dar na cara que, só de olhar para ela, já ficava com o coração acelerado. Com a mão coçando de vontade de prender uma daquelas mechas soltas atrás da orelha dela. Com a boca ardendo com a lembrança da pele macia do queixo dela, da pulsação que sentiu com os lábios. Ele estalou os dedos, não apenas porque Annie o deixava nervoso, mas porque o desejo de se aproximar para tocá-la era forte demais.

— Minha irmã está em casa?

Quando ela puxou a barra do short para baixo, o olhar de Brendon foi atraído para o pedaço de pele dourada deixada à mostra pelo short curto. Era óbvio que ela não esperava visita.

— Ela ainda não chegou. Hoje de manhã disse que chegaria tarde porque aparentemente está, er, colocando tudo em dia. Porque ela folgou na sexta-feira.

— Ela disse isso hoje de manhã?

Annie fez que sim.

Não fazia sentido. Darcy havia mandado uma mensagem para ele à tarde.

— Ela me pediu para vir. Aparentemente, a máquina de café dela quebrou.

Annie murmurou baixinho, envergonhada, um primo distante do gemido gutural que ela dera na outra noite, o gemido que Brendon sentiu vibrar contra os lábios. Quando ela ergueu os olhos e o encarou, o espaço entre as omoplatas dele formigou e os pelos em seus braços se arrepiaram.

— Ops?

— Aposto que não é tão ruim assim — mentiu ele.

Quando Annie se encostou no batente da porta, Brendon se lembrou de como a pressionara contra aquele mesmo lugar duas noites antes. De como ela gemeu baixinho quando ele a beijou. De como Annie tinha gosto de abacaxi e coco. *Merda.* Ele respirou pela boca e enfiou as mãos nos bolsos.

— Bem, fica à vontade — ofereceu ela, apontando para trás.
— Pode entrar e esperar, ou dar uma olhada na máquina. —

Ela apertou os lábios e deu um sorriso torto. — Eu não sabia que tinha estragado tanto assim. Não me dou muito bem com aparelhos sofisticados.

Brendon riu baixinho e a seguiu até a cozinha, parando em frente à máquina de café. Não parecia arruinada.

— E aí, tem conserto? — perguntou ela, encostada na geladeira de Darcy. — Ou dei perda total nela?

— Estou otimista — disse ele, alcançando a parte traseira da máquina para ligá-la na tomada.

— Eu também. — Annie traçou uma linha na argamassa do piso com a ponta do pé descalço. Suas unhas estavam pintadas de um verde-água elétrico que fazia sua pele parecer mais bronzeada. — Caso contrário, estou devendo uma cafeteira nova para a Darcy.

Ele pegou uma caneca e a colocou sob o bico antes de apertar o botão de um copo de café americano. A máquina engasgou e o café escuro começou a encher a xícara.

Isso foi fácil. Fácil *demais*. Não precisou de conserto, bastou apertar um botão e *voilá*: café.

— Parece que está tudo bem.

— Ufa. — Ela curvou os cantos da boca, um sorrisinho tímido. Annie se afastou da geladeira e deu um passo em direção a ele. — Brendon, sobre a outra noite. Eu não quero que você pense que eu não...

— Brendon? Eu vi seu carro lá embaixo.

E o prêmio de pior timing vai para... Darcy!

Annie não queria que ele pensasse que ela não *o quê*?

Ele olhou para Annie por mais um instante, desejando que os olhos dela completassem a frase. *Isso ainda não acabou.* Ele sorriu para Darcy, embora uma grande parte dele quisesse empurrá-la de volta pela porta da frente.

— Sua cafeteira está funcionando.

— Ah, que bom — disse Darcy, colocando a bolsa em cima da bancada. — Deu muito trabalho?

— Era só ligar — disse ele, rindo.

— Que estranho — respondeu ela, sem olhá-lo nos olhos.

Com certeza tinha alguma coisa estranha acontecendo ali; ele só não conseguia identificar *o quê*.

Darcy suspirou e massageou o espaço entre as sobrancelhas, deixando escapar um gemido baixo, mas não totalmente silencioso. Annie franziu a testa.

— Você está bem?

— Eu vou ficar. — Darcy a tranquilizou com um sorriso forçado. — Só estou exausta. Quando abri meu e-mail esta manhã quase tive um ataque cardíaco. Eu tiro alguns dias de folga e quando volto encontro o escritório em frangalhos. Esta semana... — Ela não terminou, as rugas se formando ao redor dos lábios resumindo o que ela não havia dito. Ela ofereceu a Annie um sorriso tenso. — Só estou com medo de não passarmos tanto tempo juntas quanto eu esperava. Teremos o fim de semana, obviamente, mas meu chefe está me pressionando para terminar uns relatórios para algumas de nossas contas de alta prioridade e provavelmente ficarei no escritório até tarde quase todos os dias.

Annie deu uma risada desconfortável.

— Escolhi um péssimo momento para visitar, né?

— *Não* — afirmou Darcy rapidamente. — Você está aqui, o que por padrão torna seu timing excelente. — Darcy olhou de Brendon para Annie. — Ei, Brendon?

Ele tomou um gole do café que preparara. Nada mal.

— Hum?

Darcy estreitou os olhos e inclinou a cabeça. Ah, ele conhecia aquele olhar, estava bastante familiarizado, para falar a verdade. Afinal, ele mesmo já dera aquele mesmo olhar uma ou duas vezes para Darcy. Era um olhar que dizia que ele, ou neste caso, Darcy, não estava para brincadeira.

— Como está a sua agenda esta semana?

Uma pergunta aparentemente inócua para um olhar nada inócuo. Ele franziu a testa. Ou seria *nócuo*? Um olhar nócuo? Será que existia essa palavra? Se algo pode ser inócuo, *nócuo* não deveria ser também uma opção? Tipo suportável versus insuportável? Uau, *que viagem*. Obrigado, cérebro. Brendon sacudiu a cabeça.

— Está de boa. Por quê?

Ele tinha o casamento de Jian e Katie, mas só na sexta-feira. Como já tinham feito a reunião geral, seus dias consistiriam principalmente em enviar e-mails e quebrar a cabeça tentando descobrir uma solução para o problema que Jian havia apontado naquela manhã. Na quinta-feira, ele teria uma grande reunião com investidores sobre uma potencial expansão internacional, mas o resto da semana era relativamente flexível.

— Eu estava pensando...

— Que perigo — brincou ele.

Darcy beliscou a pele fina do cotovelo dele, exposta pelas mangas da camisa levantadas.

Puta merda, aquilo doeu.

— *Ai.*

— Como eu estava dizendo — resmungou ela, arregalando os olhos como se tentando se comunicar silenciosamente com ele —, se não estiver muito ocupado, talvez você possa levar Annie pra dar umas voltas?

Os olhos de Darcy brilhavam de um jeito que não tinha absolutamente nada a ver com a iluminação sofisticada da casa.

Outro olhar com o qual Brendon estava acostumado. Sendo o caçula da família, ele havia aperfeiçoado aquele olhar. Olhos arregalados repletos de inocência, mas cheios de malícia sob a superfície.

Brendon sorriu e engoliu a vontade de enxugar uma lágrima imaginária. Ou bater palmas, talvez. Sua irmã tinha armado para ele, ela tinha armado *legal* para ele, mas ele não conseguia nem ficar chateado com isso porque — embora as motivações de Darcy não estivessem completamente claras — aquilo funcionava a favor dele.

Annie, aparentemente alheia às maquinações de Darcy, balançou a cabeça.

— Ah não. Não...

— Claro que sim — interrompeu ele. — Eu adoraria.

Porque passar um tempo com Annie era o oposto de uma obrigação.

As bochechas de Annie coraram quando os dois se olharam e continuaram assim, a respiração de Brendon queimando seus pulmões até ela abaixar a cabeça, quebrando aquele contato visual magnético.

Ele levou um tempo para conseguir falar.

— Que tal amanhã à tarde? Minha última reunião é às três. Considerando o trânsito, posso estar aqui às quatro e quinze.

Annie mordeu o lábio inferior antes de assentir lentamente.

— Parece ótimo.

— Perfeito — disse Darcy, dando um sorriso enorme.

Ainda olhando para o chão, Annie levou a mão à boca em um gesto distraído, os dedos traçando seus lábios de uma forma que fez Brendon imediatamente se perguntar se ela estava pensando no beijo.

— Eu mando uma mensagem quando estiver a caminho.

Annie se assustou um pouco, levantando a cabeça, a cor em suas bochechas se intensificando. Ela assentiu resoluta antes de sorrir de maneira tensa.

— Legal. — Ela se virou para Darcy. — Eu vou tomar um banho. Pedi comida porque não sabia que horas você voltaria.

— Pode deixar que eu recebo — assegurou Darcy.

Com um sorriso fugaz lançado na direção dele, Annie passou correndo, desaparecendo no corredor.

— Sinto muito por você ter vindo até aqui à toa — disse Darcy, acompanhando-o até a porta da frente.

— Tudo bem. É caminho.

E foi uma oportunidade de rever Annie. Uma vitória, na opinião dele.

— Eu te acompanho até o elevador — ofereceu ela, encostando a porta ao sair.

Assim que os dois estavam no meio do corredor, Darcy puxou o braço do irmão, fazendo-o parar. Ela fez um biquinho, deixando de lado a atuação surpreendentemente boa que demonstrara na cozinha.

— Ela te contou?

— Contou o quê?

Darcy bufou.

— Não se faça de desentendido. *Londres*.

Certo. *Aquilo*. Ele enfiou as mãos nos bolsos e estremeceu.

— Ela me fez prometer que não ia te contar. Disse que queria fazer isso pessoalmente.

— Eu odiei — murmurou Darcy, começando a andar devagar. — Quando a gente estava em Vancouver, eu disse pra Elle que esperava mostrar a Annie como Seattle é incrível. O trabalho dela na Filadélfia é, ou *era*, em maior parte remoto. Ela podia ter se mudado para cá. Ou encontrado outro emprego. Um emprego mais perto. — Ela fechou os olhos. — Eu chorei, Brendon. Eu chorei e fiz um discurso sobre tomate cozido.

— Tomate cozido?

A julgar pelo olhar atravessado de Darcy, ela parecia à beira das lágrimas outra vez.

— Você disse que queria que ela não se mudasse?

— Qual parte de "chorei" e fiz "um discurso sobre tomate cozido" você não entendeu?

— Ela sabe que você quer que ela fique aqui? Você disse isso para ela agora? Você disse isso para ela antes? Quando ela estava na Filadélfia?

— Eu achei que ela soubesse. — Darcy mudou o peso de um pé para o outro. — Eu presumi que ela soubesse. — De repente, ela arregalou os olhos, que ficaram ainda mais brilhantes. — Merda. Eu estraguei tudo, né? Minha melhor amiga vai morar do outro lado do mundo e... — Ela se interrompeu, o rosto manchado de rosa e os olhos piscando com força. — Eu sou péssima.

— Você não é. Você estava ocupada.

— Preocupada só com o meu umbigo, é isso que eu estava. — Darcy respirou fundo e fez uma pausa, os olhos se iluminando. — Não acredito que estou fazendo isso.

— Fazendo o quê?

— Me intrometendo! Isso é coisa sua, não minha.

Brendon bufou.

— Eu não me intrometo. Eu dou um empurrãozinho. Ajudo.

— Você se intromete, Brendon. Não que eu esteja em posição de julgar quando estou fazendo a mesma coisa. Mas pelo menos estou sendo honesta a respeito.

— Honesta. Certo. Como quando me pediu para vir consertar sua cafeteira quebrada.

— Isso te trouxe até aqui, não foi? — Ela jogou o cabelo para trás. — Annie me contou que vocês se beijaram.

— Isso te incomoda?

— Não. Você é meu irmão. A Annie é como uma irmã para mim, você sabe disso. Eu amo vocês dois. Além disso, tenho quase certeza de que a Annie também gosta de você.

Os olhos dele dispararam pelo corredor e, embora a porta estivesse fechada, ele baixou a voz.

— Ela te disse isso?

— Não com essas palavras. É por isso que eu quero te pedir um grande favor.

Ele passou a mão pelos cabelos.

— Estou ouvindo.

— Preciso que você me ajude a convencer Annie a se mudar para cá — sussurrou ela. — Você conhece a cidade melhor que eu.

— Eu já disse, vou levar ela para passear.

— Sim, ok, mas eu preciso que você esteja totalmente dentro. Que dê o seu melhor. E talvez... — Ela parou, corando. — Talvez mostre o que ela está perdendo.

Brendon franziu a testa.

— Isso não é... — *Ah.* — Uau. Você está me pedindo para seduzir sua melhor amiga?

Darcy deu um tapa em seu braço.

— Que nojo. Não — disse ela, fazendo uma pausa. — Talvez? Eca.

— Não acredito. Minha própria irmã, me explorando desse jeito.

— Não estou pedindo para você fazer nada que já não tenha feito. Só, sei lá, dá um gás nas coisas. Considere as apostas um pouco mais altas. Só isso.

Nunca, nem em um milhão de anos, Brendon teria imaginado que Darcy estaria dando permissão — não, *pedindo* — para que ele conquistasse a melhor amiga dela.

— Você tem mesmo que fazer hora extra no escritório ou aquilo era mentira?

Darcy teve a decência de parecer contrariada.

— As duas coisas? Eu *estarei* ocupada durante a semana, mas você e a Annie pareceram se dar bem, então pensei... Estou disposta a usar o que puder a meu favor. Se você não quiser...

— Eu nunca disse isso. Estou dentro.

— Bom. — Darcy assentiu decididamente. — Isso fica entre nós. *Capisce?*

Ele revirou os olhos.

— Não. Eu vou sair correndo e contar para Annie assim que puder.

— Estou falando sério, Brendon.

Ele a olhou nos olhos.

— Eu também.

Capítulo dez

Quarta-feira, 2 de junho

Parado no sinal vermelho, Brendon tamborilou os dedos compridos contra o volante.

Annie conhecia a sensação daqueles dedos em volta de seu pulso, a facilidade com que eles levantaram o braço dela e prenderam sua mão na porta quando se beijaram. Ela podia sentir a palma dele envolvendo sua nuca, e, se ela se concentrasse o suficiente, a aspereza fantasma de seus calos em sua orelha, a fricção de pele contra pele.

Ela estremeceu violentamente, forte o suficiente para Brendon notar.

— Está com frio? Quer que eu desligue o ar? — ofereceu ele, estendendo a mão para o botão.

— Não, tudo bem.

Suas palavras saíram constrangedoramente ofegantes, como se ela estivesse se candidatando a uma vaga para ser atendente de sexo por telefone. Annie cerrou os dentes. *Controle-se.*

Ele balançou a cabeça lentamente e descansou a mão no volante, olhando-a como se ela estivesse se comportando de maneira estranha. Porque ela *estava*.

Aquilo tinha sido uma péssima ideia. Passar um tempo com Brendon. Não que Annie tivesse muita escolha após Darcy e Brendon mancomunarem. A teimosia claramente era de família. Mas tudo bem. Quando ela enfiava alguma coisa na cabeça, podia ser tão teimosa quanto os Lowell, e Annie *não* permitiria que sua atração por Brendon a tirasse do controle.

Só que não era fácil permanecer calma, fria e sob controle quando ela olhava para ele, quando seu olhar era atraído para a boca dele e ela só conseguia pensar naquele beijo. O beijo que deixava todos os outros no chinelo. O beijo que a fez se perguntar se ela poderia chamar todos os outros beijos que dera na vida de beijos, ou se eles precisavam de um novo nome, um nome que os colocasse num patamar inferior.

Talvez ela continuasse chamando o beijo que eles compartilharam de uma *revelação*. Adequado, porque não haveria repetição. Nada de beijar Brendon de novo. E *definitivamente* nada além disso.

Era hora de mudar de assunto. Qualquer coisa para não pensar mais nos lábios impossivelmente quentes dele sobre os dela. *Droga.*

— Vamos voltar ao mercado?

Brendon balançou a cabeça, um sorriso secreto brincando nos cantos de sua boca. Aquela boca adoravelmente...

Meu Deus. Quem ela estava enganando, subestimando o poder — para não dizer a obstinação — da própria libido? Uma libido que claramente tinha vontade própria.

Annie girou o corpo para olhar pela janela, o rosto carrancudo refletido no vidro. As pessoas usavam *azul de fome* para indicar excesso de fome. Será que existia uma expressão para excesso de tesão? *Roxa de tesão*? Não, isso era ridículo.

Ela viu a roda-gigante na qual fora forçada a urinar passando rapidamente enquanto atravessavam o píer.

— Space Needle?

— Fica na direção oposta.

Ela esticou o pescoço, espiando pelo minúsculo para-brisa traseiro. Certo. Eles estavam se *afastando* da casa de Darcy.

— Que tal...

Ela interrompeu seu palpite ao ver Brendon ligando a seta, virando suavemente à direita em direção a uma...

— Balsa? — Mais adiante, uma longa fila de carros avançava em ritmo estável, parando brevemente no guichê de atendimento antes de embarcar na balsa. — Vamos sair da cidade?

Brendon abaixou o vidro.

— Você vai ver.

Annie deixou a cabeça cair no encosto do banco, mal contendo um gemido de frustração.

Annie imaginara que ele lhe mostraria a cidade, os marcos famosos, tudo parte do plano de Darcy para convencer Annie de que Seattle era a melhor cidade do planeta. Presumira que Brendon fosse levá-la ao Space Needle, talvez àquela ponte de cimento diferente em Fremont. Ela não esperava sair da cidade.

Uma forte ansiedade se instalou em sua barriga. A cidade trazia uma espécie de segurança. Restaurantes e destinos turísticos lotados, muita gente. *Em público*. Ela não sabia para onde Brendon estava indo, mas era fora da cidade, e isso significava mais tempo no carro, mais tempo com ele, sem distrações externas, nem barulho, nem — ela engoliu em seco — interrupções. Nenhuma saída.

Não era com Brendon que ela se preocupava; Annie tinha medo de fazer ela mesma algo estúpido e imprudente, tipo beijá-lo novamente. Não, beijar Brendon seria ruim porque... Deus, ela nem conseguia se lembrar. Mas aquela não era hora de perder a cabeça. Havia motivos, bons motivos,

motivos do quais ela precisava se lembrar o tempo todo para se impedir de fazer alguma coisa ruim e injusta para os dois. Certo. *Motivos.*

Primeiro, ela estava se mudando para Londres. Um *enorme* motivo. O pai de todos os motivos.

Segundo, ela jurou não namorar. Estava cansada de se decepcionar.

Se Brendon fosse apenas um cara bonito e engraçado, talvez ela pudesse ter dado as rédeas à sua libido e deixado que ela comandasse o show por alguns dias. Um casinho de férias, sem compromisso, no qual ela poderia satisfazer as próprias vontades e tirar isso da cabeça antes de entrar de volta em um avião. Não era seu comportamento habitual, mas também não era algo a que ela se opunha. Mas Brendon não era só um cara aleatório. Vinha com todos os tipos de amarras. Ele estava procurando a pessoa certa. Era o irmão da sua melhor amiga. Não tinha como ser mais complicado que isso.

Estava claro que satisfazer sua atração por Brendon terminaria mal.

Depois de pagar a passagem, Brendon continuou, seguindo as placas de estacionamento na balsa. Ele parou atrás de um grande SUV e desligou o motor.

— Quer ir até o deque?

Annie sorriu e assentiu, tirando o cinto de segurança. Explorar a atração por ele estava fora de questão, mas isso não significava que não pudesse aproveitar o dia ao máximo.

— É sempre tão cheio assim? — perguntou, tropeçando em Brendon quando um grupo de crianças passou correndo pelos dois.

— A não ser que esteja chovendo.

Annie sentiu o peito de Brendon nas costas, o calor do corpo dele absorvendo o dela. Deus, ele era uma fornalha humana. Por um breve segundo, ele descansou a palma da mão nas costas de Annie, o calor permeando o pedaço de pele nua entre o short e a camisa dela.

Ela precisava se lembrar de seus motivos e tratá-los como um mantra. *Não beije Brendon. Londres. Namorar é se decepcionar. Amarras demais. Amarras complicadas e confusas.*

Annie apertou o passo, indo direto para o parapeito.

Apesar de estar ventando um pouco — o cabelo dela batia no rosto — o tempo *estava* bom. A temperatura estava em torno de vinte graus e o sol havia rompido a cobertura de nuvens.

Brendon se juntou a ela, apoiando os cotovelos no gradil. Ele usava óculos estilo aviador, as lentes pretas escondendo seus olhos. Por um momento eles ficaram em silêncio, observando a água agitada. Quando Brendon finalmente falou, ele a surpreendeu.

— Como seus amigos na Filadélfia receberam a notícia?

Ela se virou ligeiramente, apoiando o cotovelo no gradil para encará-lo.

— Como assim?

— Você contou que vai se mudar, não?

Ah. *Isso.*

— Eles estão felizes por mim.

Brendon ergueu as sobrancelhas ruivas por trás dos óculos.

— Felizes?

Felizes como pessoas que você via uma vez a cada dois meses em um brunch poderiam ficar. Fizeram toda aquela cena de *vamos morrer de saudade* e *com certeza manteremos contato*, mas Annie era vivida demais para acreditar nisso. Para a maioria das pessoas, distância era tudo e, se já era difícil se aproximar quando ela morava na Filadélfia e viajava tanto a trabalho, seria impossível depois que se mudasse para Londres.

— Aham.

Ele coçou o queixo.

— Acho que o Zoom ajuda muito a manter contato, né?

Os olhos dela dispararam para o rosto dele antes de se voltarem para as águas escuras da Elliott Bay.

— Eu já não ando muito presente atualmente, sempre em um avião ou em um fuso horário diferente. Às vezes, estou um dia inteiro à frente. Zoom, FaceTime, existem milhões de aplicativos ajudando mais do que nunca a manter contato, mas nada disso pode obrigar as pessoas a se esforçarem se elas não quiserem. — Annie abriu um sorriso triste. — Eu não tenho muitos amigos íntimos na Filadélfia. Na verdade, nenhum. Ninguém vai sentir minha falta.

Ela traçou uma rachadura no convés de concreto com o dedo do pé e mordeu com força a lateral da bochecha.

Atração não era o único risco que Brendon representava. Era tão fácil conversar com ele, confiar nele. E mesmo assim, admitir que não tinha amigos íntimos na Filadélfia? Que vergonha.

Quando ele a olhou gravemente, Annie sentiu o estômago embrulhar. Ok, que *humilhação*.

— Acho difícil acreditar nisso.

Ela olhou para ele duramente.

— Como assim?

Ele levou uma das mãos à nuca, relaxando a postura e se apoiando no gradil.

— Você disse que ninguém vai sentir sua falta. E eu acho... — Ele pôs a língua ligeiramente para fora, molhando os lábios. — Acho que você está subestimando o efeito que tem nas pessoas, Annie.

Ela olhou para ele com desconfiança.

— O efeito que eu tenho?

Ele abaixou o queixo, uma risada silenciosa movimentando seu peito.

— Você é fácil de conviver. Acho difícil imaginar que alguém que te conheça não queira passar o máximo de tempo possível com você. Você é tipo... Batata frita. É impossível querer uma só.

Um raio de sol quente inflamou o peito de Annie.

— Você realmente acabou de me comparar... a uma *fritura*?

Brendon assentiu, o rosto contorcido, parecendo aflito.

— Acho que sim?

Ela riu e apertou o antebraço dele para mostrar que não estava brava.

— Isso foi... Foi estranhamente doce, Brendon. Ninguém nunca me comparou a uma batata antes.

Ser comparada a um dia de verão não chegava aos pés de ser comparada a sua junk food favorita.

Brendon ficou ainda mais vermelho, a ponto de obscurecer até mesmo as sardas, o rosto todo ficando num tom escarlate.

— Eu estava tentando dizer... Quer saber? É melhor eu parar enquanto estou... Merda, eu nem estou ganhando. É melhor parar antes de piorar as coisas.

Ela passou o polegar na pele dele, roçando a fina camada de pelos acobreados na lateral do pulso.

— Calma, eu não fiquei chateada.

Sob o toque dela, ele flexionou os tendões. Nem *um pouco* chateada.

Brendon estava olhando para ela e, por mais que os óculos de sol escondessem seus olhos, dava para perceber que ele a estava estudando, dava para *sentir*.

O mantra, lembre-se do mantra. *Não beije Brendon. Londres. Namorar é se decepcionar. Amarras demais. Amarras complicadas e confusas.*

Annie soltou o braço dele e deu vários passos para trás, encolhendo-se de dor ao bater o quadril no corrimão de metal. Aquilo deixaria um belo hematoma.

— Não quero fingir que não tenho uma parcela de culpa por não ter amigos próximos na cidade. Eu só cansei de ser a pessoa que sempre estende a mão, sabe? Que *normalmente* estende a mão. Em um dado momento, eu parei. Inevitavelmente, os encontros diminuíram quando não era mais eu quem os organizava. — Annie deu de ombros. — Amizades demandam mais atenção do que uma planta. Quem poderia imaginar uma coisa dessas?

Brendon passou os dedos distraidamente no pulso que ela estivera segurando.

— Se vale de alguma coisa, você sempre vai ter a Darcy. Sabe que ela está muito chateada, não sabe?

Considerando que ela tentou usar o fato de a Inglaterra ter uma monarquia para convencer Annie a ficar, *sim*.

— Ela vai ficar bem. Ela tem você, tem a Elle. Não vai ser muito diferente do que era quando eu morava na Filadélfia.

Brendon tirou os óculos, semicerrando os olhos brevemente com a claridade.

— Posso te fazer uma pergunta?
— Pode, claro.
— Por que Londres?
— É onde fica o escritório que me ofereceram.
— Não, quer dizer, por que você aceitou a promoção?
— Fora o fato de ser uma *promoção*?

Ela riu.

Brendon não. Ele sequer mexeu os lábios.

— Fique à vontade para me mandar cuidar da minha vida se quiser, eu sei que não é da minha conta, mas é que do jeito que você falou na outra noite... não parece gostar do seu trabalho.

Aquilo não era... Tá, era um pouco verdade. Mas não era o ponto.

— Estou cansada de viajar. — Cansada de viajar sozinha, principalmente. — Mas, como diretora-executiva do escritório de Londres, não vou precisar viajar com tanta frequência. Uma vez por trimestre, talvez.

— Mas ainda é na área de RH, e ainda não é o emprego dos seus sonhos, e você merece fazer algo que te faça feliz. Seja trabalhando em recursos humanos ou roubando os holofotes do Carson Daly ou qualquer trabalho entre uma coisa e outra.

Annie segurou firme o gradil até os nós dos dedos ficarem brancos.

— Às vezes um trabalho é apenas um trabalho, Brendon.

— Verdade — concordou ele rapidamente. — Então, se Londres não é a cidade dos seus sonhos e este não é o emprego dos seus sonhos, por que não procurar outro? Se um trabalho é apenas um trabalho, não deveria ser o único motivo para se mudar para o outro lado do mundo, certo?

Era mais complicado do que aquilo. Ou ela estava tornando as coisas mais complicadas do que realmente eram? Annie fechou os olhos e deixou que o balanço sutil da balsa a acalmasse.

— Você é a melhor amiga da Darcy. Ela sente sua falta, sente falta de ter você por perto. Ela me disse isso. E se a Filadélfia é longe, Londres é ainda mais: 7847 quilômetros. Eu pesquisei no Google.

Ela riu. Parecia mesmo algo que Brendon faria.

— Você tem pessoas aqui que se importam com você, Annie. Pessoas que gostariam muito que você morasse mais perto. A Darcy.

Ele deu um passo na direção dela, depois mais um, até forçar Annie a levantar o pescoço para olhá-lo. Ele a espremera contra o gradil, não exatamente a tocando, mas perto o bastante para que seus peitos se encostassem com uma respiração profunda.

Ela vacilou, o ar escapando de seus lábios em arfadas curtas e desiguais quando ele pôs a mão na lateral de seu pescoço, encaixando o maxilar dela. Lembrava tanto o beijo deles que doía. Annie enroscou os dedos dos pés dentro das sandálias.

Seus joelhos ficaram bambos, como as pernas de uma marionete sustentadas por um barbante, uma hora rígidas e de repente não mais. Como se ela pudesse desmaiar se não fosse pelo gradil às suas costas. Ela colocou as mãos na cintura de Brendon e agarrou sua camisa.

Quando Brendon percorreu com o polegar a curva de sua bochecha, fazendo cócegas com as voltas e sulcos ásperos de sua impressão digital, Annie semicerrou as pálpebras.

— Eu.

Por um momento vertiginoso, aquele raio de sol quente em seu peito ressurgiu, só que amplificado, ardendo quente e forte enquanto Brendon a fitava, um sorriso suave brincando nos cantos da boca.

Uma boca que ela queria tão desesperadamente beijar.

Quase tão desesperadamente quanto desejava que o que ele estava dizendo fosse verdade.

Mas como poderia ser?

Sexta. Sábado. Domingo. Segunda. Terça. Quarta. Seis dias. Annie estava na cidade havia menos de uma semana. Como Brendon poderia se importar com ela se mal a conhecia?

Namorar é se decepcionar. Amarras demais. Amarras complicadas e confusas.

Ela afastou as mãos do tronco firme dele e cruzou os braços contra um súbito calafrio.

— Vou me lembrar disso.

O sol mal havia se posto na linha do horizonte quando o GPS de Brendon indicou que ele deveria virar na estrada estreita à frente.

Annie se debruçou e apoiou os cotovelos nos joelhos.

— Cinema Wheel-In Motor. Espera. Você está me levando a um drive-in?

Os pneus saltaram pelo cascalho enquanto ele desacelerava.

— A um dos quatro que ainda existem no estado.

Eles estavam em Port Townsend, a duas horas de Seattle.

O plano original era levar Annie para fazer um piquenique perto de seu apartamento, onde exibiam filmes no parque durante os meses de verão — um programa que lembrava o encontro de *O casamento dos meus sonhos*. A previsão de chuva, no entanto, fez a associação do parque cancelar o evento. Felizmente, Brendon tinha um plano B, um plano que o agradou ainda mais que o original.

Drive-ins eram inerentemente românticos. Além disso, esse plano permitia mostrar a Annie um pouco mais da região do que simplesmente levá-la a um parque, o que matava dois coelhos com uma cajadada só.

— Como funciona? — perguntou ela assim que Brendon pagou no guichê localizado na trilha de cascalho. — Não precisamos de alto-falantes ou algo assim?

— É só sintonizar o rádio do carro no canal FM indicado no ingresso — disse ele, parando no meio do estacionamento, a uma distância perfeita da tela escura. — O filme começa ao entardecer.

Brendon tirou o cinto de segurança e perguntou:

— Quer comer alguma coisa?

A resposta de Annie foi imediata e entusiasmada:

— Pipoca, por favor.

Como eles haviam chegado relativamente cedo, a fila estava curta e avançava rapidamente.

Annie abriu a porta para Brendon quando ele voltou com os braços carregados de baldes de pipoca e uma variedade de doces.

— Eu trouxe mais umas coisinhas — disse ele. — Só por precaução.

— O que vamos assistir? — perguntou ela, com a mão já enterrada no balde de pipoca.

Ele sorriu.

— *Digam o que quiserem*.

— Posso confessar uma coisa? Nunca vi.

Um erro imperdoável que ele estava feliz em corrigir imediatamente.

— O aparelho de som, Annie. John Cusack e o aparelho de som tocando "In Your Eyes", do Peter Gabriel. É um clássico.

— É — disse ela, torcendo o nariz. — Eu sei que é um filme icônico e tudo mais, mas sempre me pareceu... coisa de *stalker*.

— *Stalker*? Não. *Não*. É romântico. Ele toca a música que eles ouviram na primeira vez que... — Brendon umedeceu os lábios e ergueu as sobrancelhas sugestivamente. — Você sabe.

Ela bufou.

— Ah, que romântico. "Ei, eu vou ficar do lado de fora da sua janela tocando a música que estava tocando durante a nossa primeira transa, ok?." Você tem razão. Não tem nada de psicopata nisso.

Ao ouvir Annie colocar assim, Brendon estremeceu.

— Tudo bem. Talvez o filme não tenha envelhecido bem, mas...

— Relaxa. Muitos dos meus filmes favoritos não envelheceram bem. Talvez eu só precise assistir antes de julgar.

Ele relaxou os ombros de alívio pela noite não se mostrar um fracasso antes de começar de fato.

— É ambientado em Seattle, sabia?

— Ah é?

— Milhares dos melhores filmes são. *Sintonia de amor, 10 coisas que eu odeio em você...*

— *O Chamado.*

Annie sorriu com a careta que Brendon fez. Ela colocou o balde de pipoca no chão entre os pés e pegou a caixa de balinhas ácidas.

— Só estou implicando com você. Eu gosto de uma boa comédia romântica como todo mundo — disse ela e, depois de uma pausa: — Ok, talvez não tanto quanto você.

Uma suposição justa. O amor por comédias românticas de Brendon era fora de série.

— Estou confuso — disse ele.

Annie pegou um punhado de balas antes de lhe oferecer a caixa.

— Sobre?

— Como você pode dizer que o romance está morto quando esses filmes são a prova de que não está?

A risada dela encheu o carro, afiada e linda, mas foi diminuindo quando ela percebeu que Brendon não estava rindo junto. Annie arregalou os olhos.

— Tá falando sério? Ah, meu Deus, você está. Brendon, são filmes. É tudo mentira. Seria como usar *Jurassic Park* como prova de que dinossauros existem.

— Dinossauros existem.

— Eles existiram — disse ela, encarando-o incisivamente. — E agora eles estão mortos.

— Bem, o enredo de *Jurassic Park* é justamente que os dinossauros foram revividos usando DNA fossilizado.

Ela riu.

— Tudo bem. Vou usar um exemplo melhor. Seria como tomar *Homens de preto* como prova da existência de alienígenas.

Brendon não sorriu, se recusando a dar o braço a torcer.

— Mas alienígenas existem. O Pentágono divulgou imagens de objetos voadores não identificados.

Ela colocou a mão sobre a boca.

— Deus.

— Área 51, Annie.

Ela descobriu a boca e olhou para ele com os olhos arregalados.

— É uma instalação das Forças Aéreas.

— Nossa, eu não sabia que acreditar em alienígenas era tão controverso.

Brendon sorriu, mostrando a ela que estava brincando... um pouco.

Ela se aproximou dele, seus joelhos batendo no console central.

— Vem cá.

— O que está fazendo?

Brendon deslizou, abaixando a cabeça ao vê-la gesticular para que ele ficasse na sua altura.

— Segure firme.

Ela riu forte, seu rosto ficando vermelho enquanto corria os dedos pelos cabelos dele, bagunçando-os. Suas unhas arranharam o couro cabeludo de Brendon, enviando arrepios por sua espinha.

— Pronto. Agora levanta as mãos e diz *alienígenas*.

Ah, meu Deus. Ele ajeitou o cabelo.

— Eu não sou um fanático como o cara de *Alienígenas do passado*. — Ela apertou os lábios. — Olha, não estou dizendo que os alienígenas tiveram algo a ver com Stonehenge, mas também não estou dizendo que não. — Annie enterrou o rosto nas mãos, os ombros tremendo. — Romance, dinossauros, alienígenas — continuou ele, estalando a língua. — O que mais? Vai dizer que também não acredita no Monstro do Lago Ness?

Annie apertou o estômago, sem ar de tanto rir.

— *Brendon.*

Do outro lado do assento, ela o fitou e, por um breve momento, ele ficou preso naquele olhar como uma mosca em uma teia, a respiração presa na garganta. Os pelos em sua nuca se arrepiaram, os dedos dos pés se enroscaram dentro das botas.

Do lado de fora, as luzes de estádio em volta do estacionamento diminuíram, e o título do filme apareceu na tela gigante. Annie interrompeu o contato visual primeiro, sua atenção caindo para o balde de pipoca entre os dois. Ela estremeceu, e Brendon poderia apostar seu último centavo que não era de frio.

— Vou fazer você acreditar piamente, Annie — sussurrou ele, recebendo de volta um olhar fugaz que não conseguiu decifrar. — Pode esperar.

Capítulo onze

— O que você achou? Superou suas expectativas?
Annie balançou a cabeça enquanto Brendon ligava o carro e dava ré.
— Melhor do que imaginei, admito. Eu gostei do final.
— Por quê? Porque acabou?
Ela jogou a cabeça para trás e riu.
— Não. Gostei que ele tenha entrado no avião com ela. Essa parte foi fofa.
— Mas?
— Mas, depois de assistir ao filme inteiro, posso dizer com segurança que minha impressão inicial da cena com a caixa de som se mantém. Se eu terminasse com alguém, não importa o motivo, e esse alguém ficasse na minha janela tocando a música que ouvimos depois de transar, eu ficaria seriamente assustada. Mesmo considerando a típica dramaticidade adolescente. Então não, obrigada. — Annie estremeceu. — Mas antes que você fique chateado com isso, eu sinto o mesmo em relação a, tipo, noventa e nove por cento dessas demonstrações grandiosas nos filmes.
— Por quê?
— Porque na maioria das vezes elas são performáticas e aumentam a pressão sobre algo que deveria ser íntimo.

— Sabe, para alguém que alegou que o romance estava totalmente morto no seu primeiro dia na cidade, você com certeza ao menos defende o amor através de uma lente... prática.

O que Brendon não estava muito orgulhoso de admitir que o confundia muito.

Ela ergueu as sobrancelhas.

— Eu simplesmente não vejo as coisas com lentes cor-de-rosa, e eu nunca disse que estava feliz porque o romance morreu. Eu só realmente sinto que está. — Ela ajeitou o cabelo atrás da orelha. — Acho que se você define romance como pedidos de casamento em público e beijos em telões de estádios, invadir casamentos e interromper entrevistas para se declarar no pior momento possível, então com certeza sou muito prática em comparação. Tudo isso parece ótimo na tela, eu acho. É cinematográfico. Espalhafatoso. Mas à custa de intimidade e... sei lá, eu sempre me pergunto o que acontece depois que a tela fica preta e sobem os créditos.

— Como assim?

— *E viveram felizes para sempre.* O que isso quer dizer, afinal?

— Essa pergunta é uma pegadinha?

— Não. Mas acho que a gente nunca vê o que acontece depois dos créditos porque ninguém quer assistir a um filme sobre um casal fazendo declaração de impostos ou brigando sobre quem deve levar o lixo para fora ou sobre como pagar as aulas de dança dos filhos. — Annie riu. — Isso definitivamente seria chato. Mas acho que esse é o meu ponto. Virar um casal é diferente de ser um casal. Nem tudo são fogos de artifício, dias ensolarados, rosas e gestos grandiosos. O que acontece depois do beijo na chuva? Depois do pedido de casamento no meio do Fenway Park sob o olhar de todos os seus amigos mais próximos? — Ela revirou os olhos. — Eu realmente devo acreditar que algum desses casais tem chances de continuar junto? Que esses relacionamentos têm futuro? — Ela resmungou baixinho, cética. — Posso apostar meu último dólar que todo esse ímpeto freia bruscamente assim que o interesse se torna garantido.

— Tá, mas o objetivo desses filmes é mostrar duas pessoas apaixonadas e que, apesar das probabilidades, embora as circunstâncias que conspiram para separá-las sejam aparentemente intransponíveis, superam esses obstáculos. A tempestade que enfrentam mostra que podem lidar com qualquer outra coisa que a vida coloque no caminho. Declaração de imposto, quem vai levar o lixo, como pagar as aulas de dança; o amor verdadeiro vence tudo. E a pessoa certa? Ela não pararia de te mostrar o quanto te ama todos os dias.

Annie zombou baixinho, olhando pela janela.

— É, essa eu vou ter que ver para crer.

Brendon não sabia o que dizer sobre aquilo.

O desânimo de Annie fazia uma oposição direta ao ponto de vista otimista dele. Em vez de arriscar falar alguma besteira, Brendon aumentou o som do rádio, deixando sua playlist acústica servir como ruído de fundo enquanto eles disparavam pela estrada. Dez minutos de quase total silêncio depois, Brendon virou à esquerda, entrando no estacionamento do terminal de balsas. O guichê estava escuro e vazio. Ele franziu a testa, procurando um terminal automático para comprar bilhetes.

— Hum, Brendon?

Annie apontou para a divisória de acrílico acima da janela da cabine, onde estavam afixados os horários e as tarifas da balsa.

Ele apertou os olhos. A última balsa para Seattle saía às dez e meia. Ótimo. Ainda eram… Dez e quarenta.

Ele bateu com a cabeça no encosto do banco.

Merda.

☾

— Bem, ao menos eles têm TV.

Brendon girou o ferrolho e se jogou contra a porta. Aquele era o único lado bom.

Entre a balsa perdida e os quinze quilômetros que eles tiveram que dirigir para encontrar um hotel que não estivesse totalmente lotado naquela noite, a viagem se transformara em uma comédia de erros, pesada nos erros e leve na comédia.

— É mesmo.

— E o lugar parece... limpinho.

Limpinho era uma generosidade. O carpete industrial era cor de vinho, provavelmente escolhido pela capacidade de disfarçar manchas. As paredes pareciam ter sido brancas, mas o tempo e a nicotina as deixaram com um tom de creme encardido.

— A cama parece confortável. Ah, e olha — disse Annie, gesticulando para a cabeceira. — Quatro travesseiros. O serviço de camareira é generoso.

Cama, singular. O edredom amarelo-mostarda *parecia* não ter manchas misteriosas, mas Brendon não gostaria de examinar o local com uma luz negra.

Ele lançou um olhar para a poltrona de aparência dura apertada no canto do quarto. O estofamento saía de um dos braços como pedaços de algodão doce bege.

Ele suspirou lentamente, como quando o ar escapa de um balão murchando.

— Confortável.

Annie contraiu os lábios, mas as rugas nos cantos dos olhos a denunciaram. Pelo menos ela não estava chateada com aquela mudança de planos. Na verdade, tinha sido dela a ideia de parar em algum lugar para dormir e esperar a primeira balsa, em vez de dirigir o longo trajeto de volta à cidade.

— Acho que poderia ser pior...

A parede começou a vibrar com uma batida rítmica, acompanhada por um coro de grunhidos.

A nuca de Brendon ardeu, um rubor subindo pelo peito e se espalhando pela mandíbula.

— Retiro o que eu disse. Isso é bem ruim — disse ela, corando lindamente.

O abajur na mesa de cabeceira balançou, a cabeceira do quarto ao lado batendo na parede. Ele estremeceu.

— Acho que eu gostava mais quando você estava sendo inabalavelmente otimista.

Ela ergueu as sobrancelhas loiras.

— Bem, definitivamente tem um certo... *je ne sais quoi*.

Ele espalmou o próprio rosto e gemeu.

— Uma maneira bem educada de dizer que um lugar é péssimo.

— Ei, foi *você* que me pediu para continuar sendo a alma da festa.

— Sabe que essa frase sempre me intrigou? Como alguém ser a alma da festa pode ter algo de positivo?

A risada dela encheu a sala, afiada e doce.

— Talvez seja sobre positividade na vida pós-morte?

— Acho que sim, não é?

Brendon foi parando de rir, mas seu peito continuou cheio, com uma sensação calorosa agradável.

De repente, gemidos agudos e sussurrantes juntaram-se à sinfonia de sons lascivos do quarto vizinho.

— TV? — sugeriu ele, tirando o casaco e atirando-o em cima da frágil cômoda de fibra de vidro, sentindo de repente um calor insuportável.

Annie deu a volta na cama, pegando o controle remoto da mesa de cabeceira.

— Vamos ver quais canais temos aqui.

Ela desabou na cama, fazendo uma careta com o rangido das molas do colchão, e se mexeu sobre as cobertas, se acomodando.

— Não é ruim.

Annie deu um tapinha no espaço ao seu lado.

Brendon engoliu em seco e apontou com o queixo para a poltrona.

— Estou bem.

— Ah, qual é — disse ela, revirando os olhos. — Deixa de besteira.

Ele hesitou.

— Tem certeza?

Annie continuou o encarando.

É, tudo bem, ela estava certa. Eles dois podiam dividir a cama. Não era grande coisa. E daí se ele já sabia como o gosto dos lábios dela era maravilhoso e que a desejasse tão intensamente a ponto de doer? Annie era viciante, mas, por mais que fosse absurdamente fenomenal beijá-la, não se tratava de simplesmente querer Annie: ele queria que *ela* o quisesse. Por mais de uma noite. Especialmente mais de uma noite em um motel sujo que cheirava levemente a cigarro e suor velho, com a trilha sonora de algum outro casal que parecia estar gravando um pornô amador no quarto ao lado.

Brendon se sentou cautelosamente na beirada da cama e tirou os sapatos, mas manteve as meias, porque embora o lugar parecesse limpo, as aparências enganavam. Annie sorriu e ligou a TV assim que ele se recostou na cabeceira da cama. Uma estática ensurdecedora imediatamente encheu o cômodo.

— Caramba. — Annie mudou de canal, suspirando de alívio quando a imagem apareceu. — Ok, isso é promissor. É golfe, melhor que nada.

Ela navegou pelos canais, passando por uma competição de culinária, e por mais uma dúzia de coisas aleatórias. Brendon estava prestes a sugerir que procurassem um guia de programação quando Annie arfou.

— Mentira!

Brendon levou uma fração de segundo para perceber que o programa em que ela havia parado não era em inglês, e sim em francês.

— Não acredito que isso está passando! Se bem que estamos meio que perto do Canadá, né? Então acho que faz sentido ter um canal em francês.

— O que é isto?

— *L'amour est dans le pré*. É um programa de namoro francês. — Um sorriso suave flertou com os cantos de sua boca. — Aposto que você ia gostar.

Pelo visto, Annie gostava, o que era incentivo suficiente para ele.

— Parece legal.

O sorriso de Annie se alargou. Ela deixou o controle remoto entre os dois e se recostou nos travesseiros, seu braço levemente encostado no de Brendon.

Um episódio, e Brendon já estava viciado. Tudo bem que, como o programa era inteiramente em francês e sem legenda, ele não conseguia entender uma palavra do que diziam. Mas o riso e o amor eram universais. Ele não precisava falar francês para apreciar a magia de ver duas pessoas se apaixonando na TV. As traduções esporádicas de Annie ajudavam.

— Você não chegou a responder direito a minha pergunta — disse ele durante um comercial.

— Que pergunta?

— Se você não é fã de grandes demonstrações, o que você acha romântico?

— Estou sentindo que você quer que eu te dê uma lista de atividades ou demonstrações e não sei como fazer isso porque acho que é meio antitético, de certa forma.

Uma lista certamente seria conveniente, mas Brendon mordeu a língua.

Annie levou os joelhos até o peito.

— Na minha opinião, romance é simplesmente demonstrar que você conhece a pessoa, que está pensando nela, que se importa com ela e que quer que ela saiba disso. Não tem nada de errado com chocolates e flores nem com os gestos grandiosos, se for disso que a pessoa realmente gosta, que a faz sentir valorizada. Porque *isso é* romance. Tudo depende de qual é a sua linguagem do amor.

Brendon estava familiarizado com o conceito.

— Palavras de afirmação, presentes, bons momentos juntos, esse tipo de coisa que você está falando?

Annie assentiu.

— Aham. Quando você expressa amor de uma forma, mas a outra pessoa prefere recebê-lo de outra, é o mesmo que os dois falarem idiomas diferentes.

— E aí algo se perde na tradução — resumiu ele. — Bela analogia.

— Sou formada em linguística, né? — Ela riu. — Já deixei claro o que eu acho dos gestos muito espalhafatosos. Se alguém me pedisse em casamento em público, eu simplesmente morreria de vergonha. — Ela estremeceu e se encolheu de horror.

— Para mim, os gestos silenciosos importam mais. Alguém se lembrar do meu café ou do meu filme favorito. Uma mensagem aleatória dizendo: "estou pensando em você". Acredite ou não, só isso aqui já é perfeito para mim. — Ela arregalou os olhos e continuou: — Não que eu esteja dizendo que isso é um encontro. Porque não é. Mas se fosse.

Brendon ignorou a veemência exagerada dela ao dizer que aquilo não era um encontro, mas teve que morder a língua para não brincar dizendo que ela estava protestando um pouco demais, porque sabia que não iria funcionar. Ele analisou o ambiente ao redor — um quarto de hotel sujo, cheirando a suor e cigarro mesmo por baixo de várias borrifadas generosas de desodorizador — e ergueu as sobrancelhas.

— Um encontro tipo assim?

Annie torceu o nariz.

— Tá, não exatamente assim. Mas noites despretensiosas. Se tivéssemos uma garrafa de vinho e comida grega, eu estaria no céu. — O sorriso dela ficou tímido. — Eu sei que isso provavelmente não combina com meu trabalho, mas no fundo sou uma pessoa caseira. Talvez justamente por causa do meu trabalho, na verdade. Eu gosto de aproveitar meu tempo livre em casa. Escolheria uma calça de moletom e chinelos em vez de saltos altos e noitadas num piscar de olhos.

— Eu também. O conceito geral, quer dizer. Não os saltos. Não posso opinar sobre essa experiência.

— Tenho certeza de que você conseguiria arrasar em um par de escarpins.

— Com esses pés? — brincou ele.

A risada dela deu um nó no estômago de Brendon.

— E você? Quando se trata de romance, você é o especialista.

— Especialista? Hum, eu não me sinto muito especialista. Entre seus erros grosseiros e o relatório que deixou ele e sua equipe confusos sobre como proceder se quisessem que o OTP durasse, ele nunca se sentira tão perdido.

— Acho difícil de acreditar. Você criou um aplicativo de namoro. Um aplicativo de namoro de sucesso.

Há controvérsias, pensou Brendon.

— Claramente você deve ter opiniões. Me conta. O que Brendon Lowell acha romântico? Pedidos de casamento em público? Beijos na chuva? Corridas loucas pelo aeroporto, lutando contra o relógio? — O sorriso dela tornou-se malicioso. — Uma serenata no karaokê?

— Sou tão previsível assim, é? — disse ele, rindo, sem graça.

— Acertei? — Annie bateu as mãos na colcha e se virou para ele. — Era isso que você estava fazendo? Recriando cenas de comédias românticas para provar seu ponto?

Provar um ponto tinha sido o pontapé inicial, sim, mas depois aquilo se transformou em algo mais, algo que não tinha nada a ver com ganhar uma aposta, a menos que o prêmio fosse mais pessoal do que o mero direito de se gabar.

— E eu aqui pensando que estava sendo discreto. — Ele parou, o coração subindo até a garganta. — Isso te incomoda?

— Bem, você não me obrigou a aparecer em um telão de estádio, então parabéns por isso. Até eu somar dois mais dois, o que aconteceu, tipo, uma hora atrás, eu não fazia ideia. Mas também não sou exatamente uma aficionada por comédias românticas. — Ela riu baixinho, então ficou séria, sua expressão amolecendo e o sorriso ficando mais doce. — Eu simplesmente me senti eu mesma, Annie, passando tempo com um cara que estava fazendo de tudo para que eu me divertisse na cidade favorita dele.

O coração de Brendon ainda não havia retornado ao peito, acomodando-se, em vez disso, no começo da garganta, cada palavra tornando-se muito mais vulnerável por isso.

— Posso te fazer uma pergunta? Ou melhor, mais uma?

Ela assentiu, mesmo que hesitante.

— Pode.

Ele cavou fundo em busca de coragem, apavorado com a resposta, mas com ainda mais medo de não perguntar. De olhar para trás e, ao lembrar deste momento, se arrepender de ter deixado a oportunidade passar. Mesmo que pudesse doer, ele precisava saber.

— Se você não estivesse se mudando para Londres, isso seria diferente? Você me daria uma chance?

A cada piscada que Annie dava, seus olhos iam ficando mais opacos e os nervos de Brendon mais em frangalhos, até que todo seu corpo tomou a forma final: um nervo exposto.

Depois de alguns segundos ela apertou os lábios em um sorrisinho triste que fez o coração dele apertar.

— Não sei, Brendon. Talvez? Mas eu estou me mudando para Londres, então isso não importa muito, não é?

Talvez.

Aquilo importava para ele.

Ele só precisava mostrar aquilo a ela.

☾

Quinta-feira, 3 de junho

Brendon abriu um olho, piscando em meio ao breu total. O ar-condicionado sob a janela zumbiu, balançando as cortinas transparentes que a cobriam, uma lasca de sol dourada iluminando parte do quarto.

A TV desligara automaticamente por inatividade, a tela preta fazendo com que as luzes vermelhas do relógio logo abaixo parecessem mais fortes em contraste. Oito e quinze.

Ele se espreguiçou, então parou quando sentiu um peso em seu peito se mexer. Annie tinha passado um braço em volta de sua cintura e estava com o rosto em seu peito. Ela murmurou, suspirou e começou a roncar.

Não um ronco baixo e abafado, mas um rugido de motosserra que despenteava seu cabelo, seus lábios tremendo a cada respiração seguinte. O tipo de ronco que se esperaria de um homem com o dobro do tamanho dela. Um homem com o dobro do tamanho dela, com desvio de septo e que fumava um maço de cigarros por dia.

O peito de Brendon retumbou com uma risada silenciosa.

— Ei, Annie — sussurrou ele, sacudindo-a pelo ombro. — Annie.

Ela franziu a testa e o empurrou com força.

— *Oquefoi*. Cala a boca. Estou dormindo.

Ele riu mais forte, fazendo-a subir e descer. Ainda assim, ela continuou dormindo.

— Annie, já amanheceu.

Ela simplesmente se aninhou mais e continuou a roncar.

— Annie.

Ele sacudiu o ombro dela com um pouco mais de força.

Quando ela não respondeu, Brendon suspirou. Talvez ele devesse deixá-la em paz, dormindo um pouco mais. Ele já tinha enviado um e-mail para seu assistente, Tyler, avisando que tiraria o dia de folga. Tecnicamente, Annie poderia dormir até o meio-dia se quisesse. Contanto que eles voltassem antes do embarque da última balsa do dia, tudo bem.

Ele cedeu ao impulso que havia reprimido no dia anterior e afastou as mechas macias de cabelos finos da testa de Annie.

Seu coração bateu forte ao vê-la sorrir, afundando ainda mais em seu peito. Todo o corpo dela ficou anormalmente imóvel ao parar de roncar. Ela deixou um arfar escapar e levantou a cabeça.

A luz do sol espreitando pelas cortinas banhava metade de seu rosto em um brilho âmbar, seus olhos azuis arregalados e alertas.

— Meu Deus. Eu peguei no sono. Que horas eu apaguei?

— Nós dois apagamos, em algum momento. Eu acabei de acordar.

Ela esfregou o rosto e bocejou.

— Eu devia estar exausta. — Ela fungou e esfregou os olhos. — Normalmente meu sono não é tão pesado. Tenho dificuldade em dormir mais do que algumas horas. — Ela sorriu, sonolenta e mole. — Devo ter me sentido superconfortável para apagar assim.

Brendon sentiu seu peito inflar e agradeceu por seu rosto ainda estar meio na sombra, evitando que Annie visse o sorriso completamente involuntário que deu.

— Talvez você devesse dormir mais vezes em cima de mim.

Um feixe de luz do sol atingiu os cílios claros de Annie quando ela piscou. Ela deu uma risada, seus olhos praticamente brilhando.

— Talvez eu deva. Você é um travesseiro de corpo muito bom — disse ela, umedecendo os lábios. — Muito sólido.

Ele apenas a olhou, extasiado por sua boca, pela forma como ela ainda estava meio que em cima dele.

— Sólido?

Ela assentiu, e deslizou a mão que descansava no peito de Brendon para baixo, tocando em sua barriga por cima da camisa.

— Aham, firme.

Se ela descesse mais a mão, logo descobriria que o torso de Brendon não era a única coisa firme no momento.

A risada dele saiu ofegante.

— Que bom que fui útil.

Annie parecia arrependida quando tirou a mão do corpo dele, seus dedos se demorando por um momento antes de se afastar, sentar e descer as pernas da cama. Ela pigarreou.

— Eu vou só, hum, tomar um banho, e depois podemos pegar a estrada quando você quiser.

E, com isso, ela pegou a bolsa e correu para o banheiro.

Capítulo doze

Annie entrou em casa e, assim que fechou a porta, apoiou as costas nela. Um gemido escapou de seus lábios quando ela deslizou até o chão, caindo miseravelmente sobre o tapete de boas-vindas de Darcy. Pressionou a palma das mãos nos olhos, os dedos tremendo levemente contra as sobrancelhas.

Ela estava completamente ferrada.

— *Com licença.*

Ela deu um salto, bateu com o braço na porta e gemeu com o golpe no osso do cotovelo.

Darcy estava sentada na ponta do sofá, as pernas elegantemente cruzadas, os cachos soltos caindo em cascata sobre os ombros. Ela parecia uma Veronica Lake ruiva, com direito a um roupão vintage. Praticamente uma detetive de filme *noir*, faltava só o cigarro. Darcy tamborilou os dedos no braço do sofá e examinou Annie com os olhos semicerrados.

— E aí, se divertiu? — perguntou, arqueando a sobrancelha direita.

Com as mãos apoiadas no chão, Annie se esforçou para ficar de pé. Talvez Darcy fosse gentil o suficiente para fingir que não havia testemunhado o início do colapso de Annie.

— Você não devia estar no trabalho? O que aconteceu com "meu chefe está no meu pé, contas importantes, hora extra" e coisa e tal?

Darcy apontou para o laptop aberto na mesinha de centro.

— Depois que *alguém* passou a noite toda fora, decidi trabalhar de casa.

Annie revirou os olhos e tirou os chinelos. Ela caiu no sofá e colocou os pés no colo de Darcy, que torceu o nariz.

— Eu mandei mensagem. Nós perdemos a última balsa. Nada de mais.

— Nada de mais? — repetiu Darcy, erguendo as sobrancelhas.

A vida teria que ser muito gentil para Darcy deixar o combo noite fora de casa + minicolapso passarem despercebidos.

Nada de mais.

Annie se lembrou da sensação de acordar nos braços de Brendon. De como, por um momento, ela deixara de lado todos os motivos pelos quais era má ideia se aproximar, deixá-lo entrar. Lembrou-se de como não era a primeira vez que ela perdia a cabeça perto dele. De como isso continuava acontecendo e como, a cada vez, ela precisava lutar mais e mais para se desvencilhar daquela sensação.

Annie soltou uma risada desesperada.

— Estou tão confusa... — murmurou ela, olhando para as sombras no teto.

Darcy deu um tapinha carinhoso na mão da amiga.

— No que está pensando?

— *Pfff* — zombou Annie. — Não sei.

Darcy a esperou continuar.

— Brendon... é um fofo. Ele me faz rir. — E, além disso, Annie queria fazer coisas obscenas com ele que não ia contar para Darcy. — Ele parece ser um cara legal, mas ele quer... — Annie procurou a palavra certa. — *Magia*. Ele quer fogos de artifício. Ele tem essa imagem na cabeça de como o amor deveria ser. Toda essa coisa de... sentimentos.

Darcy franziu a testa.

— O amor *é* um sentimento, Annie. Um sentimento ótimo.

— Não. Digo, *sim*, obviamente. Mas também é uma escolha. É um verbo. O ato de se apaixonar é uma coisa, mas continuar apaixonado? Os sentimentos vão embora mais cedo ou mais tarde, você sabe disso.

— Bem, todo relacionamento requer um pouco de esforço.

Um esforço que a maioria das pessoas não queria ter. Pelo menos não considerando as experiências dela.

— E você acha que meu irmão não consegue? Dar conta? — perguntou Darcy, parecendo ofendida por ele.

— Eu não disse isso. Foi *você* que me disse que ele está sempre tendo primeiros encontros, que está sempre atrás da *garota certa*. A garota definitiva. Mas... — Ela mordeu a bochecha com força. — O que vai acontecer quando algo melhor aparecer?

Não que Annie presumisse que Brendon a visse dessa forma, como a garota definitiva. Por Deus, não. Mas ele tinha mencionado faíscas. E disse que queria conhecê-la melhor.

Brendon parecia um cara verdadeiramente legal, mas, na maioria das vezes, todos os caras com quem ela havia namorado pareceram ótimos no começo. Assim como ela deve ter parecido, no mínimo, bastante decente para eles também. Por mais que ela sentisse *algo* por Brendon, ele parecia apaixonado pela ideia do amor. Apaixonado pela caça. Talvez até um pouco apaixonado por quem ele *pensava* que Annie era, um resquício da paixonite adolescente a tornando um pouco mais atraente do que teria sido se ele não a tivesse conhecido no passado.

Em uma situação totalmente hipotética na qual ela não se mudaria para Londres, uma situação na qual ela moraria ali, em Seattle, o que aconteceria se ela baixasse ainda mais a guarda? E se ele não gostasse dela tanto quanto pensava?

E se *ela* começasse a gostar dele mais do que já gostava depois de apenas alguns dias? E se, assim que Annie fosse uma coisa certa, ela perdesse o apelo?

— Bem, o que eu sei é que o Brendon não vai se contentar com nada menos do que alguém perfeito para ele — disse Darcy. — E não há nada de errado nisso.

Internamente, Annie gemeu. Falar sobre isso com Darcy era má ideia e ela sabia.

— Eu acho que ele merece o melhor — continuou Darcy —, mas eu não sou imparcial. Também tenho certeza de que não existe ninguém nesse planeta melhor do que você, então... — Ela abriu um sorriso. — Eu sou parcial nos dois lados dessa questão.

O nariz de Annie formigou, seus olhos marejados. *Merda*.

— Por favor, me avisa antes de dizer uma coisa assim. — disse Annie, fungando com força e enxugando os cantos dos olhos. — Jesus.

Ela sentira falta disso. Falta dessa conexão que tinha com Darcy.

— Também acho que você não está dando o devido crédito a ele. Tenho certeza de que Brendon seria cem por cento comprometido se encontrasse a garota certa.

— É, mas... — Annie deu de ombros. — Não pode ser eu.

Mesmo assim, depois da última semana, e da noite anterior em particular, Annie tinha começado a se perguntar como seria se aquela garota *fosse* ela. Apenas um *e se*, nada mais. Ela não podia evitar esses pensamentos que chegavam e não cediam. Era o tipo de coisa que não dava para controlar.

Darcy fez um beicinho e se levantou, caminhando em direção à cozinha. Ela abriu a geladeira e pegou a garrafa de vinho da porta.

— *Humm*.

De novo, não.

— Darcy, pode parar.

Darcy pegou duas taças e as levou para a sala, enchendo-as e passando uma para Annie.

— Acho que vocês dois querem a mesma coisa. Só que vocês têm reações totalmente diferentes à possibilidade de não conseguir.

Annie apertou a haste da taça e a encarou.

— Ok, isso não faz nenhum sentido.

— Faz *todo o sentido* — contestou Darcy, sentando-se. — Você está claramente desencantada com as pessoas com quem tem saído porque elas não corresponderam às suas expectativas. Te decepcionaram.

— Eu nunca disse que...

— *Um monte de pequenas decepções* — disse Darcy, imitando-a e balançando a cabeça de um lado para o outro.

Annie mordeu a língua.

— E Brendon está procurando alguém que cumpra as expectativas *dele* — continuou Darcy, girando seu vinho. — Nenhum de vocês encontrou o que procurava, mas ele se jogou de cabeça nos encontros, procurando por todo canto, aumentando as apostas. Você pisou no freio. Ele tem grandes esperanças. Você baixou as expectativas.

Annie bufou.

— Uau. Quem precisa de terapia quando se tem uma melhor amiga sabe-tudo? Deve ser de família.

Darcy lhe concedeu um pequeno sorriso.

— Estou errada?

Annie não respondeu.

— Olha, quer saber por que acabei dando uma chance a Elle? Dando uma chance aos meus *sentimentos*? Por causa de uma coisa que *você* me disse: *carpe diem*. — Darcy bebeu um gole de vinho, analisando Annie por cima da borda da taça.

— Talvez você devesse seguir seu próprio conselho.

Eram boas palavras para basear a vida, as decisões. Ou ao menos tinham sido. Em algum ponto ao longo do caminho, Annie tinha se cansado de ser a única tentando aproveitar o dia. A única tentando. A única que se importava.

— Não vai rolar *aproveitar* nada quando se trata do seu irmão — declarou Annie secamente. — Na verdade, eu pensei um pouco sobre tudo isso na volta de Port Townsend.

Darcy inclinou a cabeça.

Se Annie não conseguia controlar seus pensamentos quando estava perto de Brendon, ela simplesmente teria que vê-lo com menos frequência. Muito menos.

— Por mais que eu seja grata por ele se oferecer para me mostrar a cidade, acho que seria melhor se nós... nos víssemos um pouco menos.

Muito menos.

— Claro. Vocês podem começar se vendo bem menos amanhã na noite de jogos.

Annie fechou os olhos. *Droga.*

— *Carpe diem* — provocou Darcy.

Annie emitiu a coisa mais próxima de um rosnado que já passara por seus lábios, porque isso não estava indo — *nem de longe* — conforme o planejado.

— Isso não faz o menor sentido, Darce. Eu estou indo morar em Londres. Não tem muito como eu dar uma chance a Brendon estando a oito mil quilômetros de distância.

— Você ainda não está a oito mil quilômetros — disse Darcy, esticando o braço para segurar a mão da amiga. — Você está aqui. Ele está aqui. E, se meu irmão quer tentar te dar um motivo para ficar, você vai ter que me desculpar se eu não estiver exatamente interessada em desencorajá-lo.

Capítulo treze

Sexta-feira, 4 de junho

De acordo com seu signo, qual jogo de tabuleiro você seria?
Áries — War
Touro — Jogo da Vida
Gêmeos — Master
Câncer — Damas
Leão — Imagem e Ação
Virgem — Gamão
Libra — Cara a Cara
Escorpião — Detetive
Sagitário — Jenga
Capricórnio — Banco Imobiliário
Aquário — Xadrez
Peixes — Batalha Naval

DE: BrendonLowell@OTP.net
PARA: JianZhao@OTP.net, KatieDrake@OTP.net, JenniferSmith@OTP.net,... e mais 6 destinatários
ASSUNTO: Convite para reunião
QUANDO: Sexta-feira, 11 de junho, das 14h às 15h

ONDE: Microsoft Teams

Olá a todos,

Tive uma ideia (💡!!!) sobre a aquisição de novos usuários que debatemos na reunião da semana passada. Eu chequei os calendários de todos vocês antes de agendar, mas me avisem se houver algum conflito para combinarmos outra data. Reservei uma hora inteira, mas talvez não seja necessário.

Estou com um *ótimo* pressentimento disso.

Atenciosamente,
Brendon

Obs: Talvez seja útil ler sobre as cinco linguagens do amor antes da reunião. 👍

Com o último e-mail do dia enviado, Brendon desligou o monitor. Ele estava pegando as chaves quando seu celular vibrou duas vezes, uma logo após a outra, chocalhando alto contra a borda do teclado.

DARCY (18:03): Cadê você? Elle e Margot estão ficando inquietas. Elas estão tentando me coagir a ter minha aura fotografada.
DARCY (18:03): Minha *aura*, Brendon.

Brendon conferiu as horas. Merda. Ele estava só um pouquinho atrasado, mas Darce era uma defensora ferrenha da pontualidade. Mesmo que o compromisso fosse uma simples noite de jogos.

BRENDON (18:04): A caminho!

O apartamento de Elle e Margot ficava a dez minutos do escritório, quinze se ele parasse em todos os sinais, o que, felizmente, não aconteceu. Ele atravessou a cidade em oito minutos, batendo um novo recorde, e parou no meio-fio assim que começou a garoar.

Elle atendeu a porta, saltitando com os pés descalços.

— Oi, Brendon. Entra — disse ela, e então recuou e gritou: — Darce, seu irmão chegou!

Como sempre, o apartamento tinha um leve cheiro de patchuli, mas por baixo havia um aroma mais forte e acre. Enjoativamente doce e também... queimado. Ao entrar na cozinha, o culpado ficou claro. Havia um prato de cookies com pedaços de chocolate — Brendon tinha quase certeza de que era chocolate, mas podiam ser passas — em cima do balcão, com as bordas carbonizadas.

Elle abriu um armário, retirando uma variedade de copos, nenhum deles combinando. Colocou na frente de Brendon o favorito dele, um cálice parecido com um falso Santo Graal.

— Temos o de sempre. Vinho, água e... — Ela fechou um olho, pensando. — Café.

— Água está bom, obrigado.

— Ah! Acho que temos chocolate quente, mas sem marshmallow.

— Não, tem da marca com marshmallow também. A caixa está atrás dos filtros de café, ao lado da caixa de pacotes de cidra de maçã que venceram em 2014. — Darcy entrou na cozinha, postando-se contra o balcão. — Você veio. Oi.

— E alguma vez perdi a noite de jogos? — disse ele, sorrindo quando Elle serviu sua água. — Obrigado.

Elle parou na porta da cozinha, com um copo plástico de rosé na mão.

— Vocês vêm?

— Em um segundo — respondeu Darcy. — Preciso falar com Brendon rapidinho.

— Sem problemas, a Annie ainda não chegou.

Elle saiu da cozinha, deixando-o a sós com Darcy.

— Ué, a Annie não veio com você? — perguntou Brendon, franzindo a testa.

Darcy cruzou os braços, beliscando a haste da taça de vinho. Provavelmente aquele era o único objeto de vidro de verdade no apartamento.

— Não. Ela não estava em casa quando cheguei do trabalho. Quando mandei mensagem, ela respondeu alguma coisa sobre estar andando pelo mercado. Passei o endereço de Elle e ela prometeu encontrar a gente aqui. — Darcy virou o pulso, verificando a hora. — Se ela não estiver aqui em quinze minutos, eu mando outra mensagem. Até lá, pensei em aproveitar a ausência dela para termos um *tête-à-tête*.

Ele não pôde deixar de rir.

— *Tête-à-tête*?

— Você quer ouvir o que Annie me disse depois que você deixou ela aqui ontem ou não?

O estômago de Brendon se revirou, porque é claro que ele queria saber o que Annie havia dito, especialmente se tivesse a ver com ele.

— Hum, deixa eu pensar se quero ouvir ou não...

Darcy revirou os olhos.

— Ela te acha um fofo. Você a faz rir. Ela me disse que vocês têm química.

Brendon assentia lentamente. Fofo. Engraçado. Química. Ele ergueu as sobrancelhas.

É, dava para trabalhar com essas informações.

— Excelente.

— Mas...

— Por que sempre tem que ter um *mas*? — resmungou ele. Darcy franziu a testa em solidariedade.

— Acho que ela tem medo de que você goste mais da ideia do que dela propriamente.

Gostar da ideia mais do que...

— Nossa, mas de onde ela tirou isso? Não é verdade. Isso... — Ele se interrompeu com um gemido. — Putz, será que tem a ver com a paixonite do passado? Nossa, fala sério. Sexta-feira passada foi a primeira vez que vi Annie em oito anos. Eu não estou pagando pau pra garota de quem eu gostava quando estava no colégio. Eu gosto da Annie *atual*.

Estava sendo muito bom poder conhecer quem Annie se tornara. Sendo ótimo. Ela era hilária e seu senso de humor combinava perfeitamente com o dele. Ela sabia rir de si mesma e ela era... Porra, ela era deslumbrante. Havia faíscas. O tipo de conexão que ele estava procurando sem sucesso mesmo depois de um milhão de encontros.

Não havia nada de errado com as garotas com quem ele tinha saído, mas elas não eram a garota certa para ele. Os últimos encontros tinham sido com pessoas que ele conhecera no OTP e, no papel, eles tinham muito em comum. Mas pessoalmente? Nada. Ele não sentiu nenhuma faísca com as conversas, nenhum formigamento com os toques. Ele não se sentiu nem remotamente quente.

Nada se comparava ao calor que ele sentia quando Annie o tocava.

Ele não queria colocar o carro na frente dos bois e chamar Annie de "a garota certa", mas havia muito potencial entre os dois para Brendon simplesmente desistir. Pelo contrário, parecia que ele precisava dobrar as apostas.

— *Eu* sei que sim — enfatizou Darcy. — Você é um romântico, mas nunca achei que você fosse doido. Eu nunca teria pedido para você passar tempo com minha melhor amiga se achasse que você estava só tentando viver uma fantasia adolescente.

— Mas é isso que a Annie pensa?

— Ela não disse isso. Ela não mencionou sua quedinha por ela, na verdade. — Darcy tomou um gole de vinho e colocou a taça de lado. — O que vou contar é confidencial, entendeu?

Ele estava muito absorto na conversa para ironizar sobre como *tudo* aquilo era confidencial.

— Entendi.

— O histórico de namoro de Annie é meio... insosso. Ela não teve as melhores experiências. Acho que ela tem medo de se decepcionar de novo, sabe? Ela está um pouco arisca, acho que ainda mais agora que percebeu que realmente gosta de você. Eu só queria que você soubesse o que está enfrentando.

Brendon franziu a testa, balançando a cabeça lentamente. Ele não chamaria aquilo de confissão, mas parte do que Annie dissera certamente batia com o que Darcy estava contando. Como quando ele falou que o objetivo dos filmes era mostrar que o amor pode vencer tudo, e Annie zombou, dizendo que teria que ver para crer. Todo aquele lance de ela achar que o romance estava morto.

Annie precisava de alguém que mostrasse a ela que a decepção não era inevitável. Alguém que soubesse escutar. Alguém que gostasse dela, e não da ideia dela, como temia.

Não qualquer pessoa, mas a pessoa *certa*.

— Não vou decepcioná-la.

— Eu sei que não vai.

Darcy deu um leve aperto no braço de Brendon e saiu da cozinha.

Ele olhou para os cookies de chocolate queimados e a triste variedade de salgadinhos no balcão antes de pegar o celular do bolso.

☾

— Graças a Deus. Eu estava quase mandando uma equipe de busca — brincou Darcy, acenando para Annie entrar no apartamento de Elle.

Annie tinha passado o dia explorando as partes de Pike Place que Brendon não mostrara a ela no último sábado, ou seja, os níveis mais baixos, o que deu ao termo *eclético* um novo significado. Ela foi a uma loja de artigos de mágica, uma loja de malas, uma loja só de coisas roxas — o que não fazia o menor sentido — e mais tabacarias do que ela poderia imaginar. As horas tinham voado, e Annie tinha certeza de que não havia explorado todos os cantos que o mercado tinha a oferecer.

— Me desculpem o atraso. Perdi completamente a noção do tempo. — Ela tirou as sandálias, deixando-as ao lado de uma pilha de sapatos perigosamente espalhados perto da porta. — Espero que não tenham me esperado para começar.

Um grito alto ecoou dentro do apartamento.

Darcy estremeceu.

— Tudo bem. Eles resolveram jogar cartas para passar o tempo. Mas que bom que você chegou porque o negócio está começando a ficar um pouco… violento. — Ela olhou para a sacola de compras que Annie estava segurando. — O que é isso?

Annie escondeu a sacola atrás das costas.

— Nada. Só uma coisinha que vi no mercado.

Darcy ergueu uma sobrancelha.

— Posso ver?

Tinha sido uma compra por impulso. Uma compra boba da qual ela já estava se arrependendo.

Annie visitara uma loja toda colorida que, além de quadrinhos, vendia memorabilia de filmes, de canecas e bonecos de ação a roteiros de filmes. O roteiro de *Harry & Sally* chamou sua atenção assim que ela bateu os olhos e, contrariando o próprio bom senso, Annie entrou na fila do caixa com apenas um pensamento em mente: uma vontade louca de ver a cara de Brendon quando ela lhe desse aquilo.

Não era grande coisa. Era só um roteiro. Uma cópia de um roteiro. Existiam milhões de outras cópias. Ela comprava presentes para os amigos o tempo todo, lembrancinhas de viagem, coisas que diziam "ei, lembrei de você". Talvez fosse por isso que, parada na entrada da casa de Elle, com Darcy a olhando com curiosidade, aquele presente parecesse mais significativo do que havia pretendido.

Annie tinha nas mãos a prova de que, mesmo quando ele não estava por perto, ela pensava nele e, de certa forma, queria que ele soubesse disso.

— É só uma coisa que vi em uma loja de quadrinhos — disse ela, minimizando.

— *Você* encontrou algo de que gostou em uma loja de quadrinhos. — Darcy parecia cética.

— Com licença, eu *devorava* os gibis do Archie quando criança. Meu primeiro crush foi o Archie, pelo amor de Deus.

— Seu primeiro crush foi um personagem de quadrinhos ruivo, bem-intencionado, propenso a acidentes e dono de um coração de ouro?

Darcy estava insinuando...

Annie sentiu o rosto ficar quente. Hum.

A semelhança era espantosa, sim, mas Annie não estava disposta a admitir.

— *Shhh*.

Darcy ergueu as mãos, se rendendo.

— O que tem na sacola, Annie?

Resistir era inútil.

— Certo. Eu vi uma coisa que me lembrou o Brendon.

Darcy abriu um sorriso perverso.

— Então é para o Brendon, é?

Annie a olhou atravessado.

— Não é nada.

— Hum, veremos. — Darcy se virou. — Ei, Brendon! Annie trouxe uma coisa para você.

— Eu te odeio — sibilou Annie, tentando não corar por pura força de vontade. — Eu te odeio tanto.

Brendon virou o corredor. Ele usava uma camisa de botão, as mangas enroladas até os cotovelos, os dois botões de cima abertos, revelando a cavidade do pescoço que parecia perfeita para lamber.

— Oi — disse ele com um sorriso que beirava o infantil, com ruguinhas em volta dos olhos dolorosamente sinceros. — Que bom que você veio.

Annie pigarreou e secou a palma da mão na coxa. Suas mãos estavam estupidamente úmidas.

— Eu jamais perderia a noite de jogos depois de ouvir tanto a respeito.

Brendon cruzou os braços e encostou o ombro na parede.

— Darcy avisou que as coisas tendem a ficar... intensas?

— Acho que a palavra que ela usou foi *cruéis*. Não que eu precisasse de aviso.

Ela testemunhara partidas de Banco Imobiliário suficientes para saber como Brendon e Darcy ficavam quando disputavam.

Brendon deu outro daqueles sorrisos descontraídos que realçavam as covinhas em suas bochechas e deixavam os joelhos de Annie bambos.

— Darcy disse que você trouxe uma coisa para mim?

— Trouxe, não é, Annie? Por que não mostra ao Brendon o que você comprou para ele? — Darcy sorriu para ela, fingindo inocência. — Eu vou ali encher meu copo. Quer que eu pegue alguma coisa para você?

— Vinho. Por favor. Ou, pensando melhor, água. Eu não comi nada.

Brendon enfiou a mão no bolso de trás e tirou o celular.

— Eu pedi um monte de comida. Deve estar chegando em mais ou menos meia hora.

Darcy levantou a sobrancelha.

Annie cedeu.

— Tudo bem. Vinho.

Depois que Darcy desapareceu, Brendon olhou para Annie com expectativa.

Certo. O presente.

Ela pigarreou e estendeu a sacola, se atrapalhando com as alças.

— É só uma coisa que eu vi e... lembrei de você.

Ele contraiu os lábios e se aproximou, perto o suficiente para que ele mesmo pudesse colocar a mão dentro da bolsa, se quisesse. Basicamente perto o suficiente para Annie sentir o perfume de sua loção pós-barba, mesmo com o forte cheiro de incenso na casa.

— Chega de suspense, Annie.

A risada dela saiu ofegante.

— Falou o cara que sempre se recusa a revelar para onde está me levando.

— Não vem me dizer que não gosta de surpresas — provocou ele, aproximando-se e colocando a mão sobre a dela. — É para eu adivinhar o que tem na sacola?

— Pode tentar.

Ela sentia a pulsação martelando no pescoço, o coração palpitando, a combinação de nervosismo e proximidade com Brendon a deixando tonta.

— Hum. — Brendon fez um biquinho para o lado e estreitou os olhos de brincadeira. — Tem a ver com algum lugar em que estivemos nos últimos dias?

Ela refletiu.

— Sim e não.

Ele riu.

— Ok. Desisto.

O polegar de Brendon passou pela parte interna do pulso dela quando ele puxou a sacola para si.

— Posso ver?

Respirando fundo para se preparar, Annie o deixou pegar a sacola. Ele enfiou a mão no embrulho com os olhos voltados para o teto, prolongando a tensão. O olhar de Annie permaneceu fixo na expressão de Brendon quando ele finalmente baixou o rosto para o roteiro pesado e encadernado em suas mãos. Seu queixo caiu e os olhos castanhos dobraram de tamanho.

— Annie.

A maneira como ele murmurou o nome dela colocou no chinelo todas as outras vezes que alguém já o pronunciara. Parecia diferente. Brendon tinha transformado seu nome em uma espécie de elogio que, de alguma forma, a deixou imóvel e a fez querer correr, tudo ao mesmo tempo. Ele ergueu os olhos, e a intensidade neles era arrebatadora.

— Isso é...

Annie baixou os olhos para o curto espaço entre os dois.

— Eu só pensei em como você ama comédias românticas e Nora Ephron e vi isso na prateleira, então...

— Eu amei.

Ela levantou bruscamente a cabeça. Quando Brendon a olhou nos olhos, um gesto carregado de uma tensão quase tangível, Annie se esqueceu completamente de como respirar.

— É o melhor presente que já ganhei.

— É uma reedição. Não é grande coisa.

Se ela tivesse os meios para procurar *olhar significativo* no dicionário, haveria uma foto dos olhos cor de uísque de Brendon na página, fitando-a.

— Nem vem com essa história de que não é grande coisa.

É, talvez fosse. Era, no mínimo, *alguma* coisa. *Eles* eram alguma coisa. O que era essa coisa, ela não tinha a menor ideia, mas continuar a chamá-lo de irmão da melhor amiga parecia terrivelmente insuficiente quando ela não conseguia parar de pensar naquele beijo. Um beijo que ela sabia que a assombraria pelo resto da vida, e um beijo ao qual nenhum outro beijo poderia se igualar.

Darcy perguntara a Annie o que ela estava pensando e, por incrível que pareça, Annie tinha ainda menos ideia agora do que no dia anterior. Gostar de Brendon não era sábio, querer que ele a beijasse de novo definitivamente pertencia à categoria de más ideias, mas nada disso a impediria de pensar nele enquanto andava sem rumo pelo mercado, imaginando o que ele acharia de ganhar uma lembrancinha, ou como ele torceria o nariz para os copos do Starbucks largados no chão em volta das lixeiras.

Totalmente irracionais, os sentimentos de Annie seriam sua perdição.

Ela queria... Deus, nem sabia o que queria no momento. Talvez voltar no tempo antes de Brendon ter virado seu mundo do avesso, sua vida de cabeça para baixo. Ao tempo em que ela sabia exatamente o que queria, quando tudo fazia sentido.

Aceitar o trabalho. Se mudar para Londres. Comprar uma planta. Tentar fazer alguns amigos. Começar a gostar de chá. Ficar mais familiarizada com seu vibrador.

Agora ela estava toda confusa, e o que queria estava em guerra com o que era prudente, com o que era seguro. Esse lance, seja lá o que fosse, não poderia ir a lugar nenhum, mas isso não a impedia de desejar o contrário.

— Não sei como agradecer por isso — murmurou ele baixinho.

Ela tinha várias ideias de por onde ele poderia começar.

Brendon devia estar pensando algo parecido, porque ele estendeu a mão, envolvendo o queixo de Annie, seus dedos tremendo um pouco sobre a bochecha dela ao afastar uma mecha de cabelo de seu rosto. Annie prendeu a respiração, os dedos dos pés descalços curvando-se contra o piso de linóleo, todo o corpo vibrando um pouco por ficar parada enquanto ele baixava o rosto para perto do dela.

— Vocês vêm? Se continuarmos jogando essas malditas cartas, juro por Deus que vou acabar com um dedo quebrado — gritou uma voz que Annie não reconheceu, interrompendo o momento.

Um músculo na mandíbula de Brendon se flexionou e ele recuou de olhos fechados.

Uma bênção.

Foi o que Annie disse a si mesma ao sair do hall e entrar na sala, com o coração ainda disparado.

Darcy estava sentada no chão, de pernas cruzadas, diante de um sofá muito gasto, com uma taça de rosé na mesinha de centro ao lado de uma pilha de jogos de tabuleiro surrados. Atrás dela, no sofá, estava Elle, prendendo os longos cabelos de Darcy em uma trança complexa.

Esparramada na única poltrona e com as pernas jogadas sobre um braço do móvel e a cabeça apoiada no outro, estava uma garota com um corte Chanel superafiado e óculos de gatinho que acentuavam ainda mais seus olhos escuros e amendoados. Seus tênis Vans xadrez quicavam contra a poltrona enquanto ela balançava as pernas.

Ela abriu um sorriso e se sentou, dobrando as pernas embaixo do corpo.

— Você é Annie?

— Eu mesma.

— Prazer, Margot. — Ela pegou a taça e tomou um gole, avaliando Annie sobre a borda. — Então você é a garota que deixou o Brendon tão atordoado.

Brendon gemeu, e Annie sentiu um frio na barriga. Ele tinha falado sobre ela.

— *Margot.*

— Desculpa — disse Margot, embora seu sorriso indicasse o oposto. — Não era para eu dizer isso a ela?

Brendon esfregou a sobrancelha e suspirou, seu rosto adquirindo um tom de rosa que Annie não deveria achar adorável. Mas, *no entanto...*

Elle assentiu para o lado oposto do sofá.

— Senta. Aqui está a sua bebida.

Annie se sentou na almofada do meio e deslizou para o lado, tentando abrir espaço para Brendon e suas pernas compridas. Havia pouco espaço, as coxas de ambos coladas, o toque áspero da calça jeans de Brendon deixando-a consciente demais do fato de que seu short deixava suas pernas nuas.

Margot sorriu para ela.

— Então, Annie. O que você achou de Seattle até agora?

Annie pegou sua taça, que parecia estar cheia de vinho rosé, e tomou um gole rápido. Era absurdamente doce, quase enjoativo, e provavelmente muito mais forte do que parecia.

— Está sendo ótimo. Acho que eu tinha essa imagem de baldes de chuva caindo do céu o dia inteiro, e também ouvi dizer que era difícil fazer amigos aqui, mas todo mundo que conheci foi superamigável. E a comida é maravilhosa. Darcy e eu fomos ao... Qual era o nome mesmo?

— The Pink Door — completou Darcy, estremecendo quando Elle puxou seu cabelo sem querer.

— Isso. Melhores frutos do mar da minha vida — declarou Annie.

— Temos ótima comida, ótima cerveja, e estamos bem perto de várias vinícolas se o seu gosto for um pouco mais refinado do que o da Elle e o meu — disse Margot, sorrindo.

— E transporte público confiável para quem não quer dirigir — acrescentou Elle, entrando na conversa.

Margot assentiu e continuou:

— Totalmente. A cena artística também é incrível. Casas de show maravilhosas, diversidade, super *queer-friendly*.

— Temos montanhas *e* água — disse Elle. — E se quiser dar uma volta de carro, há uma floresta tropical a oeste e um deserto a leste. Tudo em um mesmo estado. Dá para fazer uns bate e volta bem legais por aqui.

— Né? Tem Leavenworth, uma cidadezinha pitoresca, estilo bávaro, que no inverno se transforma na vila do Papai Noel. E Portland fica a apenas algumas horas de distância.

— O que mais alguém poderia querer? — concluiu Elle, sorrindo.

Annie mordeu o interior da bochecha, tentando não rir.

— Sim, o que mais?

— E Washington não tem imposto de renda estadual — acrescentou Darcy, tentando soar indiferente e errando por um quilômetro.

Annie balançou a cabeça, rindo baixinho.

— Por que isso parece uma intervenção?

Darcy deu de ombros.

— Não é uma intervenção. São só fatos. Pense o que quiser.

Brendon pigarreou e ofereceu:

— Por mais que eu tenha certeza de que a Annie está curtindo esses argumentos de venda, talvez a gente devesse dar um tempo pra, sei lá, ela digerir tudo? — Brendon deu de ombros. — Além disso, hoje é noite de jogos.

Annie estava ao mesmo tempo comovida e atordoada pela tentativa de todos de mostrar a ela o melhor da cidade em que moravam. A parte lógica dela sabia que Darcy os havia convencido a fazer aquilo, mas, ainda assim, era bom se sentir desejada, uma coisa que ela não sentia havia tempo demais.

Só era muita informação para assimilar de uma vez. Annie deu um leve cutucão em Brendon com o braço, olhando-o com um sorriso de gratidão. Ele apertou o joelho dela, a palma da mão quente contra a pele deixada nua por seu short.

— De quem é a vez de escolher? — perguntou Darcy.

— Escolher? — perguntou Annie, ainda consciente da mão de Brendon em sua coxa. — Escolher o quê?

Elle tirou um elástico de cabelo azul-elétrico do pulso para prender a nova trança de Darcy.

— Regra da casa. O vencedor da última noite de jogos escolhe o que vamos jogar. *No entanto*, não pode ser qualquer jogo ou jogos que a pessoa ganhou. Porque isso não seria *justo*.

Brendon e Darcy trocaram um olhar, abrindo sorrisos gêmeos com a palavra justo.

— Então seria eu — disse Margot, estalando os dedos. — Ganhei no Jenga, lembra?

— Como esquecer? — resmungou Darcy, estremecendo com a lembrança que aquilo deve ter evocado.

— Verdade. *Ou então* podemos deixar Annie escolher — sugeriu Elle. — Sabe, já que é a primeira noite de jogos dela.

Primeira e última, mas Annie não a corrigiu.

Margot refletiu por um minuto, franzindo os lábios e estreitando os olhos por trás das lentes.

— Tudo bem, mas escolha com sabedoria. Vou julgar você se escolher algo bobo como Candy Land.

— Ei! Eu amo Candy Land — argumentou Elle. — Quem aqui pode dizer que *não* tem uma quedinha pela Rainha Frostine?

Todos na sala olharam para ela.

— Tudo bem, nada de Candy Land — disse Elle, afundando no sofá e fazendo beicinho.

Annie examinou as caixas de jogos de tabuleiro empilhadas sobre a mesa. Eles tinham de tudo, de Batalha Naval, Master e Uno até um jogo chamado Exploding Kittens, gatos explosivos. Se aquilo era um teste, ela queria passar, mas também não queria arriscar a própria vida e nenhum dos membros, sabendo como Darcy e Brendon podiam ser competitivos.

— Que tal Sem Censura?

Parecia de baixo risco.

Margot sorriu.

— Gostei de você.

Darcy balançou a cabeça.

— Devíamos encerrar com o Sem Censura. Preciso de mais vinho antes de encarar esse jogo.

Elle riu.

— Charadas primeiro?

— Certo — disse Darcy, repousando a cabeça para trás, na coxa de Elle. — Mas temos que escolher novos times.

— Normalmente, Brendon e eu jogamos juntos — explicou Margot. — Não é seguro colocar esses dois — ela acenou para Darcy e Brendon — no mesmo time. Eles são implacáveis.

— Eu te dei outra mesinha de centro, não dei? — Darcy arqueou uma sobrancelha. — Ficou elas por elas.

— Brendon caiu *em cima* da mesinha de centro. Foi traumático. — Margot estremeceu. — Achei que teríamos que levá-lo ao pronto-socorro.

Brendon se virou para Annie e sorriu.

— Quer ser do meu time?

— Desde que eu não caia em uma mesinha de centro — brincou ela.

— Fica tranquila.

Brendon tentou, sem sucesso, dar uma piscadinha, uma peculiaridade adorável. De forma menos adorável e muito mais excitante, ele passou o polegar em círculos no joelho dela.

— Eu pegaria você antes.

A lógica dizia a Annie para afastar a mão de Brendon. Que quanto mais ela o deixava ali sem dizer nada, mais óbvio ficava que ela gostava quando ele a tocava. Que seria mais difícil negar a si mesma esses pequenos toques que não pareciam nada. Cada toque dele a fazia querer outro, a fazia querer mais. Estava ficando cada vez mais difícil — quase impossível — lembrar por que ela não deveria estar deixando aquilo acontecer.

Annie colocou sua taça na mesa e, no processo, moveu-se ligeiramente para a frente, tirando a mão de Brendon de seu joelho.

Margot levantou e se espreguiçou, estalando as costas.

— Eu fico no time da Elle e da Darcy, então. Vou só pegar papel. — Ela voltou em um piscar de olhos. Em uma das mãos ela trazia um punhado de papel de rascunho, na outra, dois copos plásticos. — O esquema é simples. Pelo menos segundo as regras da casa, cada jogador escreve uma frase de dez palavras ou menos, ou um título de música, filme ou outra referência da cultura pop em um pedaço de papel. Depois, você dobra sua sugestão ao meio e a coloca dentro do copo indicado. Um jogador tira um papel do copo do time adversário e tem um minuto para demonstrar o que estiver escrito. Beleza?

Annie assentiu. Os próximos cinco minutos foram gastos quase em silêncio, exceto pelo ocasional sussurro abafado ou risadinhas enquanto cada um preenchia individualmente suas fichas.

Elle tirou o primeiro papel, abrindo um sorriso imediato.

— Ok. Todos prontos?

Margot e Darcy assentiram, ambas sentando-se mais eretas. O polegar de Brendon pairou sobre o cronômetro em seu celular.

— E... começando! — exclamou ele, iniciando o timer.

Imediatamente, Elle apontou para cima.

— Teto!

— Telhado!

— Céu? — sugeriu Margot.

Elle saltitou, sorrindo e gesticulando para que continuassem.

— Céu... céu... estrelas? — perguntou Margot.

Elle bateu palmas e assentiu. Depois, fechou o punho e deu um soco no ar.

— Luta?

Ela franziu a testa e sacudiu a cabeça. Com o polegar e o indicador, ela imitou uma arma, atirando em um inimigo invisível.

— Tiro? Disparo? — adivinhou Darcy.

Elle balançou o corpo como se estivesse segurando um bastão de beisebol e deu um passo para trás, quase tropeçando no tapete ao se defender de um golpe imaginário.

— Batalha! Guerra! *Guerra nas Estrelas*! — gritou Darcy.

Elle gritou e se atirou em cima de Darcy. Ponto para o time adversário. Brendon olhou para Annie com olhos arregalados e sérios.

— Prefere fazer as mímicas primeiro ou adivinhar?

Ela enxugou as mãos nas pernas e se levantou, pegando um pedaço de papel dentro do copo.

— Você adivinha.

Annie leu o que estava escrito, reconhecendo a caligrafia perfeita e sinuosa de Darcy. Um calor subiu pela sua mandíbula.

— Preparada? — perguntou Darcy, sorrindo.

Não. Não mesmo.

Brendon, que estava com os antebraços apoiados nos joelhos, fez que sim.

— Um, dois, três e... já!

Certo. Ela podia contornar isso. Annie levantou dois dedos. Ele franziu a testa.

— Duas palavras?

Ela assentiu e levantou dois dedos novamente.

— Segunda palavra.

Ela fez uma careta e ficou de joelhos. Darcy riu antes de bater com a mão no rosto. Annie ia matá-la durante o sono.

— Er?

Brendon balançou a cabeça.

Bom, seja o que Deus quiser. Annie mostrou a língua e começou a ofegar.

Brendon olhou, inclinando a cabeça de lado, se saindo bem melhor em parecer um cachorrinho confuso do que ela.

Annie não podia acreditar que estava prestes a fazer aquilo. Ainda de joelhos, ela começou a balançar o traseiro. Darcy cobriu o rosto com as mãos, tremendo tanto que Annie teve certeza de que sua amiga estava prestes a chorar de tanto rir.

— Hum... — Brendon puxou o cabelo. — Abanar?

Meu Deus... Annie engoliu a humilhação e levantou a perna no ar, fingindo fazer xixi em um hidrante imaginário.

Darcy rolou para o lado, e Elle e Margot perderam completamente o controle, suas risadas tomando conta do apartamento.

— Cachorro? — adivinhou ele.

Ela balançou a cabeça de um lado para o outro.

— Filhote?

Affe. Annie fez um gesto cansado para ele continuar adivinhando.

— Cão... Cachorro... Cachorrinho!

Annie desabou no chão de alívio.

— Vinte segundos! — gritou Margot.

Annie levantou um dedo.

— Primeira palavra — disparou Brendon, assentindo rapidamente.

Annie se levantou e apontou para a blusa que usava.

— Camisa? Roupa. Moda.

Annie deu pulinhos. Ele estava chegando perto.

Os olhos de Brendon se arregalaram antes que ele fizesse um bico e risse pelo nariz.

— Estilo cachorrinho?

Com o rosto em chamas, Annie lançou a Darcy um sorriso rápido se gabando antes de Brendon puxá-la pela cintura e levantá-la, girando-a em um círculo vertiginoso que fez seu estômago revirar.

— Tá. Essa é moleza. Quero acabar com isso logo.

Margot enfiou o papel no bolso de trás e assumiu o palco. Ela esticou um braço à frente, depois o outro, e virou o braço direito com a palma para cima, depois o esquerdo.

Darcy riu.

— Ah! É a...

— *Shh*! — Elle riu. — Estou confusa. Continua, Mar.

Margot revirou os olhos e fez toda a coreografia de "Macarena", da qual Elle riu o tempo todo. Sorrindo, mas com os olhos fixos no cronômetro, Darcy deu seu palpite quando faltavam dez segundos. Sempre cautelosa.

— Eu odeio vocês dois — disse Margot, desabando na poltrona com um suspiro forçado.

— Ah, por favor — disse Annie. — Não tem nada de mais.

Darcy sorriu.

— Aham, assim como o *estilo cachorrinho*.

Annie sentiu a cor sumir de seu rosto enquanto estreitava os olhos para a amiga. Que jogo eles estavam jogando?

Brendon era o próximo. Ele olhou para o pedaço de papel e imediatamente balançou a cabeça, um rubor quase néon espalhando-se pelo pescoço e subindo pelo rosto.

— Não. Passo.

Margot sorriu.

— Vai amarelar?

Ele cerrou os dentes.

— Certo. Liga o timer.

— Vai!

Ele ergueu três dedos, depois apenas um. Ela assentiu. Brendon apontou para si mesmo.

— Eu?

Ele assentiu. Ele levantou dois dedos e apertou o pulso oposto.

— Agarrar? Segurar? Firmeza?

Brendon fez uma careta, lançando para Margot mais um olhar mortal antes de mudar de tática. Ele pôs a mão no peito e a arrastou lentamente pelo corpo, parando pouco antes de chegar a um território perigoso. Fitando os olhos de Annie do outro lado da sala, ele levantou as sobrancelhas e abriu um sorriso rápido e safado antes de executar um movimento brusco de quadril que a fez corar da cabeça aos pés.

— Hum... — O cérebro dela não estava funcionando.

— Doze segundos.

Merda.

Brendon levantou dois dedos e apontou para si novamente.

— Eu?

Ele balançou a cabeça.

— Me?

Ele circulou a mão para ela continuar.

— Hum...

Ah. *Ah*!

— "I Touch Myself"!*

Brendon desabou no chão e cobriu o rosto, gemendo por trás das mãos.

— Eu te odeio, Margot.

— Eu também te amo, meu bem. Darcy, sua vez.

Por último, mas certamente não menos importante, Darcy representou *Orgulho e preconceito*, recorrendo a apontar para si mesma, frustradíssima. Elle adivinhou corretamente, mais uma vez.

Darcy fez uma careta, estremecendo fortemente enquanto voltava para seu lugar.

---

* "I touch myself" pode ser traduzido como "eu me toco" ou "eu me masturbo", mas também é uma música famosa da banda Divinyls. (N.E.)

— Não é possível que eu seja a única que preferia estar jogando Banco Imobiliário, né?

Os suspiros ecoaram pela sala de estar.

— Qual é o problema?

Darcy cruzou os braços.

— Como se você não soubesse muito bem — disse Annie, balançando a cabeça. — Uma vez você virou o tabuleiro só porque perdeu.

— Eu tinha 12 anos. É o meu jogo favorito. Eu só fico um pouco competitiva. Me processem.

— Um pouco? — perguntou Annie, rindo. — E o prêmio de eufemismo do ano vai para...

Brendon imitou um rufar de tambores.

— *Darcy*, qual é, admite. Você sempre ganha.

— Você joga sem dó, compra todos os serviços públicos e monta hotéis assim que pode — descreveu Annie.

Darcy se virou para Elle, as sobrancelhas levantadas, claramente procurando ajuda.

— Senhorios são péssimos — murmurou Elle, evitando os olhos de Darcy.

— Uau. Mas esse é o *objetivo* do jogo.

— Quem é a favor de mudar para Banco Imobiliário? — perguntou Margot.

Previsivelmente, apenas uma pessoa levantou a mão: Darcy.

— Quem se opõe?

Todos os outros levantaram a mão. Elle levantou as duas e soprou um beijo para Darcy.

— Todo mundo — declarou Margot. — Alguém vai lá pegar mais papel.

— Podemos jogar outra coisa? — resmungou Brendon. — Eu sinto que este jogo está armado.

Era verdade. Ela e Brendon eram os únicos recebendo frases extremamente carregadas de insinuações.

— Não temos culpa se você não veio para ganhar — disse Darcy, com um sorriso maroto.

Annie teve a sensação de que havia algo mais acontecendo. Ela estava sentindo uma energia típica de cupido, achando impossíveis de ignorar os sorrisos não muito sutis trocados por Darcy, Elle e Margot.

Annie pegou o celular e abriu o aplicativo de mensagens, prestes a dizer a Darcy para pegar leve. Ela não precisava de Darcy bancando o cupido, e *definitivamente* não precisava de ajuda para perceber que estava loucamente atraída por Brendon. Era sobre o resto que ela estava confusa, e nenhuma sequência de mímica de atos sexuais obscenos ajudaria a ter mais clareza.

Seu polegar pairava sobre o botão *enviar* quando alguém bateu com força na porta da frente.

— Deve ser a comida — disse Brendon.

Quando ele saiu do cômodo, Annie teve uma visão ampla de como a calça jeans vestia perfeitamente o corpo dele, em todos os lugares certos.

Annie fechou os olhos.

Talvez mudar para Banco Imobiliário não fosse má ideia.

☾

A barriga de Annie doía de tanto rir.

Elle e Darcy haviam saído para comprar mais vinho, uma garrafa que Darcy jurou que combinaria melhor com comida grega do que o rosé em caixa de Elle. Margot havia se retirado para o quarto para fazer uma ligação, deixando Annie e Brendon a sós.

— Como foi… — Ela semicerrou os lábios, prestes a perder a compostura novamente. — Como foi que você chamou mesmo?

Brendon limpou o molho *tzatziki* do queixo.

— Molho *zatiziki*.

Quando ela cuspiu a comida, as bochechas de Brendon começaram a corar.

— O que foi? É assim que se chama!

Ela se engasgou com o riso e segurou a barriga, rezando para não escorregar da bancada e cair no chão. Deus, os músculos do seu abdômen estavam começando a queimar.

— Você não passou nem perto da pronúncia certa.

— Passei sim! Não?

— Não.

— Droga. — Ele levou a mão à nuca, parecendo desgostoso. — Eu pensei que era como tzar. Sabe? Com o *t* silencioso.

— *Tsah-si-ki* — enunciou ela.

— Então falei errado a vida toda — disse ele, baixando a cabeça e soltando um gemido. — Toda vez que peço, peço uma porção extra de molho *zatiziki*. Estou impressionado com a capacidade das pessoas de não terem rido da minha cara até hoje.

— Exceto eu — brincou ela.

Brendon sorriu.

— É, você é a exceção.

Annie riu e continuou comendo seu *gyrito*, um híbrido de burrito *gyro* com massa feita na cerveja e recheado com carne, tomates e queijo feta. Estava tão delicioso que ela ficou um pouco desapontada por Brendon ter pedido apenas um. Por outro lado, ele pedira comida grega, e ela estava noventa e nove por cento certa de ter sido porque, na noite em que ficaram presos naquele motel sujo, ela comentara como amava aquela culinária. Annie ficou surpresa por ele se lembrar, e ainda mais surpresa por ele ter realmente pedido a comida quando, segundo Darcy, o grupo geralmente pedia do restaurante tailandês na esquina.

— Com certeza muita gente pronuncia errado. Encontros consonantais são uma droga. Tente dizer *strc prst skrz krk* cinco vezes rápido.

— Dizer o qu... Oi?

Brendon estava boquiaberto.

Somado à sua vergonha pela pronúncia errada e o trava--língua, ele tinha um respingo de *tzatziki* no canto da boca que o deixava ainda mais adorável. Sem pensar, Annie se debruçou e o limpou, arfando quando a língua dele tocou sua pele.

Brendon apenas sorriu, como se lamber o dedo dela não fosse nada de mais.

A pulsação de Annie martelava em sua cabeça.

— É... hum, er... um trava-língua tcheco. Significa "enfiar o dedo na garganta".

Ele recuou horrorizado e Annie atirou a cabeça para trás, a barriga doendo novamente de tanto rir. Ela fazia muito isso perto dele: rir tanto que doía. A barriga, o peito, o coração. Sempre dores boas, como alongar músculos pouco utilizados.

— A tradução não importa muito — explicou ela, limpando os dedos no guardanapo. — Nenhuma das palavras tem vogais e todas têm um *r* silábico, que... — Ela parou, percebendo que Brendon provavelmente não se importava com as nuances das línguas eslavas. — Enfim, é só um trava--língua engraçado.

Ele inclinou a cabeça, parecendo genuinamente curioso.

— *R* silábico?

Ela sorriu, mais satisfeita do que estava disposta a admitir.

— Sim. O *r* é um som de consoante silábica em si, então você não precisa de vogais. Como o *m* no *rhythm*.

Ele murmurou, parecendo intrigado.

— Você nunca disse que também falava tcheco.

— Eu não falo. Mas em um dos meus cursos de linguística na faculdade usaram esse exemplo. Difícil de esquecer.

— Bom, pelo menos sei que estou falando *gyro* certo.

Ela escondeu o sorriso com o guardanapo, porque ele *não estava*. Assim como com o *tzatziki*, Brendon massacrou a palavra, embora não tão horrivelmente.

O sorriso dele desabou, sendo substituído por um olhar de consternação.

— Não.

— Sim. É *yee-r oh*.

Ele baixou a cabeça.

— Nunca mais vou pôr os pés no George's.

— Tenho certeza de que eles ouvem coisa muito pior o tempo todo. Pelo menos você não chamou de *jy-r-oh* ou *grrr-roh*.

Ele riu.

— Ah sim, pelo menos isso.

Annie olhou avidamente para o pedido de Brendon: *poutine* ao estilo grego. Seu *gyrito* fora satisfatório, mas não alimentava muito. Ela pegou uma batata frita da cesta e segurou-a com a outra mão, tomando cuidado para não pingar gordura no balcão enquanto a levava à boca. Suas papilas gustativas explodiram com o sabor perfeitamente equilibrado de queijo feta, molho *tzatziki* e azeitonas Kalamata. Ela gemeu e puxou mais uma batata do barquinho de papel, engolindo-a antes de voltar para pegar mais uma.

— Sua ladra de batatas fritas. Vai ter que pagar por isso, ouviu?

Ela afastou a batata frita dos lábios e franziu a testa com curiosidade.

— Hum?

Brendon ensaiou um sorriso malicioso.

— Quem come minhas batatas fritas tem que pagar uma taxa.

— Taxa? Que tipo de taxa?

Brendon parou na frente dela, braços esticados, palmas das mãos apoiadas na bancada. Ela engoliu em seco, sua respiração acelerando com a aproximação dele, a encurralando.

— Passar o dia comigo amanhã.

Ela piscou duas vezes.

Não era o tipo de taxa que ela conhecia.

— O que você tem em mente?

— É meio que relacionado ao OTP.

— Um encontro da empresa ou algo assim?

— Ou algo assim — disse Brendon, sorrindo. — Não é todo dia que nossa chefe de relações públicas se casa com o vice-presidente de dados analíticos.

— Um casamento? Você está me convidando para ir a um casamento?

Ele avançou mais um passo, se encaixando entre as coxas dela de uma forma inequivocamente íntima. Amigos não ficavam assim, não se tocavam assim, e eles com certeza, sem dúvida alguma, não olhavam para a boca um do outro assim.

— Eu ia forçar a Margot a ser minha acompanhante, mas se você não tiver planos… — disse ele, e engoliu em seco. — Talvez queira ser meu par?

Ela prendeu a respiração.

A palavra se repetia dentro de seu cérebro.

Meu par.

Meu par.

Meu par.

Ela se recostou no armário, a cabeça de repente pesada demais para mantê-la erguida.

— Não sei, Brendon.

— Vai ser divertido, Annie — prometeu ele. — Vamos fazer com que seja.

Se divertir com Brendon não era problema.

Mas casamentos eram eventos sérios, e esse devia ser ainda mais, considerando que Brendon trabalhava com parte da lista de convidados. Grande parte, ela apostava. Haveria perguntas. Quem era Annie? Quem ela era para Brendon? Casamentos têm um efeito engraçado de deixar as pessoas à vontade para fazer perguntas intrometidas que, em outras circunstâncias, seriam consideradas indelicadas.

Há quanto tempo vocês estão juntos? É sério? Acha que um dia serão vocês dois no altar? Vocês não estão ficando mais jovens. Por que não tenta pegar o buquê?

— O local é à beira d'água, em Kirkland. Dá para ver a cidade toda de lá. Pensa bem. Comida boa...

— Leia-se: frango borrachudo.

Ele riu.

— Eu estava pensando mais no bolo de casamento. Você gosta de bolo, não gosta?

Óbvio, mas ela não pôde deixar de provocar:

— Depende do sabor.

Exatamente como Annie havia imaginado antes, só que melhor, Brendon deslizou as mãos por suas coxas, tocando-a, os polegares conduzindo mais daqueles círculos enlouquecedores em sua pele, deixando arrepios em seu rastro. Ele subiu mais, se aproximando da bainha do short que ela usava, provocando onde o jeans encontrava a pele.

— E dançar? Vai realmente me dizer que não quer me ver dançar chá-chá-chá?

Era difícil organizar os pensamentos com Brendon tocando-a assim.

— E-eu não sei se conseguiria lidar c-com a quantidade de vergonha alheia.

Brendon, com as sobrancelhas levantadas, deslizou os polegares sob o tecido do short. Annie estremeceu violentamente, fazendo-o sorrir.

Jogo sujo. Totalmente desleal.

A voz dele estava rouca, e ele parecia tão sem ar quanto ela.

— Por favor?

Algo naquela palavra a desarmou completamente.

— Ok.

— Sério?

— Eu posso ser seu par.

Seu par. O que não era prometer nada. Não era como se ela tivesse concordado em se mudar para Seattle e se casar com ele ou algo absurdo assim. Era apenas acompanhá-lo.

Brendon se inclinou em sua direção e umedeceu os lábios. Seus dedos cravaram na pele de suas coxas, uma pressão agradável que fez a barriga de Annie esfriar em expectativa.

Sim. O momento pelo qual ela estava ansiando loucamente desde o quase-beijo dos dois no hall de entrada. Desde antes disso, para falar a verdade. Desde o último beijo, o primeiro beijo, o que deveria ter sido o único beijo, porque ela tinha um mantra. Uma lista de motivos para a qual agora estava pouco se lixando.

— O vinho chegou!

Brendon xingou baixinho, afastando-se rapidamente, o arrependimento reluzindo em seus olhos escuros. Olhos que permaneceram fixos nos dela enquanto ele ajeitava seu jeans, sem se dar o trabalho de esconder o que estava fazendo.

Annie reprimiu um gemido.

Afastar-se de Brendon estava ficando cada vez mais difícil, o desejo latejando entre suas coxas tão intenso que ela mal conseguia encarar Darcy quando a amiga entrou na cozinha com a sacola de papel contendo o vinho.

☾

Uma hora mais tarde, depois de qualquer vestígio de comida ter sido devorado, a noite de jogos se transformou menos em uma competição acirrada e mais em uma noite preguiçosa de bate-papo e música tocando baixinho ao fundo. Annie saiu para usar o banheiro e, quando voltou para o corredor, quase esbarrou com Elle.

— Opa, desculpe.

Elle balançou a cabeça.

— Eu estava te esperando.

— Ah, é?

— Estava pensando que, caso você ainda não tenha planos para amanhã, eu gostaria de te chamar para sair. Preciso fazer umas ligações de manhã, mas estou livre depois do meio-dia se quiser almoçar e talvez fazer compras. — Elle sorriu. — Não sei se você gosta desse tipo de coisa, mas conheço um mercado de antiguidades incrível.

Annie contraiu os lábios em um pedido de desculpas genuíno, comovida com o convite.

— Eu adoraria, mas já prometi ao Brendon que passaria a tarde com ele.

— Ah, sem problemas. Semana que vem, talvez?

— Estou dentro.

Elle sorriu de novo antes de seus olhos dispararem brevemente para a sala de estar.

— Hoje foi legal. A gente aqui reunido. Estou feliz por você ter vindo.

— Eu também. Tirando, você sabe, a total humilhação de representar "estilo cachorrinho" na frente de todo mundo, foi divertido.

Annie não se lembrava da última vez que estivera tão feliz. Ela não se sentia particularmente compelida a fazer as contas — qualquer tipo de conta, mas especialmente de um tipo tão deprimente —, mas fazia muito tempo que ela não tinha amigos que a incluíssem em seus planos. Amigos que se davam ao trabalho de lembrar quando ela estava na cidade ou onde ela estava quando viajava. Amigos de verdade.

Uma noite com Darcy, Elle, Margot e Brendon, e Annie já se sentia mais bem-vinda do que nas últimas cinco vezes em que saíra com seus amigos na Filadélfia. Mesmo que Darcy tivesse colocado todos eles em seu pequeno plano Vamos Fazer Propaganda de Seattle para Annie, todos obviamente se importavam o suficiente para concordar.

Eram pessoas que a queriam por perto, e isso era novidade.

Uma novidade, e algo que Annie não estava feliz em abandonar.

Ela parou na entrada do corredor, observando Elle voltar para seu lugar no sofá atrás de Darcy. Brendon olhou para trás e sorriu para Annie, apontando para o espaço ao lado dele.

Annie sentiu um aperto no peito.

Em menos de uma semana, ela estaria em um avião para a Filadélfia, uma parada estratégica só para arrumar a mudança e seguir para Londres.

A não ser que...

Ela levou a mão ao peito, tentando e falhando em aliviar a pressão que fazia a sala parecer pequena demais para cinco pessoas mais todos os seus sentimentos embaralhados.

Capítulo catorze

Sábado, 5 de junho

Um temporal matinal havia esfriado a temperatura consideravelmente, levando os termômetros a marcar por volta de vinte graus, mas raios de sol irromperam a cobertura de nuvens durante a cerimônia, exatamente quando Katie e Jian trocaram seus votos. Agora o sol pairava no horizonte, riscando o céu azul com tons de laranja e cor-de-rosa. A luz dourada refletia na superfície plácida do lago Washington, e uma brisa suave agitava as toalhas de mesa brancas sob o pavilhão enquanto Annie tomava um gole de champanhe e admirava a vista.

Nada do que ela ouvira sobre Seattle fazia jus ao lugar. Nem mesmo as fotos retratavam a cidade em toda sua glória. O céu azul raiado de nuvens brancas servia de pano de fundo para os arranha-céus, as montanhas espreitando à direita. Tudo era verde — as árvores, a grama —, e isso graças à chuva que não a incomodava tanto quanto pensou que incomodaria. A cidade inteira era vibrante e viva de uma forma diferente de qualquer outro lugar em que ela morara.

Dizer adeus a Seattle tinha potencial para ser a coisa mais difícil que ela já fizera. Tão difícil que ela já estava sofrendo, e ela ainda nem havia ido embora.

— Minha gravata está torta? — perguntou Brendon, mexendo na gravata-borboleta rosa-choque. — Parece torta.

Annie teve que engolir rápido antes que cuspisse o champanhe na mesa ao rir.

— Não está torta, está *completamente* torta. Vem cá.

Brendon se inclinou em sua direção, deixando o pescoço à mostra para ela ajustar a gravata-borboleta, o tempo todo a olhando por baixo dos cílios acobreados. Com os dedos levemente trêmulos, Annie alisou o cetim e depois passou as mãos pelos ombros largos dele, espanando fiapos imaginários. Uma desculpa fajuta para não parar de encostar nele.

Brendon estava usando a roupa mais elegante que ela já o vira vestir: um terno azul-marinho feito sob medida — embora ele tivesse abandonado o paletó após a cerimônia —, uma camisa de botão branca, a gravata rosa e mocassins marrons lustrosos. Seu cabelo castanho-avermelhado estava penteado para trás, exceto por uma mecha rebelde que ondulava na têmpora.

Por alguma razão, provavelmente por se tratar de um casamento, Annie teve um flashback de quando ela tinha 5 ou 6 anos, talvez, e foi com a mãe à padaria para encomendar o bolo de aniversário do pai. No centro da loja ficavam expostos os bolos de casamento mais lindos que ela já tinha visto. Com múltiplas camadas, cobertos com fondant e delicadas flores de açúcar, os bolos a cativaram. Quando ninguém estava olhando, Annie passara o dedo pelo glacê, morrendo de vontade de provar apenas um. Com o dedo coberto de glacê já posicionado a um centímetro da boca, ela congelou: a funcionária atrás do balcão balançava o indicador, repreendendo-a com uma cara feia que fez Annie tremer.

Brendon era como um daqueles bolos: de aparência deliciosa, tentadora e completamente fora de cogitação se ela usasse o próprio juízo.

— Pronto. — Ela desceu as mãos de volta ao colo, a uma distância segura. — Muito melhor.

Brendon abriu um sorriso torto e pegou seu copo d'água, bebendo metade em um só gole.

Ela apertou delicadamente os músculos tensos dos antebraços dele. Suas mãos tinham vontade própria, aparentemente, ignorando todos os lembretes mentais de *não tocar*.

— Você está bem? Parece um pouco cansado.

Durante a cerimônia, ele derramara algumas lágrimas de felicidade, e os votos deixaram a própria Annie um pouco emocionada. Mas depois, durante a festa, ele parecia pálido e inquieto. Annie não conseguia entender o motivo de jeito nenhum.

Ele colocou a água de lado e pegou a taça de champanhe, virando o conteúdo de uma vez e tossindo.

— Ai, bolhas. — Ele beliscou o nariz, fazendo-a rir. — Preciso fazer um discurso. Fiz algumas anotações, mas agora estou me questionando...

— É só... falar de coração. Você é incrível nisso.

Um rubor profundo subiu pelo queixo dele, o tom da pele combinando com o rosa da gravata-borboleta. Annie teve um desejo violento de dar um beijo na lateral daquela mandíbula marcada, sentir sua pele quente sob os lábios.

— Obrigado, Annie.

Brendon apertou o joelho dela, a palma da mão quente em contato com a pele exposta pelo vestido. A familiaridade do gesto fez a respiração dela falhar, e uma parte bem idiota queria prender a mão dele entre suas coxas para ver o que ele faria. Ver se o rubor subiria ainda mais, até a linha do cabelo, ou se ele sorriria e subiria a mão.

Annie não trouxera para Seattle nenhuma roupa formal o suficiente para um casamento, mesmo que a cerimônia fosse no verão e ao ar livre.

Darcy lhe dera total acesso a seu armário, mas a diferença de altura entre as duas dificultara a escolha. Os vestidos curtos de Darcy alcançavam um ponto nada lisonjeiro das panturrilhas de Annie, cortando-a logo abaixo dos joelhos. Os vestidos longos a engoliam e o tecido arrastava no chão. Ela escolheu o único que não a fazia parecer uma garotinha brincando de pegar roupas no armário da mãe: um modelo que provavelmente ficava no joelho de Darcy, mas ia até os tornozelos de Annie. O corpete era um pouco largo, mas, por ser frente única, Annie não teve problema em ajustá-lo para que não escorregasse acidentalmente. Havia uma fenda profunda na lateral, a seda cor-de-rosa esvoaçando ao redor das pernas.

Brendon deixou a mão em sua coxa, arrancando de Annie um suspiro constrangedor ao acariciar a dobra de seu joelho com o polegar.

— Merda — disse ele baixinho, fazendo-a pular.

Não era o momento nem o lugar para pensar na cara que Brendon faria se ela puxasse a mão dele mais para cima da coxa sob a toalha de mesa.

Mas o gole que ela tomou de água pouco fez para saciar a sede.

— O que foi?

Brendon estava olhando para o outro lado da sala, seu sorriso beirando uma careta.

— A mãe do Jian está gesticulando para mim.

Annie seguiu a direção para a qual ele olhava. Uma mulher mais velha com um lindo vestido safira piscou para Brendon.

— Acho que é a sua deixa — sugeriu Annie.

Ele ficou rígido, parecendo quase tão apavorado quanto no dia em que subiu no palco do karaoke.

— Me deseje sorte.

Sem pensar, ela segurou a mão dele e apertou seus dedos, pensando sobre como o suor neles era adorável.

— Boa sorte. Vou estar aqui te esperando.

Ele a apertou de volta e marchou em direção à frente da sala, onde as mães do noivo o receberam com sorrisos ansiosos.

— Seu namorado parece nervoso.

Annie levou um minuto para perceber que a mulher sentada na mesa ao lado estava falando com ela.

— Ah, ele não é meu... Ele é só... — Annie suspirou e riu. Ali estava, a primeira de muitas vezes que ela seria forçada a explicar seu relacionamento com Brendon. — Meu amigo.

Um amigo por quem ela se sentia dolorosamente atraída, mas ainda assim um amigo.

— Amigos — repetiu a mulher sorrindo. — Dez anos atrás, eu era só amiga daquele cara ali.

Ela apontou o queixo na direção de um homem de pé conversando com o noivo.

— Uma coisa levou à outra e nós tivemos três daqueles ali.

Ela apontou para o grupo de crianças brincando na beira do lago.

— E no momento estamos esperando mais um — disse ela, com a mão na barriga.

— Que legal, parabéns.

— A vida passa rápido, sabe? Vocês não parecem "apenas amigos".

Ela realmente teria essa conversa? Com uma desconhecida? Claro que sim. Conversas constrangedoras com desconhecidos eram normais em casamentos.

— É uma longa história.

— As melhores histórias costumam ser — disse a outra, rindo. — Só estou dizendo que conheço esse olhar. Esse olhar de "vamos, não vamos". Ele olhando para você quando você não está, e em troca você olhando para ele quando ele não está. Os dois com medo demais de ceder, o tempo todo cercando um ao outro até que finalmente... — Ela arqueou as sobrancelhas. — *Bum*.

Annie apoiou o cotovelo na mesa e o queixo na mão.

— *Bum*, é? Então, o problema é que estou preocupada com o tipo errado de *bum*, se é que você me entende. Do tipo doloroso que explode bem na sua cara.

A mulher se virou e Annie seguiu seu olhar. Brendon estava na frente do pavilhão, olhando para ela. Ele piscou adoravelmente.

— Duvido que você tenha com o que se preocupar. Aquele cara ali? — perguntou a mulher, sussurrando. — Ele te olha como se você brilhasse mais que as estrelas.

☾

Após encerrar o discurso, que felizmente inspirou tantas risadas quanto lágrimas, Brendon foi imediatamente puxado para uma conversa. O problema era que, assim que ele se afastou *daquela* conversa, foi arrastado para outra e mais outra e mais outra, quando tudo o que ele queria era passar um tempo com Annie.

— Oi.

Falando no diabo... Exceto que Annie parecia mais um anjo em seu vestido, o cabelo loiro criando uma auréola serena ao redor do rosto enquanto ela passava a mão pelo braço dele, envolvendo seu cotovelo.

— Espero que não se importe de eu roubar meu acompanhante um pouquinho.

A senhora com quem ele estava falando, uma tia-avó de Katie, despediu-se dos dois com um sorriso.

— Desculpe ter demorado para te resgatar — disse Annie enquanto ambos atravessavam o salão, circulando pela pista de dança. — Mas o bolo era prioridade.

Brendon sorriu para ela.

— Está certíssima.

O sol se escondia no horizonte, deixando para trás uma faixa ardente de carmesim e bronze que subia e se tornava azul-marinho e índigo. Mais ou menos na mesma hora em que as sobremesas foram servidas, alguém acendeu os pisca-piscas pendurados ao redor do pavilhão. O brilho dourado realçava as manchas de azul mais escuro nos olhos de Annie. *Deslumbrante* não descrevia tanta beleza.

Durante toda a cerimônia, quando não estava focado em Katie e Jian, Brendon olhava para Annie de canto de olho, mal acreditando que ela estava ali. Que concordara em ir com ele. Ser seu par. Sem pretensões, sem desculpas: ele a convidara porque a queria aqui. Não porque Darcy precisava de sua ajuda para convencer Annie a se mudar para Seattle. Não por causa de sua aposta ou da determinação em provar a ela que o romance não estava morto. Se ele tivesse sorte, testemunhar duas pessoas prometendo passar o resto da vida juntas poderia ajudá-lo a fazer exatamente aquilo, mas não havia sido por isso que convidara Annie.

Não havia nenhuma outra pessoa no mundo que ele preferisse ter ao seu lado.

— Meu discurso não foi um desastre total, foi?

— Eu adorei — admitiu ela, parecendo completamente sincera.

— Jura?

— Faz mais ou menos um ano desde o último casamento a que fui, mas, depois de um tempo, todos os discursos e votos começam a parecer a mesma coisa. Mas do seu eu me lembraria.

— Quer ouvir uma loucura?

Sem hesitar, Brendon a levou até a pista, bem a tempo de a música animada se transformar em algo um pouco mais lento, permitindo que conversassem durante a dança.

Annie apoiou as mãos nos ombros dele, a considerável diferença de altura menos desigual graças ao salto.

— Loucura? *Óbvio*. Não sei como você ainda pergunta.

Brendon sorriu e colocou as mãos na cintura de Annie, roçando a pele exposta pelo decote nas costas do vestido. A maneira como ela estremeceu e se aproximou foi intensamente gratificante.

— Aí vai: este é o quinto casamento ao qual venho este ano.

Ela recuou, olhando para ele com olhos arregalados e horrorizados.

— *Quinto*? Meu Deus, é agora que você me diz que já foi padrinho vinte e sete vezes?

Ele apertou sua cintura, conduzindo-a não em um padrão particular de passos, mas só balançando suavemente ao som da música. Eles estavam perto da beirada da pista, afastados do caminho de todos.

— Praticamente. Além disso, três desses casamentos foram de casais que se conheceram no OTP.

— As pessoas *fazem* isso? Convidam estranhos? Eu sei que as pessoas convidam, tipo, a Taylor Swift para as coisas, mas… Bem, você não é a Taylor Swift. Sem ofensa.

— Não ofendeu.

— E você vai a esses casamentos?

— É claro. Como não amar uma festa de casamento?

Ela tocou levemente o cabelo curto na nuca de Brendon, fazendo disparar um arrepio agradável de seu couro cabeludo por toda a espinha. Isso era inédito; alguém brincando com seu cabelo. Era bom, o tipo de coisa com a qual poderia se acostumar.

— Só posso falar dos casamentos a que já fui, mas geralmente a comida é péssima, o open bar nunca funciona direito, o tio ou a tia de alguém toma um porre e dá em cima de você, alguém tem um colapso nervoso no banheiro, o DJ acha que a dança da mãozinha ainda está na moda, fora a loucura na hora do lançamento do buquê. — Ela olhou para ele por trás dos longos cílios escurecidos pela maquiagem em volta dos olhos. — Acho que casamentos são uma festa para todo mundo, *menos* os noivos. Não tem nada a ver com o casamento em si.

— Já fui a casamentos assim — admitiu ele. Ele recuou um pouco antes de pegar a mão de Annie, girando-a de um jeito inesperado que a fez rir. O som foi música para os ouvidos dele, melhor do que seja lá o que o DJ estivesse tocando, que havia desaparecido ao fundo, tornando-se apenas ruído. — Onde todo mundo esquece do que mais importa.

— E o que mais importa?

Annie pousou as mãos no peito de Brendon, sem dúvida sentindo o coração dele martelando sob o esterno.

— As lembrancinhas, obviamente. — Ele sorriu. — Coisa de graça. Como não amar?

Annie o empurrou levemente, mas deixou suas mãos vagarem de volta para os ombros dele. Ela se aproximou mais do que antes, sua barriga colada intimamente nos quadris dele, um movimento que o fez engolir em seco.

— Acho difícil acreditar que você vai a todos esses casamentos atrás de bem-casados e abridores de garrafa com as iniciais de outras pessoas.

— Ok, eu admito. — Ele passou as mãos pelas costas dela, reprimindo mais um sorriso quando a notou arfar, um som audível mesmo com a música. — É que... Promete que não vai rir?

Annie fingiu passar um zíper nos lábios.

— Ver duas pessoas jurando amor uma à outra, celebrando seu compromisso, cercadas por familiares e amigos, prestes a começar o próximo capítulo de suas vidas... Para mim supercompensa o frango borrachudo. — Ele traçou círculos distraídos nas costas de Annie sem tirar os olhos dela. Os olhos azuis dela estavam sérios e percorriam o rosto dele, os cílios batendo levemente. — Eu andei pensando. Naquela noite, no hotel, você me perguntou o que eu acho romântico. E sim, sou fã de grandes demonstrações. Nem todas, porque eu pensei no assunto e você tem razão: muitas são assustadoras, mal executadas ou tentam compensar alguma falha de comunicação. Mas simbolicamente? Eu amo um momento grandioso cujo objetivo seja demonstrar para a pessoa amada o quando você a ama. O quanto você está comprometido. Você quer que todos saibam, por mais que isso seja louco ou arriscado. Casamentos são assim. Pelo menos os votos são.

Algo na doçura nos olhos de Annie, quase melancólicos, o compeliu a continuar. A confessar o que nunca confessara a ninguém antes.

— Não tenho uma única lembrança da minha mãe e do meu pai trocando um *eu te amo*. — Annie fez um barulho baixinho, mas ele continuou, querendo colocar aquilo para fora. — Talvez as comédias românticas não sejam mesmo realistas, mas, durante a maior parte da minha vida, elas foram a melhor prova que eu tinha de que as pessoas podiam ser felizes juntas.

O balanço suave dos dois parou na lateral da pista de dança. Annie franziu a testa bruscamente e envolveu com mais força a nuca dele, forçando-o a abaixar o rosto.

— Brendon.

— Desculpe. — Ele riu, os olhos percorrendo o pavilhão. Os convidados estavam em seu próprio mundinho, ninguém prestava atenção aos dois. — Não quis fugir tanto do assunto. Nem ser tão chato.

Ela deu um rápido e curto aceno de cabeça.

— Não, não. Isso foi... Eu sempre vi essas grandes demonstrações como uma espécie de egoísmo. "Se eu fizer isso, vou conseguir isso." Nunca pensei dessa forma que você descreveu.

Quando o polegar de Annie roçou o espaço abaixo de sua orelha, Brendon deixou escapar um suspiro entrecortado.

— E eu nunca pensei muito nas pequenas coisas até você falar sobre elas na outra noite. Mas acho que você tem razão. Com a pessoa certa, acho que não importa o que você faz ou onde está.

O sorriso de Annie fez o coração dele bater como o motor da primeira lata-velha que ele teve na vida.

— Exatamente.

Quando os últimos acordes da música lenta que eles dançavam soaram, o DJ mudou para uma música pop agitada. Brendon recuou um passo, balançando a cabeça e os quadris de um lado para o outro em uma dança exagerada, tentando fazer Annie rir.

A performance teve o efeito desejado, fazendo Annie apertar a barriga enquanto ria.

— Continua — pediu ela, apontando o queixo para Brendon quando ele parou. — Eu estava me divertindo.

Do outro lado da pista, alguém assobiou. Ele seguiu o som até ver Jian com os dedos na boca e Katie ao lado, se dobrando de tanto rir.

Brendon corou.

— Sim, você e todo mundo aqui.

Annie sorriu e pegou a mão dele, guiando-o para longe da pista de dança.

Consumido pelo toque de Annie, Brendon nem reparou que ela não os levara na direção da mesa que ocupavam, e sim até uma mesa coberta de frascos de bolhas de sabão e outras lembrancinhas.

Misturadas às bolhas e garrafas em miniatura de tequila havia uma dúzia de câmeras polaroides Fujifilm Instax e uma placa que dizia: *Pegue uma câmera emprestada e nos ajude a registrar nosso dia especial. Tire uma selfie ou foto em grupo e coloque-a em nosso álbum! Beijos, Katie e Jian.*

Brendon pegou uma câmera e tirou uma foto de Annie, arrancando uma risada perplexa dela.

— Me dá isso!

Ela arrancou a câmera das mãos dele e um flash brilhante ofuscou a visão de Brendon, fazendo-o pular, mesmo sabendo que aquilo estava por vir.

Annie abaixou a câmera e pegou a foto que saiu da câmera.

— Me deixa ver — disse ele, estendendo a mão.

Ela balançou a cabeça, afastando o objeto. Os braços dele eram mais longos, então ele poderia ter alcançado a máquina se realmente quisesse, mas não. Não quando Annie sorria radiante para ele. Não quando ele faria qualquer coisa para manter aquele sorriso no rosto dela. Um sorriso que era por causa dele.

— Nada disso. Aposto que ficou embaçada.

Ela tirou outra foto e mais uma logo depois, capturando-o no meio de uma risada.

— Ah, qual é, Annie. Não tenho vez?

Ela recuou, saindo da cobertura do pavilhão, pisando na faixa de grama que levava a um conjunto de escadas de concreto desembocando no lago.

— Para de fugir de mim — exclamou ele, rindo.

Ele evitou por pouco o grupo de crianças brincando e apertou o passo, praticamente correndo. À frente, Annie também acelerou, o vestido esvoaçando nos tornozelos.

Ela parou na beira do lago. Dominado demais pelo momento, Brendon foi forçado a passar os braços em volta da cintura dela para evitar uma colisão entre os dois. Annie se equilibrou espalmando as mãos na barriga dele.

Brendon sorriu. O crepúsculo em tons de azul brincava no rosto de Annie, destacando seus cílios e o contorno de seu lábio superior.

— Eu acho... acho que eu gosto quando você me persegue — sussurrou ela.

Inspirando o cheiro da água do lago e o aroma delicado do perfume de Annie, Brendon ficou parado e a deixou deslizar as mãos para cima, descansando-as em seu peito. Debaixo delas, o coração dele batia forte, sinal evidente do quanto ele a desejava.

— Bem, eu peguei você — disse ele, rouco. — O que eu ganho?

Ele sentiu um calor profundo na barriga quando Annie deslizou a ponta da língua para fora.

— Acho que vai depender do que você quer — sussurrou ela, desviando a atenção dos olhos dele apenas para olhar rapidamente para sua boca.

Annie deslizou as mãos sobre os ombros de Brendon e envolveu sua nuca em um movimento que aproximou os dois a ponto de estarem quase colados. Ela enrolou os dedos nas mechas curtas em sua nuca e esticou o pescoço, olhando para ele de baixo.

Em algum lugar não muito atrás dos dois, uma criança deu um grito estridente, lembrando Brendon que eles não estavam sozinhos. Mesmo que ele desejasse desesperadamente que sim, se as coisas que ele queria fazer com ela eram indecentes para os olhos de um adulto, imagina para os de uma criança.

Ele recuou um passo, colocando uma distância muito necessária entre eles. Só que não havia espaço, e uma escada de concreto era a única coisa que o separava do lago.

Seu sorriso tenso congelou ao sentir o chão desaparecer debaixo de seus pés e o mundo se inclinar. Fazendo o possível para ficar de pé, ele girou os braços enquanto caía para trás, ofegando ao atravessar a superfície da água gelada.

Capítulo quinze

— Podia ter sido pior.
Brendon ligou o pisca-alerta, entrando na rua de Darcy.
— Como?
Ela apertou os lábios, escondendo o sorriso.
— Você poderia ter me puxado com você?
Ele estacionou o carro e balançou a cabeça lentamente, os lábios se contraindo.
— Talvez eu devesse ter puxado.
Se tivesse feito isso, eles poderiam ter tido uma desculpa para ir embora mais cedo. Em vez disso, metade dos convidados disparara do pavilhão ao ouvir Brendon caindo no lago, completamente vestido, e ele levara meia hora assegurando a todos de que estava bem, só molhado, antes de pegar uma muda de roupa na bolsa de ginástica guardada no minúsculo porta-malas do carro. Os dois foram embora logo em seguida.
Infelizmente, Annie não tinha a paciência dele, mas Brendon também não fizera nada para recapturar o momento desde que os dois entraram no carro. Ele virou direto na rodovia 520 e dirigiu até a casa de Darcy sem perguntar se Annie preferia ir para a casa dele, então não parecia muito interessado em reacender o clima.

Ótimo. Era até melhor assim. Ela se deixara levar pelo momento. Esse era outro problema com casamentos que Annie não tinha revelado para Brendon. Apesar do frango borrachudo, das danças cafonas e das tradições antiquadas, como lançamentos de buquê, Brendon estava certo sobre uma coisa.

Annie precisaria ter um coração de pedra para não sentir nada ao ver duas pessoas de pé na frente de toda a família e amigos, prometendo passar o resto da vida juntas, por mais obstáculos que a vida colocasse em seu caminho. E ela não tinha um coração de pedra, não mesmo, e estar em Seattle na companhia de Brendon estava derrubando as muralhas que ela havia erguido em torno de seu coração. Fazendo-a querer coisas que ela não deveria querer. Desejos que a assustavam terrivelmente.

Coisas grandes, coisas eternas, coisas que, a cada relacionamento fracassado e encontro ruim, pareciam um pouco mais inalcançáveis. Que a faziam se sentir um pouco mais desesperançosa, resignada com a ideia de que o romance estava morto e que não havia ninguém capaz de provar o contrário para ela. Ninguém que se incomodasse em tentar.

E aí veio Brendon.

Se as circunstâncias fossem outras, talvez o que ela sentia, o que Brendon a fazia sentir, pudesse fazer o risco valer a pena.

Mas as circunstâncias eram aquelas.

Ponto-final.

Ela envolveu a maçaneta da porta e abriu para Brendon um sorriso tenso e fraco. *Sofrido*.

— Foi ótimo hoje, Brendon.

Ele passou a mão pelo cabelo, se encolhendo levemente quando prendeu os dedos em algumas mechas embaraçadas. O cabelo tinha secado de um jeito todo duro. *E muito fofo*.

— Eu também curti. Obrigado por ter sido meu par. — Annie abriu a porta e se abaixou para pegar sua bolsa no assoalho. — Ah, espera. — Ele se virou, procurando alguma coisa no banco de trás antes de se voltar para ela. — Toma.

Brendon colocou uma caixinha de papelão nas mãos dela. *Tiras nasais Respire Bem.*

Annie franziu a testa.

Ele coçou a lateral do queixo.

— Na outra noite, quando dormimos no hotel, notei que você ronca. Não sei se você sabe disso, mas eu vi isso na farmácia e...

— E pensou em mim?

— Isso não é estranho, é? — perguntou ele, arregalando os olhos. — Ah, merda, isso é estranho.

Sem dúvida, era o presente mais estranho que alguém já lhe dera.

Mas não significava que não era bem-vindo.

Era estranho, maravilhoso e bem-vindo porque significava que ele estava pensando nela. No que diz respeito a demonstrações, era tão inesperado e comovente que agradecer com um simples "obrigada" parecia terrivelmente insuficiente.

Então Annie se inclinou por cima do câmbio e o beijou.

Por um momento alucinante, Brendon não se mexeu. Ele permaneceu apático até ela se afastar, sentindo o estômago se revirar de decepção e humilhação por interpretar o momento tão ridiculamente mal. Mas alguma coisa nos lábios dela se afastando deve tê-lo despertado, porque ele estendeu a mão e a deslizou pelo rosto de Annie, os dedos fazendo cócegas sob sua orelha.

Brendon passou a língua sobre o lábio inferior de Annie, e ela se derreteu, mal reconhecendo o gemido que encheu o minúsculo carro como vindo dela. Seu desejo anulou o resto, impossibilitando que sentisse um pingo sequer de vergonha quando Brendon prendeu seu lábio entre os dentes e o beliscou.

Ela entrelaçou os dedos no colarinho dele, o empurrou um centímetro para trás e o segurou ali.

— Sobe comigo.

Sem tirar os olhos dela, Brendon abriu o cinto de segurança, procurou cegamente pela maçaneta e, assim que a porta abriu, pulou para fora, contornando o capô quase inexistente do carro para ajudá-la a subir no meio-fio. Com o polegar, ele roçou a parte de trás dos nós dos dedos de Annie, que estremeceu, inexplicavelmente com muito calor e muito frio ao mesmo tempo. Seus mamilos endureceram contra o corpete de seda do vestido emprestado, e o ar-condicionado dentro do saguão do prédio de Darcy não ajudou em nada a sensação.

Ela estava determinada a beijar Brendon assim que entrassem no elevador, mas o destino achou por bem atrapalhar seus planos. Uma senhora que Annie reconheceu do andar de Darcy enfiou a bengala entre as portas antes que elas pudessem se fechar, fazendo-as abrirem novamente. A vizinha se juntou aos dois e sorriu, sem nem desconfiar de como Annie queria apertar Brendon contra o painel de vidro e realizar todos os seus desejos o mais rápido possível, se lixando para as possíveis câmeras de segurança.

— O tempo está tão bom, não acham? — começou a senhora... Droga, Darcy tinha dito o nome dela.

— Tem feito dias lindos. Acho que vi um arco-íris mais cedo.

Os dedos de Brendon estrangularam a mão de Annie, que afundou os dentes no lábio inferior enquanto ele tentava mal e porcamente abafar o riso.

— Está mesmo ótimo, sra. Clarence. Como vai a Princesa?

Annie franziu o nariz e murmurou:

— *Princesa*?
— *A gata.*

A sra. Clarence tagarelou sobre a gata persa e seus pelos longos, mas a maior parte entrava por um ouvido e saía pelo outro. Brendon continuava arrastando o polegar no dorso da mão de Annie, ritmado como um metrônomo, e aquilo a estava deixando louca, fazendo sua respiração sair em suspiros curtos e agudos que ela lutava para reprimir.

As mãos daquele homem eram enlouquecedoras. Ela se sentia como uma daquelas heroínas vitorianas, desmaiando com o simples toque dos dedos, como se as saliências e sulcos das impressões digitais de Brendon fossem codificadas de forma única para confundir sua cabeça e incandescer seu sangue. Quando ele afrouxou o aperto e, com o polegar, roçou a parte interna de seu pulso, ela teve que espremer as coxas uma na outra. Merda.

O elevador apitou e abriu, cuspindo-os para o nono andar. A sra. Clarence acenou ao abrir a porta, a primeira do corredor, e desapareceu. Annie apertou o passo, puxando Brendon atrás de si, determinada.

Onde estava a chave? Ela quase chorou vasculhando o fundo da bolsa, não encontrando nada, até… pronto! Annie enfiou-a na porta, girou a maçaneta e atravessou a soleira.

Exceto pelas luzes acima do bar, o apartamento estava escuro. Annie espiou pelo corredor. Nenhuma luz sob a porta de Darcy também.

Contudo, isso não significava que ela não estava em casa; Darcy podia estar dormindo ou lendo ou simplesmente deitada no escuro.

Eles teriam que fazer silêncio.

Alguma coisa naquilo a fez perder o ar, e depois respirar bem rápido. Ela gostava de um desafio.

Brendon fechou a porta e se recostou nela, colocando uma mão no bolso e passando a outra pelos cabelos.

— Quer beber alguma coisa? — perguntou ela, rezando para a resposta ser não, mas ainda se sentindo compelida a ser educada. — Água? Café?

Ao vê-lo abrir um sorriso malicioso, Annie quase tirou a roupa ali mesmo.

— Se eu quisesse café, você por acaso saberia preparar?

— Duvido.

Ele sorriu mais e os joelhos dela ficaram bambos.

— Eu não quero café, Annie.

Ele se descolou da porta e caminhou até ela.

O coração de Annie disparou. Ela recuou na direção do quarto, encorajando-o a atravessar o corredor.

— Então *o que* você quer?

— Resumindo? — Com aquelas pernas enormes, Brendon deu uma passada e chegou tão perto que Annie teve que levantar o pescoço para olhá-lo enquanto tropeçava pelo quarto de hóspedes que chamava de lar. — Você.

Ele fechou a porta com cuidado, e Annie aproveitou para chutar os saltos longe. Quando os sapatos pararam a um triz do armário, ela quase chorou de alívio por não terem batido contra as portas do móvel.

Brendon trancou a porta, e o estômago dela deu uma cambalhota. A pressão entre suas pernas se intensificou, o calor em suas veias cada vez maior.

— E sem resumir? — sussurrou ela.

Por trás do sorriso de menino e as covinhas de Brendon, algo ousado brilhou em seus olhos.

— Eu quero você por mais do que só essa noite.

O coração dela se acelerou. Ela engoliu em seco e riu, sem fôlego.

— Você não me teve nem uma vez e já está pensando no segundo round?

— Annie...

Ela passou a língua nos lábios, sem saber o que dizer diante da sinceridade radical dele. Uma sinceridade que poderia tê-la feito sair correndo para nunca mais voltar. Uma honestidade que poderia tê-la feito interromper tudo aquilo, mas que ainda assim ele teve. Annie precisou tensionar as pernas para que os joelhos parassem de tremer.

— Mas se você quis dizer esta noite, especificamente — continuou ele —, então o que eu quero dependeria do que você quer.

A intensidade do olhar a encorajou, talvez não exatamente no mesmo nível de vulnerabilidade que ele havia demonstrando, mas pelo menos para dizer a verdade.

— Tenho certeza de que vou morrer se você não me tocar.

Ele prendeu os cabelos de Annie atrás da orelha e manteve a mão em seu maxilar, a fricção de seus dedos na pele dela a enlouquecendo, a fazendo imaginar como seria sentir as carícias dele no resto do corpo.

— Tocar você?

Ela descansou as mãos na barriga dele, agarrando o tecido da camisa, juntando-o nas mãos enquanto puxava a camisa da cintura da calça.

— Aham, pra começar.

Brendon deslizou a mão pelo pescoço dela e enterrou os dedos em seu cabelo, puxando-o levemente, atraindo seu olhar de volta para ele.

— E depois?

Ela sorriu.

— Bem, isso vai depender do que você quer.

O aperto dele em seu cabelo aumentou, fazendo-a ofegar e gemer baixinho. O calor que percorria seu corpo desembocava entre as coxas.

— Quero ouvir você fazer mais desses sons.

Por cima do vestido, ele deslizou as mãos pelas laterais do corpo de Annie, parando onde a seda se partia. Com as pontas dos dedos, Brendon traçou pequenos e enlouquecedores círculos na parte externa de sua coxa nua.

— Quero ser o cara que arranca esses sons da sua boca.

A respiração de Annie acelerou, tornando-se superficial.

— Mas quer saber o que eu quero? Mais do que tudo?

Sim.

Ela deslizou as mãos por baixo da camisa dele e as espalmou na pele quente e nua de seu tronco. Ele estremeceu e arranhou levemente a coxa de Annie.

— Me conta.

Ele se aproximou ainda mais, os lábios roçando a concha de sua orelha.

— Quero enterrar o rosto entre suas coxas e fazer você gritar, Annie. Eu quero provar seu gosto. Eu quero...

Brendon se interrompeu com um gemido baixo e Annie se derreteu contra ele, sentindo-se tonta de repente. Todo o sangue do corpo dela havia descido, deixando pouco para seu cérebro.

Ele a fez recuar e, quando Annie bateu com a parte de trás dos joelhos no colchão, ela desabou.

Brendon a seguiu, mantendo-a no lugar com um braço de cada lado da cabeça. Ele pairou sobre o corpo dela, os ombros largos bloqueando a maior parte da luz que se derramava do abajur, o iluminando por trás. Ele abaixou a cabeça e encostou a testa na dela, seus narizes se tocando.

— Posso? Por favor... Por favor, Annie...

Ela se agitou embaixo dele, arqueando as costas, pressionando o corpo no dele. Brendon apertou os dentes, deixando escapar um forte suspiro. Ele estava duro, seu pau pressionado no quadril dela mesmo por sob a calça, fazendo Annie estremecer, sua respiração rasa e entrecortada.

— Pode. *Sim*.

Ele escorregou de cima da cama e se ajoelhou diante do colchão. Suas mãos rodearam as coxas dela, os dedos apertando a pele enquanto a puxava, levando-a para a beirada da cama, fazendo-a ofegar. O vestido se enrolou em volta de seus quadris, a fenda aberta, deixando-a à mostra.

Mais destemido do que antes, ele espalmou a frente das coxas de Annie, seus polegares subindo mais e mais, até quase roçarem no ponto em que ela mais queria.

— Posso tirar isso? — perguntou ele, puxando delicadamente o vestido.

Annie assentiu e se arqueou, ajudando Brendon a levantar o tecido e livrá-la dele. A roupa voou pela sala, pousou em cima da lâmpada, derrubou o abajur e banhou a sala em sombras rosadas.

Brendon sorriu.

— Ops?

Ele perdeu o equilíbrio e caiu de cócoras, aterrissando com o traseiro no chão.

Annie gargalhou.

— Shh!

Brendon prendeu o próprio riso mal e porcamente enquanto se ajoelhava de volta e rastejava na direção dela. Ele subiu de novo na cama e se debruçou sobre ela, pressionando os dedos nos lábios de Annie.

Ele a olhou sem pressa, saboreando, observando-a com a combinação mais arrebatadora de desejo e veneração.

— Porra. Como você é linda.

Annie derreteu por dentro.

Ele olha para você como se você brilhasse mais que as estrelas.

Annie não sabia o que tinha feito para merecer alguém interessado nela, quanto mais Brendon, olhando para ela como se fosse algo especial, mas se deliciaria com aquilo, aproveitando o máximo que pudesse. Quando chegasse o inevitável dia em que tudo acabaria, pelo menos ela teria a lembrança.

Inclinando-se sobre ela, ele encostou os lábios no canto de sua boca, deixando uma trilha de beijos pela curva da mandíbula.

— Sabe há quanto tempo eu estou morrendo de vontade de sentir você? Quantas vezes pensei nisso?

A voz dele fazia seu pescoço vibrar, os beijos descendo sobre a saliência de sua clavícula, as pinceladas suaves de seus lábios intercaladas com mordidas leves que a faziam ofegar, sem saber como seria: delicado ou forte, doce ou agressivo.

Fazia sentido, já que o Brendon que ela conheceu podia ser presunçoso e tímido, sério e engraçado, insistente e sensível. Havia mais nele do que aparentava, e ela gostava dele, de tudo nele, mais do que esperava.

— Se for a mesma quantidade de vezes que pensei nisso só hoje, muitas.

Ele sorriu contra sua pele e roçou a curva de seu seio com a boca, tocando o mamilo, que envolveu e prendeu suavemente entre os dentes. Uma onda de prazer disparou do peito ao ventre de Annie, fazendo-a palpitar e desejar poder esfregar as coxas por algum alívio ou um mínimo de fricção, mas ela não podia. Não com Brendon encaixado entre suas pernas e as mantendo separadas.

Ele desceu um pouco mais, os lábios agora roçando a curva inferior do seio, a pele sensível sobre as costelas. Ele deu um beijo quase cerimonioso na cicatriz retorcida de sua apendicectomia, que ela odiava, e desceu até o umbigo, a língua mergulhando nele, fazendo Annie se contorcer.

— Posso tirar isso também?

De leve, ele puxou a faixa de renda da calcinha sobre o quadril dela.

Annie arqueou as costas, tentando levantar os quadris da cama com os pés mal tocando o chão. Um suspiro silencioso de frustração escapou de seus lábios.

— *Pode...*

Brendon passou a mão por baixo dela, puxando a renda e a passando por sua bunda e depois suas pernas, afastando-se de suas coxas e se ajoelhando. Apoiada nos cotovelos, Annie viu ele se inclinar para a frente e dar um beijo entre suas pernas, deslizando as mãos sobre suas coxas para erguê-la. Ela sentiu a respiração acelerar e o rosto esquentar ao ver Brendon a olhando de baixo, os olhos escurecidos e as pálpebras pesadas.

— Você é tão linda.

Se beijar Brendon era uma revelação, sentir seus lábios naquele ponto era o paraíso. Annie gemeu e curvou os quadris, levando uma das mãos à nuca dele, enterrando os dedos no cabelo ruivo espesso enquanto se movimentava contra sua boca. Ele olhou novamente para o rosto dela, as pupilas dilatadas, seu olhar quase o suficiente para fazê-la atingir o clímax.

Suas coxas tremeram e se apertaram.

— *Brendon.*

Ele pressionou o antebraço direito contra a barriga dela, prendendo-a na cama, evitando que ela mexesse os quadris. A pressão entre suas coxas se intensificou, o fio que a mantinha consciente se desfazendo naquele pré-clímax, um suspiro que beirava um soluço escapando da boca. Annie arqueou o pescoço e sentiu o abdômen ardendo enquanto se movia para a frente com uma das mãos ainda agarradas aos cabelos dele, até não aguentar mais. Sem forças, ela o empurrou de cima dela antes de tombar mole na cama, lutando para recuperar o fôlego, os pulmões queimando e a garganta dolorida pela dificuldade de puxar o ar.

Ele deu um beijo na dobra da coxa dela antes de baixá-la para a cama e rastejou sobre as cobertas, acomodando-se ao lado dela. Afastando algumas mechas de cabelo de seu rosto e prendendo-as atrás das orelhas de Annie, ele perguntou:

— Era isso?

Ela deu uma risada ofegante.

— Era muito. Você é o Obi-Wan do oral.

Como alguém que se orgulhava das próprias habilidades orais, Annie era obrigada a se curvar: Brendon era um concorrente à altura.

A cama tremeu com a risada dele.

— Citando *Guerra nas Estrelas*? Assim você me mata.

Ela rolou para o lado e tocou nos botões da camisa dele com as mãos trêmulas, conseguindo abrir um total de dois antes que ele tivesse misericórdia e a ajudasse. Assim que a camisa se abriu, Annie passou o dedo pelo centro do tórax dele, traçando um zigue-zague entre os peitorais e passando pela tatuagem colorida em uma tentativa falha de conectar as sardas. Havia muitas, mas uma parte boba dela queria tentar beijar cada uma delas.

Quando ela alcançou a lateral do abdômen, Brendon se contraiu, o riso borbulhando de seus lábios antes de apertá-los com força e segurar a mão dela, mantendo-a no lugar.

— Cócegas?

— Não. — O olho esquerdo dele estremeceu, depois os lábios. — Talvez.

Ela sorriu. Uma coisa para explorar em algum outro momento em que fazer silêncio não fosse primordial. Ela puxou a barra da camisa dele.

— Acho que você devia tirar isso.

Ele ergueu as sobrancelhas e sorriu.

— Devia, é?

— Devia.

Tipo, pra ontem.

Ele tirou a camisa e se levantou, levando as mãos ao botão da calça. Brendon estava visivelmente ereto, a ponto de forçar o zíper. O alívio em seu rosto foi óbvio quando ele passou os dedos sob a cintura frouxa da calça e da cueca, tirando as duas peças de uma vez.

Annie sentiu a boca seca.

Um rubor havia deixado o peito dele rosa, o tom envolvendo a frente do pescoço. Seu peito era salpicado de sardas, que iam ficando menos concentradas à medida em que o olhar dela descia. Annie deslizou a língua para fora, molhando os lábios, querendo traçar os contornos da barriga dele e beijar o corte profundo dos músculos, descendentes como uma flecha apontando para onde o pau dele orgulhosamente se projetava do corpo.

Brendon deu um passo à frente e congelou, um vinco aparecendo entre as sobrancelhas.

— Porra.

— Que foi?

Ele rolou a cabeça para trás e olhou para o teto.

— Eu não tenho camisinha.

Aquilo teria sido um problema se Annie não tivesse quase certeza de que havia uma dentro de seu nécessaire de maquiagem.

— Bem, a Darcy é que definitivamente não vai ter nenhuma largada por aí.

Ele estremeceu e espalmou seu pênis.

— Por favor, não fale da minha irmã quando estou com uma ereção.

Ela conteve o riso e apontou para a mala aberta.

— Dá uma olhada no bolso lateral daquela bolsinha rosa.

Brendon encontrou uma bendita camisinha, parecendo ao mesmo tempo satisfeito e aliviado enquanto cruzava o quarto de volta até a cama.

Annie se sentou e observou como as mãos de Brendon tremiam enquanto ele rasgava a embalagem. Ele levantou a cabeça, os olhos encontrando os dela, os lábios se abrindo em um sorriso enquanto ele cobria a ereção, um joelho apoiado na cama.

Ela deslizou para trás, recuando na cama, mas mudou de ideia e se apoiou sobre as mãos e os joelhos.

Atrás dela, a respiração dele falhou audivelmente e Brendon gemeu.

— Porra.

Mesmo com o coração batendo forte e a expectativa acelerando sua respiração, Annie sorriu. Ela esticou o pescoço e olhou por cima do ombro: Brendon estava olhando para ela, as pálpebras pesadas e as bochechas ainda mais vermelhas, a mão em volta do pau.

— Tudo bem? — perguntou ela.

Ela queria senti-lo em volta dela, queria que ele tocasse o máximo possível, sentir seu coração bater forte, seu peito pressionado em suas costas.

A cama afundou um pouco com o peso combinado dos dois. Brendon engatinhou para mais perto, engoliu em seco e assentiu.

Exatamente como ela queria, ele se encaixou às suas costas, deixando um beijo na curva de seu ombro. Quando Annie virou a cabeça e o viu bem ali, perto o suficiente para beijar, ela o fez.

Com a boca ainda na dela, ele se guiou para sua entrada, deslizando pelas dobras, fazendo-a tremer com uma ansiedade que beirava a impaciência. Então ele recuou um centímetro e perguntou:

— Tem certeza?

Annie teria revirado os olhos se não tivesse ficado estupidamente impressionada com a *doçura* daquele homem.

Ela assentiu e depois arfou contra os lábios dele, retorcendo os lençóis entre os dedos ao senti-lo mergulhar dentro dela, se acomodando, parando apenas quando seus quadris estavam nivelados com os dela. Annie deixou a cabeça cair, interrompendo o beijo e ofegando baixinho.

Brendon suspirou bruscamente, apoiando as mãos na cintura dela, pressionando os dedos em sua pele enquanto afastava os próprios quadris. A primeira estocada foi lenta, mas ainda assim conseguiu tirar o ar dos pulmões de Annie, que abaixou a cabeça e fechou os olhos.

— Puta merda...

Ele escolheu um ritmo bem, bem lento, a fricção do pau dentro dela deixando-a desesperada.

Era bom, *muito bom*, mas não o suficiente.

— Mais forte.

Ele obedeceu, fazendo-a gemer baixinho e apertar o lençol, a nova força das investidas quase fazendo-a subir pela cama.

— Assim? — arfou ele, sua respiração quente e irregular na pele dela, entregando tudo que ela havia pedido.

Annie assentiu. Brendon xingou e mordiscou o lóbulo da orelha dela suavemente. Ela engasgou com a dor sutil que disparou direto para seu ventre. Ele percorreu com a língua a concha de sua orelha, fazendo-a estremecer.

Com um dos braços, ele envolveu a cintura dela, puxando-a de volta para seu colo enquanto se ajoelhava. Annie sussurrou;

não palavras, mas pequenos sons desesperados que ela não poderia conter nem se tentasse.

Aquilo era um milhão de vezes melhor do que imaginara.

Com a outra mão, ele puxou seu queixo, virando sua cabeça para beijá-la, para engolir seus gritos enquanto se movimentava.

O olhar nos olhos dele era incrivelmente intenso. Tão intenso que Annie mal conseguia respirar. Sentia o peito arder, o coração apertado. Ela queria virar o rosto, mas não podia porque estava completamente presa naquele olhar, enlouquecendo, desmoronando de uma forma que nada tinha a ver com o que ele estava fazendo com seu corpo.

Precisando se segurar em alguma coisa, algo em que se firmar, ela levantou o braço trêmulo e o enganchou na nuca de Brendon.

Com os olhos embaçados, Annie lambeu os lábios secos, desejando poder pressionar a boca contra a pele dele, provar seu suor. Ela estava perto, dolorosamente perto, o coração martelando no peito, o sangue pulsando na cabeça, os ouvidos zumbindo como se estivesse debaixo d'água. Ela só precisava de um pouco mais, algo para mandá-la ao limite e fazê-la gozar.

— Por favor.

Brendon estendeu a mão, passando o polegar calejado pelo lábio inferior de Annie, gemendo ao vê-la colocar a língua para fora, provando, envolvendo-o, tentando sugá-lo entre os lábios. Ele deixou, pressionando o polegar contra sua língua, os olhos escurecendo enquanto ela chupava e arranhava com os dentes a ponta do dedo dele.

Annie jogou a cabeça para trás, apoiando-a no ombro dele e soltando o polegar; Brendon desceu a mão entre as coxas dela, circulando seu clitóris. Ela estremeceu, mordendo com força o lábio para não fazer muito barulho quando Brendon a levou ao clímax, e sentiu o cérebro se desligar quando o prazer tomou conta.

Brendon cravou os dentes no ombro de Annie, dando um gemido retumbante que a atravessou, o coração batendo erraticamente contra as costas dela à medida que ele a acompanhava até o clímax com um impulso final poderoso.

Ele passou os lábios pelo pescoço e mandíbula de Annie e, quando finalmente a beijou, foi um beijo lento, delicado, muito diferente de um instante antes, quando tudo tinha sido rápido e forte e tão intenso que ela não conseguia nem respirar. Ela ainda estava tentando, sem sucesso, recuperar o fôlego, ofegando na boca de Brendon, compartilhando o ar.

Depois de alguns segundos, ele saiu de dentro de Annie, descansando a testa na têmpora dela. Brendon deixou o braço cair ao lado dela, fazendo-a abrir os olhos e piscar diante da luz fraca e rosada do quarto.

Ele sorria com um olhar tão dolorosamente íntimo que ela sentiu o coração voltando a bater mais rápido e a martelar no peito.

— Já volto — sussurrou ela, passando por ele e se levantando da cama.

Annie atravessou o quarto e fugiu para o banheiro que ficava ao lado, fechando a porta ao entrar.

Ela fez xixi rapidamente e lavou as mãos, incapaz de não se olhar no espelho. Ela estava toda descabelada, o coque mais parecendo um ninho depois de tanto se debater contra as cobertas enquanto Brendon a saboreava. Nas pálpebras inferiores, o delineador estava manchado, e a pele ao redor da boca estava rosada devido à barba por fazer dele.

Ela fechou a torneira e enxugou as mãos, pegando alguns lenços demaquilantes, com preguiça demais para lavar o rosto.

Quando ela voltou para o quarto, Brendon estava sentado na beira da cama com a calça no colo, mas não vestido. Ele levantou a cabeça e sorriu torto para ela.

— Oi.

Ela enroscou os dedos dos pés no tapete e sentiu um calor agradável enchendo suas veias, substituindo o fervor anterior.

— Oi. — Ela assentiu para a calça. — Você não está... indo embora, está? — A pergunta deixou um nó inesperado em sua garganta.

— Ah — disse ele, apertando o tecido. — Eu não sabia se você queria que eu ficasse.

O que Annie queria era assunto para outro momento, talvez pela manhã. Ela precisava refletir *profundamente*, mas não agora.

Agora, ela queria se aninhar debaixo dos lençóis e dormir, de preferência com Brendon aconchegado atrás. Ela queria o peso do braço dele na cintura, o queixo dele encaixado no topo de sua cabeça. Ela queria pressionar os pés ligeiramente frios na fornalha que era o corpo dele e ver qual seria sua reação: se ele daria um gritinho ou uma risada ou se ele se aproximaria mais. Ela queria ficar na cama conversando com ele até meia-noite, e queria acordar ao lado dele pela manhã e ver o sol espreitar pelas frestas das persianas, o amanhecer transformando os cabelos ruivos dele em um bronze reluzente.

Annie sentiu de novo um aperto no peito. As pontas dos dedos formigavam e o nó na garganta tinha triplicado de tamanho.

Ela estava gostando de Brendon com G maiúsculo. Um G que não tinha nada — ooook, um pouco — a ver com orgasmos. Gostando de um jeito que tinha tudo a ver com o som da risada dele e como ele a fazia derreter só de olhar para ela. Gostando de um jeito que tinha a ver com o esforço sincero que ele fazia para alegrar todo mundo ao redor — até pessoas que não conhecia. Eram as piadas bobas e como ele se dedicava de corpo e alma a tudo que fazia, desde cantar um rap na frente de um salão cheio de desconhecidos até fazer um discurso emocionado no casamento de um colega de trabalho.

Brendon se importava.

E ela também.

— Eu quero — começou ela, olhando pelo quarto.

Ele havia tirado o vestido dela de cima do abajur, então as paredes creme não estavam mais rosadas. A camisa dele ainda estava amontoada no chão com a calcinha dela, mas não foi por isso que ela corou. Nem porque ela estava nua e ele também.

— Eu queria que você ficasse — disse ela, com um sorriso um tanto hesitante, não tímido… esperançoso. — Digo, se estiver disposto a correr o risco de topar com sua irmã pela manhã.

Brendon jogou a calça de lado e pegou o edredom. Ele o puxou, assim como o lençol de cima, e afofou os travesseiros.

— Esquerdo ou direito? — perguntou ele, sorrindo.

— Tanto faz — disse ela, aproximando-se.

Ele se levantou, deixando-a deitar primeiro.

— Eu fico com o esquerdo.

Annie se enfiou debaixo das cobertas, e Brendon já ia se deitar ao lado dela quando ela disse:

— A lâmpada?

Ele assentiu, atravessou o quarto e hesitou ao chegar ao pé da cama. Brendon deu meia-volta, se abaixou e pegou a bolsa de Annie, que franziu a testa.

— Você esqueceu das suas tiras Respire Bem.

Ela se derreteu e sentiu o coração inchar.

— Pode pegar para mim?

Ele enfiou a mão dentro da bolsa, tirou a caixa e a abriu. Depois de pegar uma das tiras de uso único, ele voltou para a cama e a descolou do plástico.

— Vem cá.

Ela correu para a beirada da cama e o deixou colar a tira sob a ponte de seu nariz.

— Isso tem cheiro de lavanda?

Ele ficou vermelho.

— Você mencionou que gostava dos campos de lavanda na Provença, então eu... É, tem.

Ela sentiu o coração ir até a boca e a respiração acelerar. Brendon definitivamente podia sentir cada expiração contra o pulso enquanto colava a tira no nariz dela. Annie sentiu as narinas se abrirem sutilmente quando ele terminou.

— Como estou? Aposto que incrivelmente sexy.

— Mais sexy do que nunca — disse ele, rindo e passando o polegar pela curva da bochecha dela. — Desse jeito não vou conseguir tirar as mãos de você.

Ela virou o rosto para a mão dele e beijou o interior do pulso, amando como ele arfou alto.

Ainda bem que ele não precisava tirar.

Capítulo dezesseis

Domingo, 6 de junho

Esparramada como uma estrela do mar, Annie deixara uma pequena poça de baba no peito de Brendon. O fato de ele achar até a baba dela adorável era um sinal claro de que já era, ele era oficialmente uma causa perdida. Baba. Brendon estava tão fissurado em Annie que achava até seu *cuspe* fofo.

Na noite anterior, algo havia mudado. Ele não era tão distraído a ponto de ter perdido os sinais sutis antes disso, mas, se fosse, na noite anterior teria sido impossível ignorar.

Brendon não tinha certeza *do que* havia mudado para Annie ou *por que* havia mudado, mas ele partia da filosofia de que em cavalo dado não se olha os dentes. Ela o queria e ele a queria. E o resto? O resto não importava.

Com muito cuidado, ele saiu de debaixo de Annie, rolando para o lado e apoiando o braço dela gentilmente no colchão entre os dois. Fungando baixinho, mas não roncando — ponto para as tiras nasais —, ela agarrou o travesseiro no lugar do corpo dele, o abraçou com força e o dobrou sob o queixo.

Ele apoiou a cabeça na mão e a observou aconchegar o travesseiro até sua necessidade de aliviar a bexiga superar o desejo de vê-la dormir.

Saindo silenciosamente do banheiro, ainda na ponta dos pés, ele parou no meio do quarto, pensando se deveria acordá-la ou não. Ele não sabia que horas eram, já que seu celular o acompanhara no mergulho improvisado e encontrava-se morto, mas já estava claro. O sol entrava pelas persianas e cobria o quarto com um brilho dourado poeirento.

Ele vestiu a cueca boxer e saiu para o corredor. Café era mais importante do que se vestir e *definitivamente* mais importante do que sequer cogitar a ideia de calçar meias e sapatos.

Cantarolando "Walking on Sunshine" baixinho, ele se engasgou com a própria saliva quando sua irmã o cumprimentou.

— Bom dia.

Darcy o olhava por cima da borda da xícara, uma das sobrancelhas levemente arqueada.

Ugh. Ele cruzou os braços e subiu os ombros até as orelhas.

— Bom dia?

Ela fungou e apontou para a cozinha com a xícara.

— Fique à vontade — disse ela, e, depois de uma pausa: — Francamente, você não podia ter vestido alguma coisa? Sério?

Ele suspirou e afundou no sofá.

— Eu não estava exatamente esperando encontrar você.

— No *meu* apartamento? Às sete e quinze de uma manhã de domingo.

— É, vendo por esse lado...

Darcy atirou uma coberta para o irmão.

— Cubra-se, por favor. Estou vendo coxa demais para o meu gosto — disse Darcy, arregalando os olhos. — E desde quando você tem uma *tatuagem*?

Ele apertou o cobertor em volta dos ombros, segurando-o na frente do pescoço.

— Não começa. Eu sei da borboleta.

Darcy corou violentamente e não respondeu.

— Você acordou cedo — acrescentou ele.

Ela colocou o café na mesa.

— Eu poderia dizer o mesmo de você.

Ele coçou a sobrancelha.

— Nossa, que situação...

Ele apertou mais o cobertor em volta dos ombros, rezando para que a abertura da cueca não tivesse se separado antes que ele pudesse se cobrir.

— Annie ainda está dormindo?

As orelhas dele ardiam.

— Está.

— Você está *vermelho*?

— Provavelmente. — Os ombros de Darcy tremeram ao rir, se deleitando com o embaraço dele. — Você pode, sei lá, me poupar disso? Por favor, Darce. Eu ainda nem tomei café. Estou em desvantagem aqui.

— Só nos seus sonhos. — Ela se levantou e foi até a cozinha. — Não vou te poupar, mas posso preparar um café.

— Deus te abençoe.

A cafeteira zumbiu e o barulho dos grãos sendo moídos tomou conta do ambiente. Por mais atraente que fosse a ideia do café e por mais que ele amasse a irmã, Brendon se sentiu fortemente tentado a se esgueirar pelo corredor e rastejar de volta para a cama e para Annie por mais algumas horas de descanso.

Darcy voltou com a caneca na mão.

— Aqui. Preciso investigar se Annie é uma vampira? Porque tem um chupão do tamanho do Texas no seu pescoço. Vocês não estão mais no ensino médio, pelo amor de Deus.

Não, mas às vezes Annie o fazia sentir como se estivesse. Como se ele fosse um garoto descobrindo tudo pela primeira vez, descobrindo coisas que nunca havia sentido antes. Ele gostava —

ele *adorava* como cada experiência com Annie parecia novinha em folha, como a luz do sol entrando pela janela. Dourada.

Brendon levou a caneca aos lábios. O café estava um pouco exagerado para seu gosto, os grãos moídos um pouco demais, produzindo uma bebida amarga, mas ele não ia reclamar, certamente não quando o café era uma boa distração para sua humilhação.

— Cala a boca.

— E aí, o que rolou ontem à noite? — Ele tossiu, cuspindo saliva e café no dorso da mão. — Não *essa parte*. Posso somar dois mais dois perfeitamente bem, obrigada. Quando perguntei a Annie sobre você ter convidado ela para um casamento, só ouvi protestos e mais protestos sobre como ela era *apenas uma acompanhante*.

— Acho que... algo mudou entre a gente.

Em algum lugar entre a cerimônia, a dança, a confissão de Brendon e o quase beijo à beira d'água, Annie parecia finalmente estar na mesma página que ele.

Darcy o encarava com o rosto sério.

— Eu sei que meti você nisso e...

— Esquece isso — argumentou ele. — Estou passando tempo com a Annie porque quero. Você só me pediu para mostrar Seattle a ela, coisa que eu teria feito de qualquer maneira, tá bom?

— Só toma cuidado, tá? Seja cauteloso e realista.

— Veja só, justamente meus dois nomes do meio.

Ela tamborilou com os dedos na lateral da caneca.

— É sério, Brendon.

Ele não queria falar sério. Ou queria, mas ele não achava que falar sério exigia ser automaticamente melancólico.

— Eu estou falando sério. O que eu sinto pela Annie é *muito* sério, ok? Mas tudo vai se resolver.

— Olha: a mamãe disse...

— Desde quando *você* cita a nossa mãe? Desde quando você *escuta* nossa mãe?

— Encaro tudo o que ela diz com os dois pés atrás — disse Darcy com um sorriso de lado cheio de ironia. — Desde dezembro.

Ah. Quando a mãe deles despejou os próprios medos sobre o amor em cima de Darcy e a fez questionar seus sentimentos e o relacionamento com Elle.

— Que grande sabedoria ela compartilhou dessa vez?

Darcy cutucou o interior da bochecha com a língua.

— Ela estava tentando enfatizar como nós somos parecidas. Que nós não superamos as coisas tão rapidamente quanto...

— Quanto? — incitou ele, não gostando nada de onde aquilo estava indo.

Darcy fechou os olhos brevemente.

— Quanto você.

Ele franziu a testa. O que ela queria dizer com aquilo?

— Ela disse que o seu coração é como um elástico — acrescentou Darcy.

E sim, soava mesmo como algo que a mãe deles diria, algo estranho e hippie, algo que ela provavelmente imaginava soar muito mais profundo e significativo do que era de verdade. Metade das coisas que ela dizia provavelmente eram conselhos regurgitados do rótulo de uma garrafa de kombucha ou de um livro de autoajuda.

— Que você estica e volta à forma original em um segundo. Mas acho que a mamãe está enganada.

— É, bem, eu amo a mamãe, mas acho que podemos concordar que ela se engana sobre um monte de coisas.

— O que *eu* quero dizer é que a nossa mãe acha que o seu coração é elástico, mas, para mim, seu coração é na verdade tão frágil quanto o de todo mundo, só que ninguém nunca o partiu antes. — Ela esticou o braço por cima do sofá e apertou a mão dele, a mão que não estava mantendo sua decência. — A última coisa que eu quero é que você se machuque, Brendon.

Ele apertou os dedos dela de volta e sorriu.

— Por favor, não se preocupe comigo.

Darcy balançou a cabeça, apertando os dedos dele.

— Você é meu irmão, é meu trabalho me preocupar com você.

Brendon sentiu um aperto no peito.

— Eu preferia que não.

Ele sabia que não adiantava dizer aquilo de novo nem dizer que não havia com o que se preocupar. Preocupar-se era um comportamento natural para Darcy.

— Toda vez que tento falar sobre Londres, a Annie muda de assunto. Ela se recusa a falar sobre isso. — Darcy piscou rapidamente, os cílios batendo nas maçãs do rosto. — E se, mesmo com os nossos esforços, ela resolver ir?

A apreensão de Darcy era legítima e definitivamente tinha fundamento. Mas ele não queria se preocupar.

— Calma, ainda dá tempo, Darce.

Tempo de mostrar a Annie que Seattle era incrível. Que ela poderia criar um lar ali. Que havia pessoas lá que gostavam dela.

Tempo de mostrar que Brendon era uma boa escolha. Que, se ela pulasse, ele estaria lá para pegá-la. Que ele não a decepcionaria como a decepcionaram antes.

Brendon poderia ser a exceção se ela simplesmente desse a ele — a *eles* — uma chance.

Darcy o fitou com os olhos escuros vidrados.

— Só não quero que você crie muitas esperanças.

Tarde demais.

Alguém pigarreou e deu uma risadinha abafada.

De pé, ao lado do corredor, usando somente a camisa de botão dele, estava Annie. Seu cabelo parecia um ninho, seu rosto estava muito corado e ela ainda estava com sua tira Respire Bem colada no nariz.

Brendon nunca tinha visto nada mais lindo na vida.

— Bom dia.

Annie caminhou até o sofá, puxando a barra da camisa emprestada. Ela cuidadosamente evitou olhar para Darcy enquanto se sentava no braço do sofá ao lado dele, mas seus lábios tremeram ao perceber o que ele estava usando.

— Belo cobertor.

Ele deixou seus olhos descerem pelo corpo dela e voltarem para o rosto.

— Bela camisa.

— Pelo amor de Deus... — murmurou Darcy.

Annie roubou a xícara dele e tomou um gole, imediatamente torcendo o nariz e fazendo o coração dele se esparramar como um golden retriever querendo uma coçadinha na barriga.

— Isso precisa de açúcar.

BRENDON (19:19): Só pra vc saber: comprei um telefone novo. ☺

ANNIE (19:21): O antigo deu perda total?

BRENDON (19:23): Total. Mas pelo menos o cara da loja da operadora achou a história do lago hilária.

ANNIE (19:25): Porque *foi* hilária 😂

BRENDON (19:26): 😒

ANNIE (19:27): Eu diria que sua noite não foi exatamente um fiasco 😉, foi?

BRENDON (19:39): Eu escrevi e apaguei dez mensagens diferentes e não consigo encontrar uma forma educada de dizer que me diverti muito ontem à noite sem fazer minha mente parecer mais suja que a sarjeta.

Annie sentiu calor em uma parte *bem* diferente do corpo do que ela esperava quando enviara a última mensagem. Não entre as coxas, mas no peito. Um calor agradável porque o que Brendon escrevera era o oposto de sujo: era *muito* fofo. Embora ela precisasse confessar que gostaria de algo um pouquinho mais pecaminoso.

ANNIE (19:39): Ou...
BRENDON (19:39): Ou?
ANNIE (19:39): Você pode vir para o lado negro da força e se juntar a mim aqui na sarjeta.
BRENDON (19:40): Se juntar a você no lado negro da força? Está com saudade de mim?

Ela abafou uma risada.

ANNIE (19:41): Ah, claro. Só se for do seu sabre de luz.

Quando os segundos se transformaram em minutos e Brendon não respondeu, Annie releu suas mensagens e temeu ter cruzado a linha de sedutora para depravada. *Desesperadamente* depravada.

BRENDON (19:44): Então acho que você não vai me julgar muito se eu disser que não consigo parar de pensar no leve suspiro que você deu quando deslizei ele para dentro de você.

BRENDON (19:45): Ou como senti sua pulsação na minha língua quando você tensionou em meus dedos.

A respiração de Annie acelerou, e o calor que se instalou em seu peito desceu mais um pouco.

BRENDON (19:46): E que, se fosse por mim, eu teria passado a manhã com a cabeça entre as suas pernas fazendo você gozar tanto que esqueceria até seu nome.

Ela levantou a mão, envolvendo o pescoço com os dedos. Jesus Cristo.

BRENDON (19:47): Que a ideia de te levar para a minha cama, onde você pode gritar o quanto quiser, me deixa tão duro que não consigo nem pensar direito. Que eu deveria estar me preparando para uma reunião amanhã e, em vez disso, estou com a mão em volta do meu pau pensando no seu gosto.

Annie gemeu. Foi como se um interruptor tivesse sido acionado, e Brendon tivesse ido de adorável para depravado em menos de cinco minutos. Ela gostou, ela gostou muito.

ANNIE (19:48): Mds, Brendon.
BRENDON (19:49): Isso foi sarjeta o suficiente para você?
ANNIE (19:50): Eu diria que você ganhou o prêmio da sarjeta. Se eu pudesse te recompensava pessoalmente.
BRENDON (19:51): Amanhã.
BRENDON (19:52): Vem aqui amanhã.
BRENDON (19:52): E eu vou fazer você gozar.

Annie arrastou os dentes no lábio inferior.

Ela não se arrependia de ter dormido com ele, nem um pouco. Seria negligente dizer que aquilo tinha rolado só pelo calor do momento, embora tenha sido em grande parte. A tensão que já estava fervendo entre os dois apenas transbordara na noite anterior.

Combinar com antecedência parecia diferente. Deliberado. Como se significasse mais do que apenas... aliviar uma coceira. Como se, ao concordar, ela estivesse reconhecendo que o desejava. E não apenas por uma noite, mas por mais tempo. Como se ela quisesse continuar fazendo aquilo. Ficar *com ele*.

BRENDON (19:54): E podemos assistir mais àquele programa. Com os fazendeiros franceses?

Um aperto absurdo no peito. Ela estava tão ferrada.

ANNIE (19:55): Você não tem que trabalhar amanhã?
BRENDON (19:56): Amanhã à noite, então. Podemos sair para comer antes.
BRENDON (19:57): Depois voltamos aqui pra casa e posso comer você.

Ela molhou os lábios, respirando pesadamente.

ANNIE (19:59): Sim.

Capítulo dezessete

Segunda-feira, 7 de junho

Pela janela do carro, Brendon gesticulou para Annie, avisando que entraria na lojinha do posto de gasolina. Ele tinha acabado de encher o tanque, mas a máquina não estava emitindo o recibo.

— Quer alguma coisa? — perguntou ele sem som.

Annie balançou a cabeça e sorriu antes de voltar a mexer no celular.

Lá dentro, Brendon rapidamente pegou o recibo e viu, ao lado da caixa registradora, uma bandeja de acrílico com vasos de plantas: suculentas em miniatura em vasinhos de terracota do tamanho da palma da mão. Ele riu baixinho e escolheu uma com grossas folhas verde-azuladas que se enrolavam em uma roseta apertada no topo do montinho de terra. Ele a colocou ao lado do caixa e passou o cartão de crédito ao atendente.

— Tem um mínimo de cinco dólares — disse o rapaz.

Brendon pegou uma barra de Snickers e dispensou a sacola plástica.

Annie levantou a cabeça assim que ele entrou de volta no carro e o agraciou com um sorriso.

— Pegou tudo?

Ele assentiu e abriu a mão, revelando a planta.

— Comprei um presente para você.

Ela franziu a testa por uma fração de segundo antes de arregalar os olhos de alegria.

— É uma...

— Suculenta. — Ele assentiu, deixando Annie pegar o vaso. — Você disse que queria uma planta em casa, então...

Ele compraria para ela um milhão de pequenas suculentas se a fizessem sorrir como ela estava sorrindo naquele momento.

— Brendon — Ela sorriu afetadamente, e ergueu a planta entre eles. — Você me comprou uma *rosa-de-pedra*.

Ele espalmou o rosto e riu.

— Tipo o seu coração?

Ela acariciou as folhas macias como manteiga e murmurou baixinho para a planta, fazendo-o rir.

— É, acho que eu e ela combinamos.

Ele ligou o carro.

— É permitido levar plantas no avião?

Com o canto do olho, Annie franziu a testa, ainda acariciando a suculenta.

— Não sei. Acho que vou ter que perguntar.

Ele fez *hum* e saiu do estacionamento.

Cinco dias. Era o tempo que faltava para Annie embarcar de volta para a Filadélfia.

Pelo menos, esse era o plano. Ela não tinha mencionado nenhuma mudança, mas Brendon também não perguntara, com medo demais da resposta. Com medo de ouvi-la dizer que nada havia mudado. Ou que não havia mudado o suficiente. Que ela ainda pretendia se mudar para Londres.

Quando chegaram ao apartamento de Brendon, ele tinha tomado coragem; ele podia fazer aquilo. Começar aquela conversa. Dizer a ela como ele se sentia. Dizer que ele queria que ela ficasse.

Annie pôs a suculenta na bancada e recostou-se no móvel, sorrindo.

— Eu me diverti essa noite. Sem dúvida, foi o melhor sanduíche da minha vida. Terei sonhos muito, muito memoráveis com ele.

Brendon estendeu o braço e segurou seu queixo, acariciando a bochecha dela com o polegar. Ela se inclinou contra a palma da mão dele e beijou seu pulso. Ele nunca considerara o próprio pulso uma zona erógena, mas a sensação dos lábios quentes de Annie na sua pele fez o coração dele bater mais rápido e sua respiração acelerar.

— Que bom que gostou.

Ele a levara ao Beth's Café, uma lanchonete que tinha sido matéria no *Food Network* e era uma das favoritas dele, tanto pela comida como pela atmosfera típica de Seattle. De manhã, pessoas de roupa social pedindo café e doces no balcão; à noite, estudantes de teatro cantando nas mesas e casais aconchegados nas cabines no fundo.

Ele sorriu e se aproximou, prendendo-a contra a bancada. Annie arfou de um jeito que o fez morder o interior da bochecha.

— Eu, por outro lado, terei sonhos muito, muito memoráveis com a sua imitação da Meg Ryan.

Só de brincadeira, Annie insistira em pedir um sanduíche de peru com todos os acompanhamentos como Sally na infame cena do restaurante em *Harry & Sally*. Para deleite de Brendon, ela chegara a reencenar — *silenciosamente* — a cena do falso orgasmo que fez a vizinha de mesa dizer ao garçom: "Eu vou querer o mesmo que ela". Foi igualmente hilário e excitante, uma combinação inédita.

Ela esticou o pescoço e jogou a cabeça para trás, olhando para ele por baixo dos cílios.

— Minha atuação foi digna de Oscar?

Ele tinha a sensação de que ela não ganharia um prêmio por sua atuação tão cedo.

— Essa pergunta parece uma pegadinha, então vou manter minha versão de que prefiro a coisa real.

Annie riu.

— Ah, não quer que eu finja?

Claro que não. Ele passou o polegar pela curva da bochecha dela.

— Não. Prefiro que seja real.

Tudo. Ele queria que tudo a respeito deles fosse real. Não um romance de férias, uma parada a caminho de Londres, mas algo que pudesse ter uma chance concreta de durar se Annie se permitisse.

Annie deslizou as mãos pelo peito dele, se demorando no botão da calça jeans.

— Fingir é superestimado.

Ela abriu o botão, prendendo a respiração dele no fundo da garganta. Merda. Então ela desceu o zíper agilmente, afrouxando a cintura da calça jeans em torno dos quadris. Todos os pensamentos de Brendon o abandonaram quando Annie enfiou a mão dentro da cueca dele e segurou seu pau.

Não era daquilo que ele estava falando, mas a conversa podia esperar. A conversa *teria* que esperar, porque ele não conseguia mais formular uma frase sequer, muito menos com palavras coerentes.

Um gemido vergonhoso foi o máximo que ele conseguiu.

Annie riu em seu ombro e intensificou o aperto, fazendo-o revirar os olhos.

— Topa levar isso até o quarto?

Brendon engoliu em seco e apertou o pulso dela, acalmando sua mão, fazendo-a franzir a testa. Ele apenas balançou a cabeça e baixou as mãos até o botão do short dela, se atrapalhando ao abri-lo.

— O quarto é longe demais.

Assim que o short de Annie caiu no chão, ela o chutou para longe. Quando Brendon segurou suas coxas e a sentou sobre a bancada, ela arfou baixinho e jogou a cabeça para trás, desviando por pouco do armário atrás dela, e rindo alto com um gritinho.

— Gelado — disse ela, remexendo-se sobre o granito.

Ele sorriu torto e se colocou entre as coxas dela.

— Desculpa.

Annie puxou a camisa por cima da cabeça.

A renda creme e delicada do sutiã fazia um péssimo trabalho em cobrir seus seios, mas um trabalho *sublime* em impedi-lo de falar, as palavras morrendo em sua língua.

A *maioria* das palavras.

— Puta merda…

Brendon se abaixou e envolveu o mamilo dela com os lábios, lambendo-o por cima da renda.

O gemido de Annie fez o membro dele inchar. Ela o segurou com força pela nuca, afundando as mãos em seus cabelos, puxando, segurando-o contra o peito.

— Puta merda, como isso é bom.

Só bom? Ele podia fazer melhor do que aquilo.

Brendon levantou a cabeça, cobrindo a boca de Annie com a dele, engolindo os sons baixos e cheios de desejo que ela emitia enquanto ele explorava sua pele macia como seda com as mãos. Ao tocar a renda da calcinha, ele puxou a peça para o lado e afastou a boca da dela, olhando imediatamente para baixo. Brendon gemeu baixinho com a visão: uma renda creme emoldurando a pele dourada e a bela carne rosada sobre o mármore escuro.

Ele passou os dedos pela abertura de Annie, separando-a, sentindo a umidade, deslizando a pontinha deles até seu clitóris. Annie gemeu e o agarrou pelos ombros, puxando sua boca de volta para a dela enquanto cravava as unhas na pele de sua nuca.

Ele descobrira que ela gostava de círculos curtos e rápidos ao redor de seu clitóris. A respiração dela parou brevemente e depois acelerou, as coxas estremecendo, puxando os quadris de Brendon enquanto ela se aproximava de um clímax.

Deslizando os lábios pela curva de sua bochecha até a mandíbula, ele beliscou a pele dela e depois foi dando beijinhos a cada mordida. Quando chegou à orelha, Brendon chupou o lóbulo e o arranhou com a ponta dos dentes. Annie cravou as unhas mais forte em sua pele, fazendo-o sibilar e acelerar os movimentos entre suas coxas.

Ele cutucou a orelha dela com a ponta do nariz e murmurou baixinho:

— Isso é *bom*?

Ela balançou o quadril na mão dele e deu uma risada aguda e ofegante.

— *Cala a boca*.

Ele riu e substituiu os dedos que massageavam o clitóris pelo polegar, deslizando os outros dois para dentro dela e curvando-os para cima.

Os seios de Annie bateram violentamente no peito de Brendon quando ela arqueou as costas e preencheu a cozinha com um gemido suave enquanto tremia e se desfazia na mão dele.

— Porra... — murmurou ela, deixando a cabeça cair no peito dele e se segurando em seus braços.

Ela continuou a vibrar em volta dos dedos dele, o corpo se contraindo com o choque ocasional que ele ainda provocava, enfiando e tirando os dedos de seu sexo devagar, curvando-os ocasionalmente, fazendo-a gemer suavemente, sons que disparavam direto para seu pênis. Um gemido mais alto escapou de sua garganta enquanto ela se movimentava contra a mão dele com mais força.

— Você vai me fazer gozar de novo...

Ele pousou os lábios na testa de Annie e curvou os dedos com mais força.

— É essa a intenção.

Ele cuidaria *bem* dela e a faria gozar de forma *avassaladora*. Brendon podia não ser especialista em todas as coisas relacionadas a amor como antes pensara, mas tinha certeza de que, além de fazê-la rir e enchê-la de afeto com pequenos gestos atenciosos, passar o máximo de tempo permitido com a cabeça e as mãos entre as coxas dela era um bom caminho.

Sob seus lábios, o suor escorria pela testa dela, deixando sua pele úmida e o cabelo fino ao redor das têmporas grudado. O coração dele batia mais rápido, no mesmo ritmo dos ruídos desesperados que disparavam dos lábios dela.

Annie enterrou o rosto no ombro dele, abafando um grito que ele preferia ouvir, mas as cócegas da respiração quente dela em seu pescoço arrepiando sua espinha compensaram.

A respiração dela quase se aproximara do normal quando ela empurrou os ombros de Brendon para trás e escorregou do balcão. A rapidez o fez franzir a testa.

— Annie...

A pergunta morreu no caminho quando ela se ajoelhou na frente dele e curvou os dedos ao redor de seu pênis.

— Jesus.

Quando ela o envolveu com os lábios, atraindo-o para o delicioso calor de sua boca, Brendon teve que se segurar na beirada da bancada.

Todos os seus planos para arrancar outro orgasmo dela com penetração voaram pela janela, mas jurou compensá-la mais tarde.

Brendon fechou os olhos para se perder na sensação perfeita de Annie — as mãos dela, uma em sua coxa e a outra envolvendo a base do seu pau, o deslizar cada vez mais rápido de sua boca em todo seu comprimento, o jeito que ela lambia a veia na parte de trás de seu sexo. O cabelo sedoso quando ele gentilmente passou os dedos por ele.

Brendon estava quase lá. Um zumbido suave ao redor do seu pau o fez abrir os olhos, e a imagem de Annie de joelhos, fitando-o com seus grandes olhos azuis e as bochechas encovadas, foi o suficiente para fazer seus joelhos fraquejarem. Ele se segurou na bancada com mais força, os nós dos dedos ficando brancos.

— Eu vou gozar... — avisou ele, segurando o rosto dela e acariciando sua bochecha com o polegar.

Ela redobrou os esforços e murmurou baixinho, desferindo o golpe final. Brendon fechou os olhos e, por trás das pálpebras cerradas, viu estrelas brilhantes piscando.

— Puta merda.

Foram as primeiras palavras que saíram de sua boca assim que ele recuperou a capacidade de falar.

Annie riu e, com as mãos em volta da barra da camisa dele, o puxou até o chão. O ladrilho era duro e implacável, mas ele obedeceu, porque teria sido um completo idiota se não o fizesse. Se Annie lhe pedisse para ir à lua por ela, Brendon daria um jeito de chegar lá. Ou pelo menos daria o seu melhor.

Ele faria qualquer coisa se desconfiasse que aquilo a faria sorrir.

Passado algum tempo — quanto exatamente Brendon não sabia, porque não dava para ver o relógio e ele estava com preguiça de verificar —, depois que ele recuperou as sensações nas pernas e nos braços a ponto de dobrar a calça e colocá-la atrás da cabeça, incapaz de ir atrás de um travesseiro de verdade, ele engoliu em seco.

— Annie?

Mais do que nunca, o peito dele ardia com a necessidade de falar a verdade. De dizer o que ele sentia e esperar que os dois estivessem na mesma página.

Ela traçava linhas em seu abdômen que o faziam estremecer de um jeito delicioso, seus dedos percorrendo os pelos ásperos abaixo do umbigo.

— Oi?

Para ele, gostar de Annie era como estar tentando se aproximar do sol. O quão perto ela o deixaria chegar? Será que ele acabaria queimado como Ícaro se chegasse perto demais, se pressionasse demais, se quisesse demais?

Era agora ou nunca.

— Só... eu preciso colocar uma coisa pra fora, tá? Não diz nada, nem... nem se sinta obrigada a dizer nada. Não até eu...

— Brendon.

Annie descansou o queixo na curva inferior do esterno dele, que ficou admirado por a cabeça dela não balançar com as batidas frenéticas de seu coração contra o peito. Ela sorriu, sua expressão quase confusa.

— Respira.

Respirar ajudaria. Desmaiar, não. Ele deslizou a mão até o cóccix dela e subiu de volta, respirando no mesmo ritmo devagar em que arrastava a palma da mão na pele macia de Annie.

— Não quero que você se mude para Londres.

A reação dela foi indecifrável, e ela baixou os olhos para o queixo dele.

Então as palavras começaram a sair de sua boca em uma corrida vertiginosa, porque ele tinha que colocar tudo para fora:

— Eu não quero que você vá morar lá e eu sei que é egoísta da minha parte, mas, ao mesmo tempo, é só porque eu quero que você seja feliz e não acho que você será tão feliz lá quanto poderia ser aqui.

— Brendon.

— Por favor. Me deixa terminar. — Ela assentiu, os olhos analisando cautelosamente o rosto dele. — Eu quero passar mais tempo com você. A última semana foi a melhor e, de alguma forma, também a pior da minha vida porque...

— Como assim? Desculpa. Continua.

Ele riu e passou a mão pelas costas dela, sorrindo quando ela estremeceu e se aninhou mais.

— Porque essa semana foi tudo que eu sempre quis, e a ideia de você entrar em um avião e tudo isso ir embora? De você ir embora? — Ele balançou a cabeça. — É a última coisa que eu quero no mundo. — Ela mordeu os lábios outra vez. — Uma semana e meia não foi suficiente.

Ele se perguntou se devia continuar. Ele não queria assustá-la, mas pensou que, se era para ser sincero, era melhor ser cem por cento, então disse:

— Eu não acho que qualquer quantidade de tempo seria suficiente.

Ela ergueu os olhos, permitindo que o lábio escapasse de entre os dentes ao ficar boquiaberta.

— Quero mais manhãs acordando ao seu lado. Quero apresentar a você o resto dos meus lugares favoritos na cidade. Quero te levar a Sequim para te mostrar os campos de lavanda e quero passar noites preguiçosas ao seu lado assistindo programas de TV franceses nos quais não entendo uma palavra.

Ela abriu um sorriso.

— Tudo que descubro a seu respeito me faz querer saber mais.

Os olhos dela estavam marejados, os cílios tremulando contra as bochechas.

— Quero saber se você prefere ovo frito ou mexido, se gosta mais dos Beatles ou dos Stones, ou se odeia os dois. Se você já saltou de bungee jump. Se já ficou acordada até quatro da manhã lendo. O que você acha de biscoitos de aveia. Como você mais gosta de passar as tardes de domingo.

Annie soltou uma risada fraca.

— Cozido com a gema mole; Stones; não, mas eu quero; sim; eu não discrimino biscoitos; e... Se você tivesse me perguntado há duas semanas, eu teria dito que os melhores domingos são os que passo de pijama, mas agora? Agora eu diria que minha maneira favorita de passar qualquer tarde é com você.

O coração de Brendon disparou, quase atravessando o osso do esterno.

— Não acredito que você gosta de biscoitos de aveia. Que heresia.

Ela sorriu para ele, deixando-o três vezes mais consciente do ritmo dos próprios batimentos cardíacos.

— Eu gosto até dos que têm passas.

— *Nãããããão*. — Ele riu, embora seu nariz ardesse. — Enfim, é isso. Agora pode fugir.

Ela riu da forma mais doce.

— Eu nunca senti isso por ninguém antes — sussurrou ele. — E eu realmente não sei o que estou fazendo, mas quero ter a chance de descobrir, Annie. Eu queria muito ter a chance de descobrir isso com você.

Ela levantou o queixo, quase se sentando, cruzou os braços sobre o peito de Brendon e se debruçou sobre ele.

— Eu também não sei o que estou fazendo — admitiu ela em um sussurro que ele teve que se esforçar para ouvir. — Eu não planejei nada disso. Eu nunca pensei...

Ela fechou os olhos e apertou os lábios, fazendo o peito de Brendon doer de vontade de remediar aquilo. Fosse lá o que ela estava sentindo, o que a estava rasgando por dentro, deixando-a em conflito, ele queria cuidar daquilo, arcar com o peso — ou pelo menos dividir o peso com ela. Brendon continuou acariciando as costas de Annie, porque se aquela fosse a única coisa que ele pudesse fazer por ela, a única coisa que a ajudasse a se sentir um pouco melhor no momento, ele o faria bem feito.

— Eu sabia que não era feliz na Filadélfia, mas tentei não pensar no assunto. Ninguém quer *pensar* em como é infeliz — confessou ela. — Eu acho que estou há tanto tempo me contentando com menos do que felicidade que esqueci como é ser feliz. — O sorriso que ela lhe deu começou lento, quase tímido, antes de se iluminar e se tornar algo firme e seguro. — Até vir para cá. E você é um dos grandes responsáveis por isso, Brendon.

O riso dele cresceu dentro do peito, explodindo entre os lábios, incandescente e alegre. Inevitável. Seus olhos ardiam.

— Eu não sei o que estou fazendo — repetiu ela.

Dessa vez, o peito de Brendon não doeu tanto. Parecia mais uma confissão do que um pedido de desculpas, e aquilo lhe deu esperança.

Annie pousou a mão no rosto dele, roçando a pele fina sob o olho antes de continuar:

— Mas eu prometo... Eu prometo que, assim que eu souber, você vai ser o primeiro a saber.

Capítulo dezoito

Quarta-feira, 9 de junho

— Você gosta mais desses? — Elle mostrou um par de brincos em forma de cubos de açúcar rosa-claro e brilhantes. — Ou desses? — Ela levantou outro par, dessa vez em formato de algodão-doce.

Annie se desvencilhou da cristaleira cheia de joias antigas e analisou as escolhas de Elle. Ambas eram cafonas, mas tão perfeitamente Elle que era difícil escolher a melhor.

— Que dilema. Os dois?

Elle virou os cartões de papelão nos quais os brincos estavam afixados.

— Os dois, então. Estão em promoção. Obrigada.

Mensagens de texto e até mesmo o bate-papo ocasional no FaceTime com Elle não faziam jus à sua personalidade espalhafatosa, excêntrica e ocasionalmente desmiolada. Ela era um raio de sol hiperativo, propensa a ver as coisas pelo lado positivo e a soltar pérolas de sabedoria aleatoriamente.

Annie mostrou um par de botas de couro.

— O que você acha?

— Fofas. — respondeu Elle, sorrindo, mas balançando a cabeça. — Mas não é bom comprar sapatos de segunda mão.

— Certo. — Annie colocou os calçados de volta na prateleira com um suspiro melancólico. — Já estão com a pisada de outra pessoa, né?

Elle franziu a testa, surpresa.

— Não. Quer dizer, isso também, eu acho. Mas é que dá azar. — Annie a encarou. — Você sabe. Quando a gente compra sapatos usados, acaba trilhando o caminho de outra pessoa.

Annie riu.

— Acho que isso elimina por completo a aquisição de lingerie vintage.

Elle sorriu.

— Nah, acho que isso tudo bem, desde que você lave tudo antes de usar. Mas não calcinhas. Comprar calcinhas usadas não é garimpar, é só nojento mesmo.

Fazer compras com Elle era uma experiência incomparável. *Garimpar* ganhava todo um novo significado. A loja que elas estavam olhando era dividida por décadas, com as mercadorias mais antigas no fundo e as mais novas na parte da frente, exceto as joias, que ficavam dentro de um mostruário de vidro próximo ao caixa. Elle pulava de corredor em corredor, seu entusiasmo contagiante.

— Copos cor-de-rosa!

Elle correu pelo corredor, parando em frente a uma coleção de vidros coloridos da Era da Depressão em quase todas as cores do arco-íris, de verde-abacate e rosa terroso a um azul leitoso e amarelo-canário.

— Eu e Margot *precisamos* de um conjunto de louças. Já passou da hora.

Mal sabia Elle que Darcy planejava convidá-la para morar lá. Annie reprimiu um sorriso. Pensando bem…

— Você *definitivamente* devia comprar o conjunto completo, mas das cores do arco-íris. Pratos verdes e taças de vinho rosa. Elle riu.

— Para combinar com o meu rosé.

— E copos azuis.

— Tigelas amarelas.

— E você *precisa* do pote de biscoito azul-marinho.

— Acho que preciso mesmo.

Darcy ia surtar quando chegasse a hora de juntar os trapos. Annie podia imaginar a louça da época da Depressão de Elle ao lado dos pratos de porcelana imaculados e talheres de aço inoxidável de Darcy. Inclusive, se Elle não os comprasse, Annie os compraria e daria de presente para ela. Um belo presente de open house.

Elle foi até a frente da loja e voltou instantes depois com uma cesta de compras, que encheu rápida e cuidadosamente com os copos da Depressão e seus novos brincos.

Enquanto Elle pesava as vantagens de escolher xícaras verde-água versus azul-celeste, Annie serpenteou pelo corredor, parando em frente a um carrossel de metal com cartões-postais antigos. O papel-cartão estava macio como manteiga e ligeiramente amarelado pelo tempo. As imagens pitorescas na frente estavam desbotadas em alguns lugares devido às impressões digitais, mas, fora isso, permaneciam preservadas, sua tinta apenas ligeiramente acinzentada. Annie selecionou um cartão lindo em preto e branco que parecia ter saído direto de um conto de fadas francês. Ele a lembrou de uma cidade que visitou na Provença. No canto inferior esquerdo estava escrito o local: Palais des Papes, Avignon. Saltitou discretamente. Era mesmo na Provença.

Annie virou o cartão-postal. A caligrafia era linda, cursiva e inclinada. E em francês. Após uma inspeção mais detalhada, parecia não ser apenas um cartão-postal, e sim, pela saudação *Ma chère femme*, uma carta de amor. Uma carta de amor de 1935. Seu queixo caiu.

— Encontrou alguma coisa?

Annie se virou rapidamente, apertando o cartão-postal delicadamente contra o peito.

— Só um cartão-postal.

Ela o virou, mostrando a escrita a Elle, que inclinou a cabeça de lado.

— Francês?

— Uma carta de amor. — Ela examinou as palavras, algumas das letras difíceis de decifrar. Seu coração se aqueceu. — Muito linda. É de um homem para a esposa. Ele fala sobre sentir falta dela e de como eles estão casados... — Annie semicerrou os olhos para identificar o número. — Há quarenta e cinco anos. Ele parece apaixonado.

Elle sorriu.

— Nossa, você devia comprar.

Talvez ela o fizesse, só que ela não achava que seria para guardá-lo. Por mais que ela tivesse adorado, parecia algo que Brendon valorizaria mais. Ela olhou para o cartão-postal e sorriu. Sim, ele adoraria, mesmo que ela tivesse que traduzir para ele.

— Ei, Elle? — perguntou Annie assim que as duas viraram a esquina do corredor.

— Sim?

— Posso fazer uma pergunta?

— Isso já é uma pergunta. Mas claro.

— Seu trabalho é...

— Esquisito? — completou Elle, sorrindo.

Annie riu.

— Eu ia dizer singular, mas é. Sim.

Se Elle ficara incomodada, ela certamente não deixou transparecer. Ela deu de ombros com indiferença e se encostou em uma prateleira, primeiro verificando se era resistente o suficiente para aguentar seu peso.

— É um pouco incomum, tenho plena ciência disso.

— Mas te faz feliz — continuou Annie. — O que você faz. Ser astróloga.

— Faz. Eu não trocaria por nada — disse ela e, com um beicinho, acrescentou: — Talvez por uma viagem ao espaço.

— Mas não era o que você originalmente planejava ser, era?

— Não. Eu abandonei um doutorado em astronomia.

O coração de Annie acelerou com a ideia de se desviar tanto do caminho, especialmente um caminho em que se investira tanto.

— Você simplesmente acordou um dia e decidiu?

— Foi mais ou menos isso — disse Elle, torcendo o nariz, mas depois riu. — Fazia tempo que eu estava preparando o terreno para dar esse salto, pensando no assunto, desencantada com o que eu estava fazendo. Não foi um impulso momentâneo nem uma espécie de crise que me fez largar tudo. Eu já tinha pensado a respeito, *mas* sim, acordei uma manhã completamente de saco cheio da ideia de sair da cama e ensinar astronomia a um bando de alunos de faculdade, sabendo que a maioria só estava lá porque a turma de geologia já estava lotada. E decidi que tinha chegado ao meu limite. Eu queria me sentir empolgada de novo, queria amar meu trabalho. — Ela deu de ombros e sorriu atrevidamente. — Então fui lá e fiz.

— E isso não foi... absurdamente assustador? Porque foi um salto e tanto, né?

— Bem, eu estaria sendo negligente se não reconhecesse meu enorme privilégio por estar na posição de mudar de rumo da forma que mudei. Eu tinha minha família para recorrer. Não que eles tenham gostado da decisão ou mesmo a apoiado, mas eles nunca teriam me deixado sofrer por causa disso. E eu tinha a Margot, o que facilitava tudo, já que eu não estava sozinha na transição para o Ah Meus Céus em tempo integral. Mas sim, claro, foi assustador. Só que eu tinha ainda mais medo de acordar um dia e me perguntar como minha vida tinha se tornado algo tão diferente do que eu originalmente sonhara. Eu não queria acordar um dia e me perguntar se teria sido mais feliz se tivesse seguido meu coração. Se eu tivesse corrido o risco. A vida é muito curta para "e se".

— *Carpe diem* — disse Annie com um sorriso irônico.

— Exatamente! Eu sabia que tinha um motivo para eu gostar de você.

— É recíproco.

Elle assentiu na direção de uma parede de chapéus antigos. Só de olhar para eles, Annie se arrepiou.

— A vida é muito curta para desperdiçar com suposições e arrependimentos. Ela deve ser vivida ao máximo. Tranque a faculdade. Aceite um emprego estranho. Corra atrás do que você ama. Chame a garota para sair. — Ela olhou para Annie de soslaio. — Ou o cara.

Annie sorriu levemente.

— *Ou* a garota.

O sorriso de Elle se iluminou e ela arregalou os olhos.

— Berro!

Annie riu e fez um "bate aqui" com Elle. Fazia muito tempo que ela não tinha amigos, amigos íntimos com quem sentia que podia ser ela mesma. Amigos com quem relaxar e ser boba sem se sentir julgada. Amigos que não tinham medo de ser descaradamente eles mesmos e que preferiam programas diferentes garimpando antiguidades a uma mimosa atrás da outra no brunch. Não que Annie tivesse alguma coisa contra uma mimosa atrás da outra ou brunches, mas ela gostava de variar.

 Com um suspiro ansioso, Elle pegou um chapéu cloche com uma borboleta azul gigante e o enfiou na cabeça. Annie lutou para não se encolher de horror, mas segurou a língua. Roupas eram uma coisa, sapatos outra, mas *chapéus*? Obrigada, mas não.

 — Então. — Elle conferiu sua seleção no espelho vertical. — Estamos falando de não gostar do seu trabalho ou de Brendon?

 Annie a olhou, porque *uau*, ela não esperava que Elle mandasse aquela tão sem rodeios.

 Elle se encolheu, fechando um dos olhos.

 — Droga. Direta demais?

 Annie riu, recuperando-se do choque.

 — Direta? Sim. Demais? Não. Eu gosto de gente que diz o que está pensando. É... revigorante.

 Elle gargalhou.

 — Pode-se dizer que sim. Mas minha falta de filtro deixa a Darcy louca.

 — Que nada. Ela *adora*.

 Elle mordeu o lábio inferior.

 — Ela disse isso?

 — Ela não precisa. Conheço a Darcy.

 No geral, Annie estava convencida de que conhecia Darcy melhor do que a si mesma. E vice-versa.

 Elle continuava parecendo cética.

 — A Darcy já te contou como nos tornamos melhores amigas? — perguntou Annie.

 — Ela me disse que você se mudou para a rua dela.

 Isso nem chegava perto da história toda.

 — Sim. Minha família só se mudou para os Estados Unidos quando eu tinha 7 anos. E mesmo assim, primeiro nos

mudamos para Chicago, de onde minha mãe era, e moramos em um prédio sem crianças da minha idade. Quando fomos para São Francisco e vi a Darcy, fiquei superanimada. Eu já tinha brincado com alguns primos, mas eles eram mais velhos ou mais novos que eu, então ter alguém da minha idade por perto era completamente novo. Eu era um pouco... empolgada demais? — Ela riu, as lembranças voltando. — Perguntei a Darcy se ela queria ser minha amiga e ela me disse que já tinha um irmão e que *ele* era o melhor amigo dela. Aí ela bateu a porta na minha cara.
— Ah, meu Deus.
Elle riu.
— Pois é.
Annie encostou na parede ao lado do espelho e se lembrou da decepção que sentia quando alguém a rejeitava pela primeira vez. Uma risada explodiu de seus lábios, porque a hesitação de Darcy não foi páreo para a determinação obstinada de Annie.
— Ela conseguiu me manter à distância até outubro, quando tivemos aulas de educação sexual juntas. — Os olhos azuis escuros de Elle se arregalaram comicamente. — Tínhamos essa lição sobre infecções sexualmente transmissíveis e, olha, eu *sei* que sífilis não tem nada de engraçado, mas é como se eu tivesse uma espécie de curto-circuito dentro da cabeça que me faz rir nas horas mais inoportunas. Eu ficava rindo, e como a Darcy se sentava na mesa ao meu lado, por algum motivo nosso professor mandou as duas para a diretoria.
O queixo de Elle caiu.
— Mentira!
— Eu sei! O diretor perguntou o que havia de tão engraçado em doenças venéreas e eu simplesmente perdi a compostura. Foi o segundo round. Eu não conseguia parar de rir, por mais

que tentasse. De repente, Darcy começou a rir baixinho, e nós duas surtamos totalmente. A gente chorava, tremia, caía uma contra a outra, ria tanto que não conseguíamos falar. Foi contagiante, terrível e incrível, até o diretor finalmente desistir e ligar para nossos pais. Fomos mandadas para casa e tivemos que redigir redações de duas páginas sobre a importância de levar educação sexual a sério.

Os olhos de Elle brilhavam e estavam cheios d'água de tanto rir.

— E o resto é história?

— Bom, o resto é que a Darcy me ignorou por três dias por arruinar o histórico escolar perfeito dela. E, honestamente, que tipo de aluno do ensino médio se preocupa com o histórico?

— A Darcy.

— A Darcy. Bem, aí ela bateu na minha porta e perguntou se eu tinha escrito minha redação, só para me censurar por demorar e não a entregar mais cedo como ela havia feito. Ela me doutrinou sobre como devia escrevê-la e me deu um sermão sobre a importância do uso de preservativos, o que, quando paro para pensar agora é… hilário.

Elle posou na frente do espelho, puxando a aba do chapéu. Ela riu e o tirou da cabeça, pendurando-o de volta no gancho.

— E *depois* o resto é história?

— Bem, essa foi minha maneira prolixa de dizer que ela gosta da sua falta de filtro. Porque ela aguenta a minha falta de filtro há cerca de vinte anos.

— Ok, estou convencida. Retiro firmemente minhas desculpas por ter sido tão direta — disse Elle, sorrindo. — Me fala o que está rolando com o Brendon.

O rosto de Annie ficou quente.

— Não quero ser o tipo de pessoa que toma grandes decisões na vida por causa de uma ficada, sabe?

— Mas é isso mesmo que está acontecendo? Ou é um pouco mais complicado?

— *Complicado* é certamente uma palavra para descrever o que estou sentindo.

— Bem-vinda à temporada de Gêmeos — disse Elle, o que não significava exatamente nada para Annie.

— Ahn?

Elle riu.

— Gêmeos é um signo mutável, então é um bom momento para abordar a possibilidade de mudar de ideia e abrir o coração, conhecer um novo amor, se reconectar com velhos amigos. Sendo um signo de ar, *também* é uma questão de racionalidade. Então dá para entender por que você está em dúvida. Você é sagitariana, não é?

Annie assentiu.

Elle enrugou o nariz, os olhos disparando para cima e para a esquerda, as engrenagens em sua cabeça girando visivelmente.

— Eu precisaria analisar seu mapa por inteiro, mas Gêmeos é o seu oposto complementar, então a temporada tende a afetar você com força. Eu diria que é um momento pertinente para considerar se livrar de qualquer peso que não te pertença e abrir espaço para ser quem você deveria ser.

Tudo o que Elle dizia fazia sentido, mas Annie tinha certeza de que não tinha nada a ver com a temporada de Gêmeos e tudo a ver com seus próprios sentimentos confusos.

— Astrologia à parte — disse Elle com um sorriso conciliador —, você está em dúvida quanto ao que quer e com o que *acha* que deveria querer, certo?

Annie pôs a palma da mão na testa e suspirou.

— Não sei? Estou?

— Você ama o Brendon? — perguntou Elle, completamente do nada.

O suor brotou ao longo da testa de Annie. Fazia *duas semanas.*

— Ainda não, mas acho que poderia. Isso é loucura? Ah, meu Deus, por favor, não responde.

— Se quer saber o que eu acho, você não parece a fim de se mudar para Londres. Que parte da equação está te atrapalhando aqui?

O timing? A magnitude da decisão que a esperava? A ideia de ter que reorganizar toda a sua vida?

Ela estava em uma encruzilhada. Não ter um emprego na Filadélfia significava que não havia nada lá para ela. Ela podia seguir com o plano e se mudar para Londres, começar por lá ou, tecnicamente, poderia se mudar para qualquer lugar que quisesse, desde que arranjasse outro emprego.

Ela gostava de tudo que Seattle tinha a oferecer: sua melhor amiga morava ali; havia pessoas ali de quem ela gostava e queria conhecer melhor, pessoas que ela via se deixando aproximar. A cidade era linda.

E havia Brendon.

Ele não era o único motivo para Annie estar cogitando a decisão mais louca da sua vida, mas certamente era uma peça importante do quebra-cabeça. Ela gostava dele, e não era pouco. Ela já se importava com ele, o que era assustador por si só.

— Não me sinto particularmente interessada em morar em Londres nem no emprego lá. Tudo parece ótimo no papel. Um bom salário. Uma chance de criar raízes. Mas eu não... me *importo* com essas coisas.

— E há coisas com que você se importa aqui? Pessoas de quem gosta?

Annie fez que sim.

— E isso não é bom? — perguntou Elle, franzindo a testa.

Ela deu de ombros.

— Gostar das pessoas não é uma fraqueza, sabia? — disse Elle.

Annie deu uma gargalhada aguda, depois estremeceu.

— Não, não é. Desde que você não goste demais.

— Não existe isso de gostar demais.

Que sentimentalismo doce e inocente.

— É quando a gente começa a esperar reciprocidade que os problemas começam.

— Você acha que Brendon não gosta de você?

Eu nunca me senti assim com ninguém antes.

Annie engoliu em seco.

— Não, eu acho que ele gosta. Mas só se passaram treze dias. Eu acho que ele gosta agora, mas... — Annie balançou a cabeça. — Brendon nunca esteve em um relacionamento antes. Nenhum com mais de algumas semanas de duração. Eu acredito que ele me quer agora, mas o que acontece se ele mudar de ideia? Agora, tudo é novo e empolgante, mas o que acontece quando não for mais novidade? O que acontece se eu fizer as malas, vier morar aqui e ele decidir que não sou mais o que ele quer?

Se ela não cumprisse as expectativas fantasiosas que ele tinha na cabeça sobre o que um relacionamento deveria ser?

Elle abriu um pequeno sorriso e esticou o braço, apoiando a mão no braço de Annie.

— Você já está com medo de dar errado, mas e se der certo? E se o Brendon for a melhor coisa que já aconteceu na sua vida?

Capítulo dezenove

— Você acha que algum dia teremos uma temporada gay de *The Bachelor*?

Darcy enfiou os hashis na caixa de *pad thai*.

— Qual é mesmo aquele spin-off? Em que eles isolam os rejeitados em uma ilha?

Annie tentou em vão afofar uma das almofadas decorativas de Darcy, mas ainda parecia estar deitada sobre um tijolo de cetim brilhante.

— *Solteiro no Paraíso*?

— Acho que é. Não tinha alguém bi?

— Sim, mas estou falando de uma temporada inteira dedicada a um protagonista queer. A MTV fez isso em 2007 com *Shot at Love,* com a Tila Tequila. Mais de dez anos depois, continuamos esperando uma temporada completa de *The Bachelorette* em que vinte mulheres de vestidos de noite justos e terninhos feitos sob medida competem por outra mulher. — Annie pegou o telefone da mesinha de centro e o deitou virado para baixo sobre a barriga. — Eu já falei: *L'amour est dans le pré* é infinitamente melhor que...

Darcy bufou.

Annie a olhou abruptamente.

— O quê?

— A versão francesa de *Farmer Wants a Wife*, o fazendeiro quer uma esposa? — disse ela, arregalando os olhos castanhos alegremente. — Annie, eu tive uma epifania.

Annie esperou, olhando a amiga de soslaio.

— Você nunca teve sorte com aplicativos de namoro porque estava usando os aplicativos errados.

Annie riu.

— Seu irmão já falou bastante sobre as vantagens do OTP.

— Não o OTP — disse Darcy, rindo. — Aquele app de namoro para fazendeiros: Farmers Only.

— Affe. — Annie chutou a perna de Darcy. — Esqueci como você pode ser má. Eu não acho que *L'amour est dans le pré* daria certo aqui, de qualquer maneira.

Como todo mundo, ela gostava de *The Bachelor*, mas o programa não era *real*. *L'amour est dans le pré* apelava tanto para suas sensibilidades românticas quanto para as pragmáticas. E eles tiveram vários fazendeiros gays, algo que *The Bachelor* ainda não trouxera. Concorrentes gays, não fazendeiros.

— Provavelmente não — concordou Darcy. — Queijo, vinho e azeitonas são tão mais sexy do que soja.

Aquela era a frase mais estranha já dita na história, mas não era como se Annie discordasse.

— Além disso — Darcy examinou seus hashis, evitando deliberadamente o olhar de Annie —, se você morasse mais perto, talvez não esquecesse aspectos importantes da minha personalidade.

Mais uma indireta nada sutil. Nas últimas quarenta e oito horas, Darcy andava soltando uma dessas com cada vez mais frequência.

— Ser cruel faz parte da sua personalidade? — perguntou Annie, rindo. — Que bom que você aceitou seu pior lado.

— Se a carapuça servir... — devolveu Darcy, espirituosa.

Annie sentiu uma vibração no estômago. Ela conferiu o celular, deslizando o dedo na tela com força e bufando com a demora do aparelho em reagir. A rachadura se espalhava pela tela toda, tornando o dispositivo praticamente inútil.

ELLE (21:41): 🍷 🥂

Annie deu um zoom, rindo alto da caixa de rosé arrumada ao lado dos novos copos cor-de-rosa de Elle.

Darcy levantou a cabeça, um vinco de curiosidade afundando entre os olhos.

— Brendon? — perguntou ela, torcendo o nariz. — Você não está mandando *mais* mensagens obscenas bem daqui do meu sofá, está?

Annie revirou os olhos.

— Você costuma rir quando manda mensagens obscenas? — Ao ver o rosto de Darcy adquirir um tom doentio de vermelho, ela acrescentou: — Pensando bem, esquece que eu perguntei.

— Esquecido — murmurou Darcy.

— Relaxa, é a Elle.

Darcy pareceu amolecer.

— Ah.

— Quer saber? Você não é cruel, você é um marshmallow.

Darcy rejeitou a ideia.

— Eu não sou um marshmallow.

— É sim. Você é uma pessoa fofa e pegajosa e tão doce que chega a dar cárie. Você me deixa enjoada e eu amo cada segundo disso.

— Retire imediatamente o que disse — exigiu Darcy, colocando seu jantar de lado.

— Não. Você é doce como aqueles marshmallows do cereal que te vi dando para a Elle na cozinha dela, na outra noite, quando pensou que ninguém estava olhando.

Dura por fora, mas toda derretida e doce por dentro.

Darcy cobriu o rosto vermelho com as mãos.

Annie se sentou direito e atirou os braços em volta do pescoço da amiga, balançando ambas de um lado para o outro.

— Estou feliz por você estar feliz.

— Eu também. — Darcy recuou, o olhar sério minando seu sorriso. — Você sabe que meu quarto de hóspedes sempre vai ser seu, né? Mesmo se a Elle vier morar aqui...

— Quando. *Quando* a Elle vier morar aqui.

— Quando — consentiu Darcy com um aceno de cabeça. — Meu apartamento é grande o suficiente para três pessoas se você quiser ficar por duas semanas ou dois meses ou dois anos ou...

— Opa, opa — disse Annie, cortando a ideia pela raiz. — Não vou acabar com seu ninho de amor, Darce.

— Não tem nada disso.

Darcy balançou a cabeça com determinação e apertou o maxilar. Ela parecia brava, decidida e determinada a tranquilizar Annie, que torceu o nariz e ofereceu:

— Eu já apareci aqui sem ser convidada, totalmente sem avisar....

— E agora estou convidando você. Estou *pedindo*. — Darcy mordeu o lábio e piscou várias vezes seguidas, dissipando o brilho marejado que se formara em seus olhos. — O apartamento é grande o suficiente para três, você é minha melhor amiga, e você e Elle se dão mais do que bem.

Era tudo verdade, mas...

— E se você quiser cozinhar pelada ou...

— Isso seria pedir para sofrer queimaduras de terceiro grau em algum lugar constrangedor — disparou Darcy.

— Deus do céu. Não, Darce. Eu me recuso a empatar minha melhor amiga na casa dela. A última coisa que você e Elle precisam é de uma colega de quarto.

Darcy franziu profundamente a testa.

— A última coisa de que preciso é minha melhor amiga morando do outro lado do mundo.

Desde que conversaram a respeito, aquela foi a primeira vez que Darcy expressou tão abertamente seu descontentamento com a possível mudança de Annie.

Annie mordeu o lábio e assentiu.

— Eu sei que você não está amando a ideia.

— Amando? — zombou Darcy. — Eu não *amo* a montanha de copos multicoloridos que Elle quer trazer para minha... para a nossa cozinha. Eu não *amo* quando tenho que trabalhar até tarde nas sextas-feiras. E eu não *amo* quando esqueço de levar o almoço. Mas isso? — perguntou ela, o lábio inferior tremendo. — Estou arrasada, Annie.

Annie se encolheu e virou o rosto.

— Eu sei.

— Não sabe, não. — Darcy tocou o dorso da mão de Annie. — Você não sabe. Porque estou chateada com a sua mudança, mas o que me mata é que eu errei.

Annie virou o rosto de volta.

— Oi?

— Espera, deixa eu terminar — exigiu Darcy, seu rosto sério, apesar do vermelho em seus olhos. — Eu não dei o devido valor a você e a nossa amizade.

— Você *não*...

Darcy apertou a mão dela e franziu a testa.

— Eu pedi para me deixar terminar.

Annie revirou os olhos, mas apertou os lábios e segurou a língua.

— Somos amigas desde o ensino médio. Nós nos mudamos para o outro lado do país juntas para estudar. Dividimos um dormitório e um apartamento e... você sempre esteve lá. Depois de tudo que aconteceu com a Natasha...

Annie fez uma cara feia ao ouvir o nome da terrível ex de Darcy.

— Eu precisava de um recomeço — continuou Darcy. — Eu precisava de distância. Mas não de você. Nunca de você.

Um nó se formou na garganta de Annie, dificultando o ato de engolir. Era até bom ela não ter permissão para falar.

— Eu devia ter me esforçado mais e te mandado mensagens e ligado mais e *estado* lá, mesmo à distância. Faz sentido?

— Faz. Agora posso falar?

Darcy assentiu rapidamente.

— Faz sentido, mas não estou chateada. Você precisava de um recomeço, e eu fiquei muito feliz por você. Você seguiu com sua vida, conheceu Elle e tem uma vida nova aqui. É assim que deve ser. Era isso que eu queria quando você me disse que estava vindo morar em Seattle.

— Sim, mas posso ser egoísta? — Darcy deu uma risada chorosa e enxugou embaixo dos olhos, o rímel borrado. — Eu quero que *você* também faça parte da minha vida aqui. Eu quero chegar e já sentar na janela, Annie.

Merda. Annie pressionou a palma das mãos nos olhos e respirou fundo.

— Eu não sei o que estou fazendo.

Darcy fungou e se aproximou até que as duas estivessem bem próximas, quadril com quadril, coxa com coxa. Ela descansou a mão nas costas de Annie e esfregou suavemente o espaço entre suas omoplatas.

— Isso tem a ver com Brendon? — perguntou ela baixinho.

Annie levantou o rosto e afastou os cabelos da testa com um suspiro alto.

— Não sei.

Sem dúvida, Brendon contribuía para sua confusão. Ela estaria mentindo se não o reconhecesse como a força motriz por trás da reavaliação de suas escolhas, do que pensava que queria. Além disso, Brendon a fazia sentir coisas que ela havia jurado não sentir, além de aumentar suas expectativas. Era aterrorizante e emocionante e tudo estava acontecendo tão *rápido*...

— Eu vim até Seattle para te contar que estou me mudando, para me despedir. Tem menos de duas semanas que cheguei aqui e já estou questionando tudo. — Ela gemeu e deixou a cabeça cair para trás. — Estou pensando seriamente em mudar todos os meus planos depois de alguns *dias*, Darcy. Tenho um emprego me esperando em Londres e pensei que era isso que eu queria, mas agora... Não sei mais se é isso que quero.

— Se Londres não é o que você quer, qual é a alternativa?

Annie cobriu o rosto com a mão.

— Eu poderia recusar a promoção e ficar na Brockman & Brady no escritório da Filadélfia. O problema é que já tenho uma sublocação confirmada no meu apartamento de lá. Eu precisaria encontrar um novo apartamento. Pra ontem.

— *Ou* — respondeu Darcy, respirando fundo — você pode juntar as suas coisas e se mudar para cá.

Até duas semanas atrás, se mudar para Londres era *o plano*, o único que Annie tinha. Mas as coisas haviam mudado, agora ela tinha opções. Opções que a aterrorizavam, mas também a deixavam empolgada. Opções que pareciam *certas*, enquanto uma transferência para Londres parecia o oposto.

Ela se permitiu pensar sobre o assunto. Não apenas um vislumbre periférico do que o futuro poderia trazer antes que ela fechasse os olhos, com medo demais de encará-lo. Desta vez, ela se forçou a enfrentá-lo. Como seria morar em Seattle, construir uma vida ali. Chamar a cidade de lar.

Não haveria necessidade de ficar fazendo contagem regressiva com um calendário. Tudo bem que ela teria que voltar para a Filadélfia e cuidar das coisas, amarrar as pontas soltas, colocar seus planos em ação, resolver os detalhes mais ínfimos, mas ela poderia estar de volta em um piscar de olhos, e depois... Darcy estando não ao alcance do telefone, mas a uma curta distância? Noites de jogos e idas às compras espetacularmente estranhas com Elle? Noites com Brendon no sofá dele, rindo até chorar e a barriga doer? Conhecer a cidade, conhecer Brendon, permitir que ele a conhecesse?

Annie olhou para o teto.

— Acho que eu poderia.

— Espera. — Darcy empurrou o ombro de Annie. *Com força.* — Tá falando sério?

Annie riu.

— Eu disse que poderia, não que vou.

— Então é um talvez?

Annie assentiu lentamente.

— Do que você precisa para transformar esse *talvez* em um sim?

— De uma bola de cristal? — brincou Annie, pressionando a ponta dos dedos na têmpora direita. Sua cabeça estava começando a doer. — Um vislumbre do futuro ajudaria.

Darcy franziu a testa.

— Olha, eu não acredito em astrologia, mas se precisar que eu pergunte para a Elle...

— Eu estava brincando. O que preciso é muito mais difícil de encontrar. Um plano. Um emprego.

Ela tinha economias suficientes para passar alguns meses no limbo, mas era isso.

Darcy dispensou a questão como se não fosse grande coisa.

— Podemos encontrar um emprego para você fácil, fácil. Você tem referências, experiência. Aposto que consigo uma entrevista para você na Devereaux & Horton. Acho que nosso departamento de RH pode estar contratando.

Aquilo era ótimo e tudo, mas...

— Não sei se quero continuar trabalhando com recursos humanos.

Se, e era um grande e indefinido *se*, Annie fosse começar tudo de novo, ela podia muito bem procurar um emprego do qual realmente gostasse.

— Entendi — disse Darcy, assimilando a confissão de Annie. — Se não for com RH, então com o quê?

— Não tenho certeza. Talvez algo que realmente ponha em prática meu diploma em linguística? Tradução?

— Tudo bem. Podemos pesquisar. Eu posso dar uma pesquisada.

A questão era urgente e não havia muito tempo, mas isso estava avançando rápido demais. Rápido demais, no nível colocar a carroça na frente dos bois.

— Eu nunca disse que tinha certeza, Darcy. É uma possibilidade. Ainda preciso pensar.

— O que há para pensar? Você não quer trabalhar com recursos humanos. Você não conhece ninguém em Londres. Você já alugou seu apartamento na Filadélfia. Você gosta daqui, não gosta?

Annie assentiu. Não havia nada em Seattle de que ela não gostasse. A cidade era vibrante, a geografia deslumbrante. Com base no que conhecera, ela sentia que nunca ficaria entediada, não com tudo que a cidade tinha a oferecer.

— Você tem amigos aqui, Annie.

Verdade. Tudo o que Darcy disse era verdade. E ainda assim...

Era uma grande decisão. Uma decisão definitiva. Não uma decisão para fazer sem pensar ou rapidamente demais.

Darcy apoiou as mãos nos joelhos.

— Quer fazer uma lista? Prós e contras? Uma análise do custo-benefício?

— Você é tendenciosa. Teria que se recusar a, tipo, avaliar meu risco.

— Me recusar? Annie, eu sou atuária, não advogada, e estamos debatendo sua inevitável mudança para Seattle, não uma reivindicação de seguro. Parece uma situação de vida ou morte, mas não é.

O queixo de Annie tremeu, junto com seu sorriso.

— Caramba, eu realmente senti sua falta. Você é tão espertinha.

— Prós. — Darcy pegou o celular, abrindo o bloco de notas. — Você se muda para Seattle e tem acesso a toda a minha gloriosa inteligência vinte e quatro horas por dia, sete dias por semana.

— Vinte e quatro? Sério? Eu poderia ligar para você às duas da manhã e esperar uma piada bem bolada?

— Você *poderia*, mas vamos ficar com dezesseis horas por dia, sete dias por semana. Não tenho um bom desempenho com menos de oito horas de sono.

Um calor se espalhou pelo peito de Annie, acompanhado por uma sensação avassaladora de que aquilo parecia certo. De *certeza*. Era isso que ela queria.

Capítulo vinte

De acordo com seu signo, que controvérsia você seria?
Áries — Ross e Rachel estavam dando um tempo?
Touro — Reclinar o assento em um avião: aceitável ou sem noção?
Gêmeos — Abacaxi na pizza: gostoso ou nojento?
Câncer — Time Edward ou Time Jacob?
Leão — Apelido para o crush: fofo ou *cringe*?
Virgem — Posição do rolo de papel higiênico: por cima ou por baixo?
Libra — *Orgulho e preconceito* (filme de 2005) ou *Orgulho e preconceito* (minissérie de 1995)?
Escorpião — Martínis: gim ou vodca?
Sagitário — Localização do pênis de um centauro: na parte humana ou na parte cavalo?
Capricórnio — A faixa da esquerda é só para ultrapassagem ou não?
Aquário — ~Aliens~
Peixes — Fazer xixi no box do chuveiro: nojento ou permitido?

Sexta-feira, 11 de junho

Assim que Brendon fechou o Twitter e deixou o telefone de lado, alguém bateu na porta do escritório.

— Entra.

Ele se recostou na cadeira, girando suavemente de um lado para o outro, juntando os dedos à sua frente.

Quando a porta se abriu lá estava Margot, fechando a porta atrás de si. Ela arqueou uma das sobrancelhas bem alto e o examinou com os olhos escuros.

— Nossa, eu não sabia que estava entrando na sala do Hugo Drax.

— Hugo *quem*?

— Drax. — Diante da apatia dele, ela bufou. — Hugo Drax, vilão de James Bond — repetiu, imitando o personagem ao cruzar os dedos na frente do corpo. — Você parece muito maquiavélico. Como se estivesse prestes a disparar um laser na lua a menos que alguém lhe dê um milhão de dólares.

Ele abaixou as mãos e se recostou de volta na cadeira.

— Segundo os principais especialistas em psicologia da linguagem corporal, essa posição é um sinal de inteligência e segurança.

— Você pesquisou isso? — Margot largou a bolsa-carteiro no chão e desabou em uma das poltronas da sala. Ela colocou os pés em cima da mesa de Brendon, fazendo a bola antiestresse dele rolar. — Por que ainda pergunto? Claro que você pesquisou.

Ele se abaixou e pegou a bola do chão, jogando-a para Margot. Ela a capturou no ar e apertou com força.

— Veio aqui para pegar no meu pé ou existe outro motivo para sua visita?

Ela vasculhou dentro da bolsa antes de jogar o que Brendon apostava ser um tijolo envolto em papel-alumínio em sua mesa.

— Mexicano. Bom apetite.

Ah, *comida*. Ele tinha passado quase a manhã toda revisando suas anotações para a reunião da equipe daquela tarde e perdera completamente a noção do tempo. Quando finalmente olhou para o relógio, era tarde demais para sair e comer alguma coisa rapidinho. Ele rasgou o papel-alumínio, se deparando com um burrito fumegante quase do tamanho de sua cabeça.

— Obrigado.

Margot já estava devorando com gosto o próprio burrito.

— Ei, Mar?

Ela assentiu sem parar de mastigar.

— A localização do pênis de um centauro é realmente uma controvérsia?

Ela tossiu, cuspindo um punhado de burrito meio mastigado na mão.

— Jesus, Brendon.

— Sério, não é óbvio que fica na metade do cavalo? — perguntou ele, franzindo a testa. — Ou não? Se bem que, pensando melhor, centauros têm duas caixas torácicas, sugerindo a possibilidade de *dois* corações, então…

— *Ok*. Por favor avise qualquer garota antes de começar a falar sobre pênis, ok?

Margot pegou um guardanapo de cima da mesa.

— Não estamos exatamente em público, e você tem a boca mais suja que já conheci. Não finja que ficou escandalizada.

Ela levou a mão ao peito e fungou.

— Porra, essa deve ser a coisa mais linda que você já me disse. Estou comovida. Do fundo do meu coração.

Ele amassou o guardanapo em uma bolinha e jogou na cabeça dela, que desviou e gargalhou.

— Só para constar, fui eu quem inventou esse meme em particular — disse Margot, se envaidecendo. — E sou especialmente orgulhosa dele.

Ele abriu um sorriso.

— Mandou bem.

Margot o analisou antes de perguntar:

— Como está a Annie?

— Ótima.

Ela olhou para ele sem expressão.

— Ótima?

Brandon riu.

— Sim, Mar. Excelente. Como naquele estado que denota coisas boas. Positividade. Não se lembra de como é?

— Normalmente, eu não consigo fazer você parar de falar sobre as garotas com quem sai. Agora você resolve ser todo monossilábico?

Margot não estava errada. Brendon geralmente ficava louco para contar tudo depois de um grande encontro. Por alguma razão, aquilo parecia diferente.

Essa coisa entre ele e Annie já era tão preciosa para Brendon que ele sentia que devia protegê-la. Como se estivesse segurando um objeto frágil nas mãos. Como se segurar com muita força pudesse estragá-lo; e com força de menos deixá-lo escapar. E quanto a falar sobre o assunto?

— Não quero azarar. — Ele se recostou na cadeira e girou em um círculo lento enquanto olhava para o teto. — É muito estranho?

— Muito. Do jeitinho que você gosta.

— Engraçadinha.

— Eu não terminei. Do jeitinho que você gosta *e* nós amamos você por isso.

— Nós? Quem estaria incluído nesse *nós* de quem você fala?

— Eu estava usando o plural majestático, seu idiota, mas retiro o que disse.

— Essa foi a coisa mais linda que *você* já me disse.

— Te chamar de idiota? Bem, se te deixa feliz...

Brendon verificou se a porta da sala estava fechada e mostrou o dedo do meio para ela.

— Eu gosto muito dela, Margot.

Margot pareceu amolecer.

— Estou vendo. Na verdade, está escancarado. Alguém diz *Annie* e seu rosto derrete de um jeito tão nojento que me dá vontade de vomitar, mas, tipo, de felicidade.

— Bom vômito. E eu que sou o estranho.

Ela jogou um sachê de molho picante na direção dele.

— Pegar no seu pé é meu jeito de demonstrar afeto.

Ele olhou para o caderno.

— Ah, claro, encher o saco. A sexta e menos conhecida linguagem do amor.

Ela ergueu as sobrancelhas por cima dos óculos.

— Nada, nada. Só estou me preparando para a reunião, daqui a... — ele conferiu a hora — dez minutos. Estamos tentando alcançar um novo público.

Margot pegou outro sachê de molho e o abriu com os dentes.

— Que seria?

— Os trinta por cento de usuários de aplicativos de relacionamento que acreditam que os aplicativos tornaram os namoros impessoais e desprovidos de romance.

Um lampejo de reconhecimento passou pelo rosto dela.

— Caramba. Bem, você gosta de um desafio, né? Por exemplo: Annie. Só você se apaixonaria por uma garota que não mora aqui.

Ele atirou um sorriso irônico para ela.

— Desde quando o amor deve ser conveniente?

Margot apertou o burrito com tanta força que o recheio vazou pelo fundo, respingando no papel-alumínio em seu colo.

— Epa, epa, *epa*. Você acabou de insinuar que *ama* mesmo a Annie?

Brendon colocou o burrito na mesa com cuidado. Ele tinha insinuado aquilo?

Quando Annie entrava em um cômodo, todo o resto desaparecia. Tocar nela, beijá-la; só a risada dela já fazia o coração dele disparar como se ele tivesse tomado um litro de café *espresso*. Por trás daquilo havia uma sensação avassaladora de certeza. Quando seus batimentos cardíacos voltavam ao normal, ela ainda era a única pessoa que ele queria, e ele daria qualquer coisa para ser essa pessoa para ela também.

Talvez não fosse amor, mas estava indo nessa direção. Ou poderia.

— Ela vai embora amanhã à noite.

Com uma bufada exagerada, Margot colocou seu burrito desmoronado de lado.

— Isso não responde à minha pergunta.

— Mas é um argumento válido.

Ela o prendeu com um olhar pragmático.

— Essas suas covinhas, embora adoráveis, não colam comigo.

Fugir do assunto não o levaria a lugar algum.

— Olha, até eu estou disposto a admitir que tudo aconteceu em uma velocidade absurda, tá? Mas desculpa se não quero empobrecer o que sinto colocando um rótulo nisso cedo demais.

— Puta merda. Você *está* mesmo levando a coisa a sério.

— Estou, mas... — Ele se interrompeu abruptamente e se forçou a engolir antes de tossir para limpar a garganta. — Repetindo: ela vai embora amanhã.

E Annie ainda precisava dizer se ia mesmo para Londres, se ficaria na Filadélfia ou talvez, apenas talvez, se estava pensando em se mudar para Seattle.

Margot franziu a testa, mexendo na dobra externa da tortilla.

— Como vai *o plano*?

— Plano? Que plano?

— Você sabe, *o plano*. Aquele que eu sem querer inspirei? O que você tem executado esse tempo todo? Provar a Annie que o romance não morreu tentando conquistá-la, pegando dicas de todos os seus filmes bobos favoritos? Deve ter funcionado melhor do que eu pensava se você chegou até aqui.

— Meus ouvidos me enganam ou você acaba de admitir que estava errada sobre alguma coisa?

Margot revirou os olhos.

— Você não deveria estar, sei lá, contratando um avião para puxar uma faixa com uma declaração de amor na frente do avião dela ou tatuando o rosto dela na sua barriga e coisa assim?

— Se é isso que você entende por romance, tenho pena das pessoas por quem você se apaixona — disse Brendon com um sorriso, para aliviar a farpa.

— Ainda bem que não estou querendo me apaixonar por ninguém.

— Um dia...

— Termine a frase — disse ela, estreitando os olhos. — Eu te desafio.

Ele segurou a língua, sabendo que era melhor não insistir no assunto. Mas *Deus*, ele adoraria um dia dizer que a avisou.

— As recriações das cenas de filme funcionaram a ponto de permitir que a gente se conhecesse enquanto eu mostrava a cidade para Annie. Eu *acho* que ela gosta do quanto eu me esforço em encontros... — Até ele precisava admitir que sua execução, às vezes, fora um fracasso, como no fiasco da roda-

-gigante, a música errada no karaoke, o atraso a ponto de perder a balsa, a queda no lago no casamento. — Mas grandes gestos de amor não são a linguagem dela.

— Então usa a linguagem dela, ué.

Brendon se recostou na cadeira e pressionou a palma das mãos nos olhos.

— O que você acha que eu tenho tentado fazer?

Mostrar a Annie que ele se importava com presentes atenciosos e bons momentos, sem pressioná-la.

— Quem sabe pegar um megafone e falar na linguagem dela um pouco mais alto?

Talvez Margot tivesse razão. Amanhã, Annie estaria em um avião. Não era a hora de ter cautela.

Brendon checou o celular: cinco minutos para a reunião. Ele amassou a embalagem do burrito e a jogou no lixo.

— Falando em hora, tenho que ir para a reunião. Pode ficar por aqui, se quiser.

— Não, tenho coisas a fazer.

Margot tirou os pés de cima da mesa e se levantou, seguindo Brendon para fora do escritório. Ela parou no corredor, pouco antes dos elevadores, e desejou:

— Boa sorte com a reunião.

Ele se balançou levemente. Seus nervos estavam ficando à flor da pele, as expectativas para a reunião aumentando.

— Obrigado.

— E Brendon? — chamou Margot, dando um tapinha no ombro dele. — Boa sorte com a Annie. Só não se esquece de que existe um limite para o que se pode fazer, ok? Você, Darcy, Elle, todos nós achamos que seria ótimo se Annie ficasse, mas, no final das contas, a decisão de ir ou ficar é só dela.

Brendon afundou no sofá e segurou Annie pela cintura, puxando-a para seu colo. Ele manteve os dedos fincados nela, que se contorceu, uivando.

— Ai, meu Deus, Brendon! Para! Isso faz cócegas!

Ele parou, rindo baixinho.

Annie se ajeitou e deitou a cabeça nas coxas dele.

— Você está de bom humor.

Brendon torceu o nariz.

— Ué, eu não estou quase sempre de bom humor?

— Sim, mas nesse momento você está alegre demais — disse ela, segurando a mão dele e entrelaçando os dedos de ambos sobre a barriga. — Seu entusiasmo está começando a me afetar. — Ele subiu e desceu as sobrancelhas, fazendo-a bufar e rir. — *Brendon*.

— Me desculpa. — Não pareceu genuíno. — É que tive um ótimo dia.

— Ah, é? Me conta.

— Lembra a pesquisa que mencionei sobre intimidade e relacionamentos?

Ela apertou os lábios. Como ela poderia ter esquecido aquela conversa?

— Vagamente.

Brendon beliscou o quadril dela levemente, fazendo-a gritar.

— Você é hilária.

Ela fez um gesto de agradecimento afetado com a mão.

— Obrigada, obrigada. Estarei aqui a noite toda, se precisar.

— *Bem*, eu andei matutando um pouco...

— Mentira! Você?

— Chega!

Brendon riu, apertando-a mais uma vez, fazendo-a gritar de tanto rir.

Annie fungou, o rosto em chamas e os olhos úmidos.

— Aiii! Desculpa, desculpa. Estou ouvindo, prometo.

Annie realmente queria ouvir o que Brendon tinha a dizer. Só era difícil se concentrar com as mãos dele nela, ainda mais quando ele estava quase nu com exceção da cueca samba-canção e uma camiseta fina, e ela estava só de calcinha e uma camisa emprestada *dele* — e que ela não tinha a menor intenção de devolver.

— Como eu estava dizendo... — disse ele, estreitando os olhos de brincadeira. — Todos nós temos feito um brainstorming sobre como atrair novos usuários para o aplicativo, já que nosso crescimento está estagnado. Não é um problema no momento, mas no futuro...

— Entendi. É melhor prevenir do que remediar — disse ela, mostrando que estava acompanhando.

— Exatamente. — Brendon acariciou o pulso de Annie com o polegar. — Eu já expliquei como, no OTP, enfatizamos a compatibilidade e a comunicação, certo? A gente tem até um quebra-gelo que incentiva os usuários a manterem um diálogo constante para que as conversas não morram e tal. Mas, no final das contas, tudo isso serve para ajudá-los a encontrarem seu par ideal, a pessoa certa.

Brendon passou os dentes pelo lábio inferior.

— A gente é bom nisso, na parte de encontrar o par da pessoa, mas o que acontece depois está fora da nossa alçada.

— Bem, o mesmo vale para qualquer aplicativo de namoro.

— Certo, mas foi quando uma coisa que você disse me fez pensar.

— O que eu disse de tão relevante?

— Tipo, tudo?

O rosto dela se aqueceu, assim como o corpo todo.

— Brendon.

— Pensei no que você acha romântico, no que romance significa para você. Sobre como todos nós temos nossa própria linguagem de amor que determina como demonstramos afeto e como reconhecemos o afeto. Que duas pessoas podem ter as melhores intenções e ainda assim a relação ser difícil se estiverem falando duas línguas diferentes sem nem ao menos saber. — Brendon sorriu para ela. — Na reunião de hoje, propus alguns ajustes. Não para o algoritmo de correspondência, mas para a configuração da conta. Talvez devêssemos levar os usuários a fazer um rápido quiz chamado "Qual linguagem do amor você fala?", e os resultados podem aparecer no perfil de cada um com um link para o significado de cada linguagem.

Annie sorriu de volta. O brilho âmbar quente da lâmpada ao lado do sofá brincava com o contorno esculpido do maxilar dele e com suas maçãs de rosto, destacando os traços fortes.

— Não é má ideia. É uma ótima ideia, na verdade.

— Preciso te agradecer por ter plantado a semente na minha cabeça. E eu sei que… Como foi que você disse? Que nenhuma ferramenta pode obrigar as pessoas a querer se esforçar? O que os usuários escolherem fazer com o conhecimento adicional dependerá deles, mas *talvez* aqueles trinta por cento de céticos ao menos saibam que os ouvimos e que estamos tentando. Talvez eles também precisem tentar.

— Bem, no que diz respeito a aplicativos de namoro de um modo geral… — Annie se sentou e se virou, acomodando-se no colo dele com um sorriso, os joelhos em volta das coxas dele. — O que vocês fazem no OTP parece realmente atencioso.

Tudo que Brendon fazia era atencioso. Ele se dedicava a tudo o que empreendia, se esforçava mais do que qualquer pessoa que ela já conhecera.

— Atencioso, hein? — sussurrou ele, olhando para a boca de Annie. — Eu aceito.

Com a mão na nuca de Annie, ele a inclinou para beijá-la. Sua boca acariciou o lábio inferior dela brevemente antes de mordiscá-lo suavemente, a ardência agradável fazendo-a ofegar e descer um pouco os quadris.

Ele grunhiu em sua boca.

— Porra, Annie.

Brendon xingando deveria ser proibido — não porque ela não gostava, mas porque ela gostava *demais*. Brendon raramente falava palavrão, exceto durante o sexo. Ouvir a palavra rolar de sua língua era uma promessa e um prelúdio, tudo em um, e nunca falhava em fazer o coração dela errar as batidas, uma sensação inebriante de expectativa ameaçando dominá-la.

Ela correu as mãos pelo peito dele, espalmando as depressões e vales de seu abdômen por cima do tecido fino da camiseta. Quando ela cravou as unhas, ele afastou a boca, pressionando a testa na dela e ofegando baixinho.

— Por que parou?

Brendon segurou o queixo dela e o inclinou para trás, olhando para ela com as pálpebras pesadas.

— Eu não quero ter pressa.

Ele deu um beijo no canto da boca de Annie e outro e outro em uma linha sinuosa da mandíbula até um ponto abaixo de sua orelha.

— Além do mais... — Ele enroscou a língua no lóbulo da orelha dela e seus dentes roçaram a pele, fazendo-a arquear as costas. — Você não está nem um pouco curiosa para saber se consegui decifrar sua linguagem do amor?

— Contanto que você continue me beijando — murmurou Annie, inclinando a cabeça de lado —, sou toda ouvidos.

— Para sua sorte, sou mestre em fazer várias coisas ao mesmo tempo — disse ele, roçando os lábios no pescoço dela em um beijo gentil. — Tempo de qualidade.

Ela começou a ficar confusa quando Brendon chupou a pele sobre seu pulso acelerado.

— Oi?

— Linguagens do amor, Annie. A sua é tempo de qualidade. Passar bons momentos juntos.

Ela fechou os olhos para saborear a sensação daqueles lábios. Brendon não estava errado.

Ele puxou a gola da camisa que emprestara a ela, descendo a trilha de beijos.

— Segundo minhas pesquisas, costumamos demonstrar afeto da forma que preferimos recebê-lo. — Ele arranhou levemente a pele delicada da clavícula de Annie, fazendo-a estremecer. — A sua também é receber presentes. Não por ser algo material, mas pela consideração e o esforço investido no ato. Suas ações falam mais alto que palavras.

Ela engoliu em seco, sentindo a garganta apertada de repente.

— E o toque físico? Também é uma linguagem do amor, não é?

Brendon levantou o rosto e olhou para ela. O brilho da lâmpada atingiu seus cílios cor de cobre e destacou os pontinhos amarelos em seus olhos castanhos. Ele mostrou as covinhas para ela.

— Você *é* poliglota, então...

Deixar Brendon entrar, deixar que ele se aproximasse tanto, nunca tinha sido a intenção de Annie. De alguma forma, sem querer, ele derrubou as defesas dela, escalou suas muralhas e agora a conhecia melhor do que pessoas com quem ela namorou por *meses*.

Se bons momentos e presentes eram sua linguagem do amor, palavras de afirmação eram a de Brendon.

Ela se inclinou e prendeu os lábios dele em um beijo lento, em grande parte para conter o sorriso que ameaçava surgir. Contra a boca dele, ela sussurrou:

— Lembra como você me disse que nunca se sentiu assim por ninguém? — disse ela, engolindo em seco, e confessando: — Eu também nunca me senti assim por ninguém.

Com certeza ela estava sentindo o maior frio na barriga da vida. Era isso, ou a última refeição não tinha caído bem, por que Annie se sentia prestes a vomitar, mas também prestes a gargalhar? Ou as duas coisas? E também queria beijar Brendon? Era uma sensação extremamente confusa que teria sido desconcertante se ele não estivesse olhando para ela e as ruguinhas nos cantos dos olhos e as covinhas nas bochechas e a curva torta da boca não a fizessem pensar que talvez sentir aquilo não fosse tão assustador. Não se ela não fosse a única que se sentia assim, a única que se importava. Não se eles estivessem juntos nisso.

Brendon afastou algumas mechas soltas do rosto dela, os dedos traçando a curva da orelha depois de colocar o cabelo dela para trás.

— Diz que vai ficar aqui. Diz que vai se mudar para Seattle — pediu ele, a mais pura e dolorosa ternura em sua expressão. — Diz que quer ficar comigo.

Annie *queria*. Ela queria que Brendon fosse dela e ela queria ser dele. Queria com uma ferocidade repentina que a deixava sem fôlego e fazia seu coração disparar e bater contra as costelas, permeando suas veias.

Annie engoliu em seco e se jogou da beira do penhasco:

— Eu quero.

O sorriso que Brendon abriu foi mais espetacular do que o sol, a lua e todas as estrelas. Ele sussurrou o nome dela, o polegar roçando sua bochecha enquanto descansava a testa contra a dela. E por um momento os dois ficaram ali, simplesmente respirando o ar um do outro.

Foi quando alguma coisa vibrou contra a coxa de Annie.

Um vinco apareceu entre as sobrancelhas de Brendon quando ele recuou, tateando o sofá atrás do que devia ser seu celular. O dela estava esquecido em algum lugar no fundo da bolsa.

— Tudo certo? — perguntou ela, traçando o contorno esculpido do maxilar dele com as pontas dos dedos.

Meu Deus, como aquele homem era lindo. E como ela era sortuda.

— Hum? — Brendon levantou os olhos do telefone e sorriu. — Sim, tudo. Número desconhecido. Perdi vários contatos quando caí no lago com o outro celular. Pode ser sobre a reunião de hoje.

— Ah, sim — disse Annie, sorrindo e apoiando a mão no ombro dele. — Pode atender.

Ele deslizou o dedo pela tela e levou o celular ao ouvido.

— Alô. Sim, sou eu, Brendon. — Seus olhos dobraram de tamanho. — Ah, oi.

Ele olhou rapidamente para ela e ofereceu um sorriso breve e tenso.

— Olha, me desculpe, Danielle, mas vou ter que recusar. Na verdade, estou saindo com alguém. — Sem querer, Annie endureceu. Ele abriu mais um sorriso, dessa vez um pouco mais largo, mas que nada fez para aliviar a confusão em que se encontrava. — Obrigado. Você também.

Ele encerrou a ligação e colocou o celular de lado.

Intrometida era a última coisa que Annie queria ser, mas ela tinha certeza de que sua curiosidade era justificada, visto que a ligação tinha algo a ver com ela.

— Quem era?

Ele apertou os lábios e pegou a mão dela, brincando com seus dedos rígidos demais.

— Ah, era... — Brendon riu. — É uma história meio engraçada.

Ela era toda ouvidos.

— No dia em que você chegou e Darcy me ligou, pedindo para eu deixar a chave, eu, na verdade... — Ele deu outra risada desajeitada e coçou a lateral do pescoço. — Eu ia sair para tomar um drinque.

Annie ligou os pontos.

— Você tinha um encontro.

— Tinha. Que cancelei, obviamente. Aí falamos que íamos ver no que dava porque ela tinha férias marcadas com a família e esqueci completamente, para falar a verdade — explicou Brendon, roçando os nós dos dedos nos dela com o polegar. — Andei um pouco ocupado.

O sorriso dele ficou torto e o coração dela apertou enquanto o estômago fez uma lenta descida, afundando. Ela estendeu a mão para a barra da camisa — da camisa dele — e puxou-a para baixo até cobrir as coxas antes de descer do colo de Brendon e se sentar de pernas cruzadas.

— Ei.

Brendon fechou o sorriso e a ruga entre as sobrancelhas reapareceu, o que fez o peito de Annie apertar de novo, porque ela sabia que o que estava sentindo era absurdo. Ela não precisava que ele soubesse disso também.

— Você não está chateada, está?

Ela dispensou a preocupação dele.

— Não, não, claro que não. Por que eu ficaria chateada?

A afirmação soou um pouco forçada até para ela mesma. A careta que Annie fez foi evidente e instantânea. Merda.

Brendon se aproximou, abaixando o rosto e forçando-a a olhar para ele. Sua expressão era o retrato pintado da preocupação, a testa enrugada, observando todo o rosto dela. Ele levantou a mão, prendendo aquela mesma mecha rebelde atrás da orelha de Annie, a que parecia ter vontade própria.

— A gente deu match no aplicativo. Eu nunca nem saí com ela. Era para ser um primeiro encontro, alguns drinques. E eu disse para ela...

Ela o interrompeu com um movimento brusco do queixo, o rosto queimando.

— Você realmente não precisa se explicar. Eu entendo, juro.

Não a incomodava que Brendon tivesse planos com alguém antes dela. Todo mundo tinha um passado. O que a incomodava era que ela estava na cidade por um período tão curto de tempo que o adiamento dos planos dele coincidira com a visita dela. Que o passado de Brendon era tão recente que se chocava com o presente, praticamente se sobrepondo.

Ele não tinha feito nada de errado. Ela não se sentiu traída ou magoada ou como se ele a tivesse enganado. Annie não tinha direito sobre Brendon; ela nem queria que ele fosse dela até alguns dias antes.

Aquilo era um lembrete não tão sutil de que tudo isso — não só o relacionamento com Brendon, mas seu trabalho, Seattle, *tudo* — estava acontecendo muito rápido.

Talvez rápido demais.

Mesmo com dificuldade de engolir, ela se recompôs, dando um passo e colando um sorriso no rosto, soltando o que ela esperava que parecesse ser uma risada despreocupada. Ela precisava que Brendon entendesse que ela não estava chateada com ele.

— Eu não estou chateada. Prometo.

Dois minutos atrás ela estava dolorosamente segura de estar fazendo a coisa certa, mas agora? Agora já não tinha tanta certeza de que aquela era uma decisão inteligente.

Ela sempre tivera a tendência de pular antes de olhar para baixo. Falar antes de pensar. Por que agora seria diferente?

O que tinha dito para Brendon era verdade. Ela o queria, queria estar com ele, mas a velocidade com que se apaixonara em tão pouco tempo a apavorava, assim como a rapidez com que desviara do próprio plano — certo, um plano que até duas semanas antes era seu único, mas pelo menos era sensato.

Ela acreditou quando Brendon disse que nunca havia se sentido assim antes também, mas o que o impedia de mudar de ideia? De se sentir diferente em duas semanas ou um mês se outra pessoa chamasse sua atenção e o fizesse sentir faíscas ou uma conexão mais forte do que aquela entre os dois? O que a impedia de se tornar a garota do telefone com quem ele cancelou os planos?

Annie não fazia a menor ideia.

E aquilo a aterrorizava.

Capítulo vinte e um

Sábado, 12 de junho

Após pegar um pedido verdadeiramente obsceno de *piroshkis* doces e salgados da padaria russa em frente ao mercado, Brendon foi direto para a casa de Darcy, estacionou na frente e correu para dentro, a chuva começando a cair de leve das nuvens carregadas.

Annie atendeu a porta, com um sorriso tenso e os olhos arregalados.

— Oi.

Ela deu um passo para o lado para ele entrar no apartamento.

— Sei que seu voo é só hoje à noite, mas pensei em vir um pouco mais cedo e ver se você estava com fome. Imaginei que estaria às voltas com as malas, sem tempo para pensar no que comer.

Ele colocou a caixa na bancada da cozinha, junto de uma pasta cheia de pesquisas que ele fizera para Annie empoleirada em cima.

— Cadê a Darcy?

— Ela foi almoçar com a Elle e pegar o carro emprestado para me levar ao aeroporto mais tarde.

— Eu poderia levar você.

Annie ergueu as sobrancelhas, o humor visível em seus olhos.

— No seu carro? Sem ofensa, mas acho que nem minha bagagem de mão caberia no banco de trás, muito menos a mala.

— Justo.

Annie ficou na ponta dos pés, os lábios roçando o pescoço dele.

— Obrigada por se oferecer. E por trazer comida.

Cada centímetro dela — desde as mechas de cabelo que se soltaram de seu coque até o esmalte nos dedos mindinhos — tinha o poder de fazer Brendon cair de joelhos, mas seus lábios eram especialmente perigosos. A boca de Annie o fazia perder a cabeça e o impossibilitava de raciocinar.

Annie desceu os dedos pelo tronco dele até parar e espalmar o estômago, que de repente roncou. Ela arregalou os olhos, achando graça.

— Está com fome? — perguntou ela, deixando cair a mão.

Brendon sorriu timidamente.

— Morrendo.

Ela pegou impulso para se sentar na bancada e balançou as pernas e os pés descalços, batendo levemente no armário inferior enquanto Brendon tirava a comida da embalagem. Annie aceitou o *piroshki* de espinafre que ele lhe ofereceu e sorriu.

— Obrigada — disse, esticando a perna e tocando nele com os dedos dos pés.

Ele se recostou no balcão. Do outro lado da sala, estava a minúscula suculenta que ele lhe dera, no meio da mesinha de centro de Darcy e em cima de um descanso para copos.

— Já descobriu se é permitido levar plantas no avião?

— Plantas no av… — Ela seguiu a direção do olhar dele, arregalando os olhos ao entender. — Ah. Não, não descobri. Acho que seria bom pesquisar, né?

— É uma ideia — disse ele, lambendo os lábios repentinamente secos. — Ou eu posso...

Brendon deu uma risada que soou tão desesperada e confusa quanto ele se sentia.

— Guardar ela para você.

Até você voltar.

A expressão no rosto de Annie o assustou. Ela levantou a mão, descansando os dedos na cavidade da garganta.

— Não sei ao certo quando isso vai acontecer.

Ele cutucou a unha do polegar e deu de ombros, com a maior indiferença que conseguiu fingir, mesmo sentindo como se tivesse engolido um tijolo que ficou entalado no peito.

— Annie.

Ela ergueu as sobrancelhas, mas não os olhos, fitando resolutamente o espaço vazio atrás dele.

Brendon se descolou da bancada e deu um passo em direção a ela.

— Olha para mim.

O pedido demorou um ou dois suspiros para ser atendido, mas ela o fez, seu olhar firme, mas cauteloso.

Ele tentou não deixar a frustração que estava sentindo transparecer em sua voz.

— Você vai pegar um avião em doze horas.

— Obrigada, eu tinha quase esquecido — desferiu ela. Assim que as palavras saíram, ela fechou os olhos, os lábios apertados, obviamente tensa. — Eu sinto muito, Brendon. É só que... Eu *sei* que estou indo embora e sei que precisamos conversar sobre muita coisa, mas eu não sei o que dizer.

— Se estiver aberta a sugestões, tenho algumas — brincou ele. — "Eu resolvi não me mudar para Londres" é uma boa. Ou então "Decidi me mudar para Seattle".

— Não é tão simples assim.

Não era? Ele enfiou as mãos nos bolsos e se balançou sobre os calcanhares.

— Mas ontem à noite você me disse que era isso que queria... Acho que está dificultando as coisas mais que o necessário, não?

Ela levantou o rosto e arregalou os olhos para ele.

— Você acha que isso é fácil? Estamos falando de mudar toda a minha vida. O que eu quero é apenas uma peça do quebra-cabeça. Existe uma logística a considerar se eu... *se*. — Ela balançou a cabeça. — Eu preciso descobrir com o que trabalhar.

— Toma. — Ele pegou a pasta, que tinha o nome de Annie rabiscado na frente em letras grossas. — Dezenas de ideias de trabalhos envolvendo linguística e línguas estrangeiras — disse, dando um tapinha na pasta. — Vagas como freelancer e até algumas empresas que estão contratando aqui em Seattle.

Annie pegou a pasta e traçou o *A* curvo de seu nome com um dedo trêmulo.

— Isso... Você não precisava fazer isso por mim, Brendon.

Não era muita coisa, mas era alguma coisa, e ele precisava fazer *qualquer coisa* para não sentir que estava sentado só esperando. O que ele mais odiava na vida era se sentir impotente, incapaz de ajudar, patinando sem chegar a lugar nenhum.

— Sei que não, mas eu quis.

— Obrigada. Isso é maravilhoso e... muito útil. — Ela engoliu em seco e levantou os olhos. — Mas isso ainda envolve fazer as malas e contratar uma empresa de mudanças e procurar um apartamento, porque me recuso a ficar mais tempo na casa da Darcy e...

— Você pode ficar na minha.

Por alguma razão, ela empalideceu.

— Brendon.

Desde o casamento, ela passara a noite mais vezes na casa dele do que na de Darcy.

— Não estou pedindo para você morar comigo. Não que eu fosse reclamar.

Annie era bem-vinda para ficar com ele o tempo que quisesse sem jamais ouvir um único pio. Ele se acostumara a acordar ao lado dela, sentir o corpo dela aninhado no seu, o cabelo dela na sua boca. Ou o toque frio de seus pés nos dele quando os dois se enfiavam debaixo das cobertas.

— Isso é... isso... — Ela parou com uma forte sacudida de cabeça como se descartasse totalmente a sugestão. — Vou fingir que você não falou sério.

Qual era o problema de oferecer uma solução a ela?

— Não estou te pedindo em casamento, Annie.

A pouca cor que restava no rosto dela se esvaiu, deixando-a pálida como um lençol. A careta de Brendon foi imediata e instintiva, mas ele tentou disfarçar. Quando não funcionou, tentou cobrir o rosto com as mãos. Ele *não* estava pedindo, mas a reação horrorizada dela doeu.

— Eu não sou... Eu não *posso* ser o tipo de garota que vai morar do outro lado do país por um capricho — sussurrou ela, deixando de lado a pasta que ele lhe dera.

Um capricho. Aquilo não parecia um capricho, não para ele. A vida toda, Brendon esperou por algo que parecesse certo, e agora, esse algo queria ir embora.

— Não sei se pensei o suficiente. Preciso de tempo para refletir. E eu não posso... eu não *consigo* fazer isso perto de você. — Ela levantou o rosto e o olhou com olhos vermelhos e marejados. — Porque quando estou perto de você, eu perco a cabeça.

— É recíproco. Eu já te disse que nunca me senti assim por ninguém.

Quando ele estava com Annie, ela se tornava a única coisa na qual ele conseguia pensar. A única coisa que importava nos momentos em que estavam só os dois. A questão era que ele não achava isso ruim.

— E daqui a duas semanas? Será que eu vou ser a garota com quem você está cancelando planos por causa de outra pessoa por quem você passou a sentir algo inédito?

A insinuação — não, *acusação* — o deixou sem chão.

Ele não sabia como fazê-la entender que isso era diferente.

Brendon sentiu que travava uma batalha perdida, mostrando que se importava sem sobrecarregá-la, sem apressar demais. A cada passo que ele avançava, ela recuava outro. Em breve, haveria um oceano inteiro entre eles.

— Não sei como te provar que estou falando sério. Eu... — Ele engoliu em seco, as palavras bloqueando sua garganta quando a compreensão chegou. — Se isso tem a ver com a ligação daquel...

— Não é sobre isso.

O protesto foi rápido e enfático demais para ser sincero. Annie devia ter notado também, porque fechou os olhos e pôs a mão na testa, parecendo envergonhada pela explosão.

— *Não* é. É por eu ter lembrado que estou aqui há duas semanas. *Duas* semanas. Tempo suficiente para que o seu adiamento de planos nem tivesse se tornado um cancelamento ainda.

Ele cerrou o maxilar.

— Então *é* sobre a ligação.

Um telefonema sobre o qual ele não tinha controle.

— Eu não me importo com o seu encontro.

— Um encontro que eu cancelei — reiterou Brendon, passando os dedos pelo cabelo e puxando algumas mechas.

— Porque não pensei em mais ninguém além de você desde que chegou, Annie.

A cada momento acordado, ele pensava nela. Ele pensava nela antes de absolutamente tudo. No que ela estava fazendo, no que estava pensando, se estava pensando nele. A cada beijo, ele se apaixonava um pouco mais e se perguntava se o mesmo estava acontecendo com Annie.

Parecia que ele tinha a resposta.

— O que aconteceu há duas semanas — disse ela, pulando da bancada para perambular pela cozinha, torcendo as mãos.

— *Duas semanas.*

— Quinze dias.

Ela parou de andar e zombou.

— Nossa, como você é espertinho.

— Você gosta — disse ele, dando um passo na direção dela, depois outro, e mais outro até estar perto o suficiente para tocá-la.

Ele tocou levemente a cintura dela, mas, antes que pudesse segurá-la no lugar, Annie deu um passo para trás, escapando.

Não estava nem a meio metro dele, mas era como se já estivesse a milhões de quilômetros de distância. Brendon podia vê-la, estava olhando diretamente para ela, mas parecia que já a havia perdido. Se é que havia sido dele algum dia.

— Eu gosto. — O lábio inferior dela tremeu, fazendo o peito de Brendon doer. — Gosto de tudo em você, Brendon. Mas... — Ela tocou nos lábios com força, observando o espaço entre os dois. — Acho que estamos indo um pouco rápido demais, sabe? Acho que *tudo* isso está acontecendo um pouco rápido. — Lágrimas se acumularam em seus olhos, a umidade parando em seus cílios inferiores. — *Muito* rápido.

Uma lágrima escorreu pela bochecha quando ela piscou, seguida por outra, que percorreu o mesmo caminho, ganhando velocidade. Em sua mandíbula, a gota se curvou, deslizando em seguida pelo queixo. Brendon manteve os braços imóveis e cerrou os punhos. Tudo que ele mais desejava era impedir que outra lágrima caísse.

Brendon queria *consertar* tudo, mas, a cada passo que dava, via como estava de mãos atadas.

— Por que eu sinto que quando você entrar naquele avião, não vou te ver por mais oito anos?

— Não. *Não.* Isso não vai acontecer. Eu só preciso... Meu Deus, isso é tão clichê. — Annie fungou forte e respirou fundo. Seus olhos se abriram, os cílios grudados, e o que *Brendon* precisava era que ela terminasse a frase. Qualquer coisa que *ela* precisasse, ele lhe daria. — De tempo.

Por que não poderia ser uma coisa simples? Um lugar para ficar? Ele poderia prometer a Annie um milhão de coisas, mas não tinha como acelerar o tempo nem decidir por ela.

Por mais que quisesse consertar aquilo, ele não podia.

A palavra *esperança* passou por sua mente. Esperança de que tudo o que ela precisava era de um pouco de tempo e espaço. Esperança de que, com isso, Annie percebesse que o que ela queria estava bem ali. Esperança de que ela o escolhesse, escolhesse o que a fazia feliz.

Esperança. Se ele pensasse naquilo o suficiente, a palavra recuperaria seu significado.

Ele mordeu o interior da bochecha.

— Eu só quero muito que você seja feliz.

Ela piscou várias vezes e fungou. Annie o analisava, os olhos passando rapidamente por seu rosto, cada vez mais arregalados.

— Você realmente quer, não quer?

— Claro que sim.

Com cada célula do corpo.

Com o olhar, Brendon implorou que ela entendesse. Que aquelas palavras significassem o suficiente para ela. Que talvez ela quisesse ficar.

Quando Annie baixou a cabeça e cruzou os braços com força, Brendon soube que suas esperanças eram em vão.

Podia ser egoísmo, mas ele não suportava a ideia de deixá-la partir sem ter a chance de tê-la nos braços mais uma vez. Brendon se aproximou um passo, as mãos trêmulas estendidas para ela, rezando para ela deixar. Ele prendeu a respiração e deixou uma se encaixar na curva de sua cintura, e a outra ao lado de seu rosto. A pele de Annie estava quente como se ela estivesse com febre, suas bochechas coradas e úmidas de tanto chorar.

— Espero que você descubra o que quer. Até lá, eu vou estar aqui. Esperando.

— Brendon.

O nome dele escapou dos lábios dela como um soluço fraco. Rapidamente, ela virou o rosto na mão dele, a boca roçando o interior do pulso, fazendo o coração dele disparar. A respiração de Annie soprava sua pele e deixava marcas, fazendo todo o seu corpo queimar: a garganta, o interior das pálpebras, o peito mais que tudo.

— E se eu demorar mais de uma semana para me decidir?

Ela inclinou a cabeça para trás, olhando para ele com olhos grandes e redondos, mais azuis do que nunca por estarem tão congestionados.

Aquele punho apertando seu coração o espremeu com mais força, transformando-o em uma polpa.

Ele deslizou a mandíbula para a frente e para trás, mantendo a compostura por um triz. *Merda*. O interior de seu nariz ardia, as bochechas formigavam.

— Então que leve mais de uma semana. — Ele mordeu com força o lado da língua e se forçou a sorrir apesar da dor.

— A meu ver, não se pode apressar uma coisa que você quer que dure para sempre.

Ela enterrou o rosto no peito dele e enfiou os dedos em sua camisa, amassando o tecido. Brendon fechou os olhos e deixou a mão vagar, os dedos passando pelos cabelos macios e sedosos de Annie, segurando-a, memorizando a sensação dela e odiando que, ao pensar nela em seus braços, a lembrança seria manchada pelas lágrimas dela ensopando sua camisa e seu corpo tremendo, atormentado por soluços silenciosos.

Se o coração dele era elástico, o elástico havia acabado de arrebentar.

As luzes acima dos armários ficaram borradas quando ele se inclinou, pressionando a boca na testa dela. Annie tinha cheiro de verão, como a brisa fresca da noite depois de um dia quente e chuvoso, um cheiro elétrico e um pouco selvagem. Debaixo disso, ela tinha cheiro do xampu dele. Brendon respirou fundo, puxando-a para seu peito, e deixou os lábios permanecerem em sua pele.

A respiração de Annie se acalmou e seu aperto na camisa de Brendon cedeu. Ele engoliu em seco, roubando um segundo a mais. Só mais um. Dois. Três segundos. Merda. Nenhuma quantidade de tempo seria suficiente, porque ele nunca teria o suficiente dela.

Ele fechou os olhos e se forçou a soltá-la.

— Me manda mensagem? — pediu ele, a voz rouca depois de todas as palavras que engoliu. — Quando chegar?

Ela assentiu e passou a palma da mão debaixo dos olhos, secando o que restava de suas lágrimas.

— Mando.

— Bom voo.

Ela abriu um sorriso amarelo e aquoso em troca, que se desfez rapidamente.

Se Brendon não fosse embora naquele momento, se não se arrastasse para fora do apartamento de Darcy, temia que o desespero o levasse a fazer algo drástico. Como ficar de joelhos e implorar para Annie ficar. Implorar um pouco demais e afastá-la para sempre.

Forçando os pés a se moverem, ele deu meia-volta e saiu da cozinha, pegou as chaves na mesinha da entrada e saiu pela porta da frente. Deixando o que parecia ser um pedaço do coração para trás.

Capítulo vinte e dois

De acordo com seu signo, qual par de amantes impossíveis você seria? (Leia o da sua Vênus também!)

Áries — Romeu e Julieta, de *Romeu e Julieta*
Touro — Cecilia e Robbie, de *Desejo e reparação*
Gêmeos — William e Viola, de *Shakespeare apaixonado*
Câncer — Jack e Ennis, de *O segredo de Brokeback Mountain*
Leão — Satine e Christian, de *Moulin Rouge!*
Virgem — Hero e Leandro, da mitologia grega
Libra — Marianne e Héloïse, *de Retrato de uma jovem em chamas*
Escorpião — Catherine e Heathcliff, de *Morros dos ventos uivantes*
Sagitário — Jack e Rose, de *Titanic*
Capricórnio — Liang Shanbo e Zhu Yingtai, de *Os amantes borboleta*
Aquário — Neo e Trinity, de *Matrix*
Peixes — Landon e Jamie, de *Um amor para recordar*

—Trouxe tudo?

Darcy deu um passo para o lado quando uma mulher de aparência atormentada arrastando duas crianças pequenas murmurou um *com licença* e disparou por ela em direção à segurança.

Mesmo que Annie tivesse esquecido alguma coisa, era tarde demais para voltar e buscar. Ela tinha um voo para pegar.

— Acho que sim.

Darcy franziu a testa para a bagagem de mão de Annie.

— Está com seu celular? Carregador?

Annie verificou de novo.

— Sim. Se eu tiver esquecido alguma coisa...

— Posso enviar para você.

Darcy cruzou os braços, ainda olhando para a bagagem de Annie. Darcy não a olhara diretamente desde que Annie a informou brevemente sobre o que havia acontecido entre ela e Brendon.

— Ou posso guardar para você.

O sorriso de Annie ficou tenso.

Pelos alto-falantes do aeroporto, uma voz anunciou que eram quinze para as dez da noite. Seu voo era às 00h01 e, pela expressão no rosto de quem passava pelo terminal central em direção aos portões S, passar pela triagem de segurança demoraria um pouco.

Mas a hora tinha chegado.

Annie se virou para Darcy, seus olhos traidores lançando um rápido olhar sobre o ombro da amiga, na direção das portas de vidro. Seu coração subiu até a garganta quando, por uma fração de segundo, ela pensou que talvez fosse... *Não*, o cara era diferente, não tão alto, cabelo escuro demais, num tom que não era tão acobreado. Não era Brendon.

Era uma tolice, mas Annie não conseguia parar de procurá-lo no meio da multidão, tentando detectar seu rosto em um mar de estranhos, uma pequena parte esperando se virar e encontrá-lo bem ali. Esperando que ele aparecesse correndo pelo terminal, saltando sobre um carrinho de bagagem ou algo igualmente ridículo e parando na frente dela, ofegando, sorrindo, os olhos suplicantes. Que na última hora ele aparecesse e... o quê? Pedisse para ela ficar?

Ele já tinha feito aquilo, e ela respondera que precisava de tempo para pensar. O que era verdade, ela *precisava*, mas isso não impedia uma parte minúscula e irracional sua de desejar que ele aparecesse e a beijasse uma última vez.

Irracional mesmo. Brendon não estava ali e nem estaria, porque ela não estava vivendo os últimos dez minutos de um daqueles filmes que ele tanto amava.

— É melhor eu... — Ela apontou com o polegar para trás, indicando a fila para passar pela segurança.

— Na categoria de alguém com experiência no assunto, parece que você está fugindo — disse Darcy, sem se dar ao trabalho de enrolar. Em vez disso, mirou direto na jugular de Annie.

Annie se encolheu de vergonha e prendeu o cabelo atrás da orelha, acidentalmente soltando algumas mechas da trança espinha de peixe desleixada que havia feito no carro a caminho do aeroporto.

— Fugir teria sido pegar um voo mais cedo. O voo já estava reservado, Darce. Ida e volta. Além disso, como é que a gente foge para casa?

— Quando não é sua casa de verdade. Quando se está indo embora pelos motivos errados — respondeu Darcy, franzindo a testa. — Quando se vai embora não porque é a coisa certa a fazer, mas por medo.

— Ai... — Annie bufou. As palavras de Darcy atingiram o alvo. — Você estava só esperando para mandar essa, hein?

— Sou referência com experiência pessoal em fugir por medo — devolveu Darcy, irônica.

— Isso não é verdade. Você se mudou para Seattle porque precisava de espaço. Distância.

— Não é disso que estou falando. Estou falando de quando afastei Elle por medo de dizer como eu me sentia. Por medo do *quanto* eu sentia.

Darcy estreitou os olhos e Annie desviou o olhar, sem saber o que sua amiga poderia detectar em seu rosto, mas certa de que era mais do que Annie queria. Era como se seus sentimentos estivessem estampados na testa, como se ela fosse completamente transparente. Naquele momento, ela amou e odiou como Darcy a conhecia bem. Como Darcy podia lê-la bem.

— Não estou fugindo, Darce — reiterou Annie. — Estou voltando para a Filadélfia para pensar. Preciso de tempo. Você não pode me censurar por isso, pode?

De todas as pessoas, Darcy, com seus prós e contras e suas listas e análises de risco, precisava entender a posição de Annie no momento. Aquelas pouco mais de duas semanas não eram tempo suficiente para mudar todo o curso de sua vida. Annie não sabia quanto tempo seria suficiente, mas devia ser mais que quinze dias.

Com os lábios cerrados e os olhos arregalados, Darcy fungou forte e jogou os braços em volta de Annie, envolvendo-a em um abraço. Annie enterrou o nariz no ombro da melhor amiga e a abraçou de volta com força.

— Eu entendo — sussurrou Darcy. — Não gosto, mas entendo.

Annie se esforçou para não chorar.

— Vou sentir saudade.

Darcy a apertou com mais força, tanta que ficou difícil respirar, mas Annie não ia reclamar.

— Não fala assim.

Annie tossiu uma risada.

— O certo era você responder que vai sentir saudade também.

— Isso dá a impressão de que você já tomou a decisão de não voltar e que eu não vou te ver por mais um ano e meio.

Apertando os ombros de Annie, Darcy deu um passo para trás, segurando-a no lugar. O brilho das lágrimas em seus olhos nada fez para suavizar o olhar que Darcy lhe lançou.

— Você é minha melhor amiga, Annie. É insubstituível. Claro que vou sentir sua falta. Só não queria um motivo para *ter* que sentir.

— Bom raciocínio — brincou Annie. — Só você para ser racional sobre sentir saudade.

Darcy franziu os lábios. A ponta de seu nariz estava vermelha, assim como a pele delicada sob os olhos.

— Para de usar humor para minimizar a situação.

Annie baixou os olhos, acovardada.

— Às vezes acho que você me conhece um pouco bem *demais*.

— Não, você não acha. Só diz isso porque seria mais fácil esconder como está se sentindo de qualquer outra pessoa além de mim. Mas eu enxergo o que há por trás da sua fachada.

— Foi exatamente por isso que eu disse o que disse — murmurou Annie.

Darcy empurrou seu braço. Com força.

— Vou sentir saudade, Annie — disse Darcy, baixando a cabeça, forçando Annie a encará-la. — E o Brendon também.

Ouvir aquele nome fez os olhos de Annie arderem. Ela sentiu uma pontada no peito e engoliu o caroço que ainda não havia desaparecido desde que ele saíra da cozinha de Darcy.

— Quem sabe.

Foi a resposta errada. Darcy deu um passo para trás e cruzou os braços, a expressão ficando fria, o brilho em seus olhos simplesmente gélido.

— Sabe o que vai acontecer se você não voltar, né? — Annie mordeu o lábio inferior. Darcy continuou: — Talvez ele fique deprimido por um mês, talvez mais. Quem sabe? Aí ele vai seguir em frente, conhecer outra garota e vai levá-la a um... sei lá, um karaokê.

Annie apertou os dentes de trás, os olhos pinicando, a visão começando a nadar.

Darcy inclinou a cabeça, franzindo os lábios enquanto ponderava.

— Ela vai estar com ele nas festas de casamento, nas nossas noites de jogos. Os dois vão acabar tendo todo tipo de piada interna boba sobre programas de TV que amam ver juntos.

— Para com isso — pediu Annie, rangendo os dentes.

Darcy ergueu as sobrancelhas, fazendo Annie querer tirar aquele sorrisinho presunçoso e maldoso de seu rosto.

— Ele pode até comprar tiras nasais Respire Bem para ela, porque com certeza vai descobrir se ela ronca.

— Cala a boca — sussurrou Annie. — Por favor, cala a boca.

— Ele pode comprar uma planta e ajudá-la a cuidar dela, e um dia...

— Eu já *pedi* para você parar. — Annie esfregou os olhos com raiva, chateada por Darcy tê-la levado às lágrimas quando já tinha chorado mais que o suficiente por um dia. — Meu Deus, isso não foi um convite para você ser cruel.

Darcy esfregou o braço de Annie.

— Não estou sendo cruel. Eu só estava provando um argumento.

— Bem, parabéns — disse Annie, gaguejando. — Você conseguiu.

E se superou.

— Você pediu uma bola de cristal, Annie — lembrou Darcy. — Só estou dando uma olhada no futuro inevitável se você não voltar. Talvez seja uma variação do que acabei de descrever, mas é o que vai acontecer. — Darcy fez uma pausa. — Exceto que não precisa ser assim e você sabe disso.

Uma mudança de Annie para Seattle não impediria necessariamente que o que Darcy descrevera acontecesse. A única certeza é que ela viraria sua vida de cabeça para baixo, se mudando para o outro lado do país e se apaixonando um pouco mais por Brendon. Se ela corresse esse risco e Brendon resolvesse partir para outra, como todos com quem ela já namorara, a decepção não seria apenas dolorosa, seria arrasadora. Se ela estivesse em Seattle, ela teria um assento na primeira fila para o show que seria ver Brendon depois de terminarem, um espetáculo e todos seus detalhes dolorosos para ela assistir. Porque, graças à relação com Darcy, a vida dela se confundiria com a dele.

Annie se abraçou com mais força, tentando e falhando em se controlar.

— Eu *não* sei — disse ela, dando de ombros. — Por isso preciso de um tempo. Para me entender. Você sabe como eu sou — disse ela, rindo bruscamente. — Eu pulo antes de olhar. Falo antes de pensar. Eu…

— E você pularia na frente de um ônibus pelas pessoas de quem gosta — interrompeu Darcy. — Cá entre nós, acho que você devia se preocupar menos com o que se passa na sua cabeça e mais com o que se passa no seu coração. — Assim que Darcy disse aquilo, ela mesma levantou as mãos. — Eu sei, eu sei. Quem sou eu e o que fiz com a sua amiga Darcy?

Annie riu.

— Tirou as palavras da minha boca.

Darcy revirou os olhos.

— Tá bom, tá bom. Me deixa ser a sua voz da razão, ok? Se *eu* estou dizendo que acho uma boa ideia arriscar, talvez você devesse ouvir.

A fila para passar pela segurança havia crescido.

— Eu preciso ir — murmurou Annie.

Darcy apertou os lábios e assentiu.

— Por favor, pense no que eu disse.

Como não pensar? Ela tinha a sensação de que seria a única coisa em que pensaria. No que Darcy havia dito. No que Brendon havia dito. No que ela sentia. No que tudo aquilo significava.

A primeira coisa que ela faria depois de passar pela segurança seria tomar dois ibuprofenos porque sua cabeça estava começando a latejar. O ar reciclado do avião e a mudança de pressão não ajudariam.

— Eu vou — prometeu ela. — Vou pensar sobre tudo.

Sem avisar, Darcy se jogou sobre Annie em um abraço tão apertado que ela teve quase certeza de que alguma coisa em seu peito estalou. Era difícil dizer, tendo em vista a quantidade de dor que já estava sentindo.

— Me manda mensagem assim que pousar, tá?

Annie assentiu porque, se abrisse a boca, começaria a chorar, dessa vez de verdade, e, uma vez que começasse, uma vez que as comportas estivessem abertas, seria impossível fechá-las. Ela ficaria um caco, chorando e com o rosto todo vermelho pelo resto da noite.

Darcy fungou e empurrou Annie para longe, pestanejando rápido antes de disfarçar as emoções por trás de sua máscara estoica.

— Vou mandar mensagem todos os dias. E ligar também. De hora em hora. E a Elle também. Você vai ficar tão de saco cheio da gente que não terá escolha a não ser voltar e nos fazer parar pessoalmente.

Uma lágrima escorreu do canto do olho quando Annie riu.

— Darcy.

— É sério — disse Darcy, olhando para o corredor comprido que levava à segurança. — Agora sai daqui.

Annie acenou sem vontade e se virou, indo em direção ao terminal. Quando chegou a hora de virar à esquerda, ela olhou para trás, mas Darcy já tinha ido embora.

Nenhum aceno final, nenhum sorriso, nenhum prolongamento. Darcy sempre foi péssima com despedidas, mas talvez fosse melhor assim. Uma despedida limpa.

Arrastando-se pelo terminal, Annie entrou na fila da segurança. Demorou vinte minutos para percorrer a fila sinuosa até os scanners corporais porque *algumas pessoas* pensavam ser exceções às regras, deixando chaves nos bolsos, garrafas de água nas bolsas, sapatos nos pés.

Mesmo assim, ela ainda conseguiu chegar ao portão com tempo de sobra até o embarque. Sentada perto da janela com vista para a pista, ela assistiu calmamente a crianças brincando de pega-pega pelos corredores e homens de terno correndo até seus portões com o celular grudado no ouvido. Uma adolescente de cara fechada e fones seguiu sua família alguns passos atrás, arrastando os pés e levando um travesseiro de viagem pendurado dos dedos.

Annie era uma profissional em observar as pessoas, sempre olhando tudo de fora.

Quando os passageiros de seu voo começaram a ser chamados, ela se levantou e entrou na fila, fazendo tudo no piloto automático. Ela saiu da ponte de embarque, entrou no avião e procurou seu assento, 23A, no corredor.

Ambos os assentos ao lado do seu permaneceram vazios até que finalmente uma mulher mais velha com olhar gentil apontou para o assento da janela. O avião estava lotado, mas ainda não havia ninguém ocupando o assento do meio, nem quando os comissários começaram a caminhar pelo corredor, verificando se todos tinham guardado as malas corretamente no compartimento superior.

Sua pulsação começou a martelar.

Ela podia imaginar Brendon correndo até o avião, dizendo algo tão idiota quanto encantador. *Este assento está ocupado?* Ele faria um discurso que os comissários de bordo tentariam interromper, mas alguém — talvez a velhinha fofa no assento da janela — faria todos calarem a boca. *Deixem o menino falar.* Brendon imploraria a Annie para ficar e depois a beijaria sob os aplausos de todos ao redor. Até o piloto bateria palmas quando Brendon a arrastasse para fora do avião.

— Tripulação, preparar para decolagem.

Ela olhou para o encosto de cabeça à sua frente, seu rosto refletido na tela presa nas costas do banco, e se repreendeu por ser tão tola. Ela não gostava de gestos espalhafatosos e dissera a Brendon que precisava de espaço. E fora sincera. O fato de ele estar respeitando seus desejos deveria deixá-la feliz, mas, em vez disso, Annie se sentia vazia. Desapontada, mesmo sem direito de estar.

Capítulo vinte e três

Domingo, 13 de junho

    ANNIE (9:57): Oi. Só para avisar que acabei de pousar.
    BRENDON (10:00): Que bom que chegou bem.
    ANNIE (10:02): Obrigada, Brendon.
    BRENDON (10:03): ☺

Sexta-feira, 18 de junho

Brendon esfaqueou sua salada de salmão, bufando quando um estúpido tomate-cereja pulou do prato e saiu rolando pela mesa. Ele não confiava em frutas que se disfarçavam de legumes, e os tomates-cereja, em geral, eram os piores. Não tanto o gosto, mas a textura das entranhas do tomate espirrando no céu da boca. Repugnante. Ele pedira para tirarem, mas aqui estavam eles.

— Brendon, ouviu o que eu disse?

Sem levantar a cabeça, ele tirou os tomates da salada, um por um, e os colocou no prato de Darcy, ao lado de uma costela tão malpassada que quase chegava a mugir. Os tomates rolaram até uma poça de molho *au jus* tingido de rosa.

— Desculpe, o quê?

Darcy o esperou olhar para ela e, quando falou, sua voz saiu um pouco gentil demais, deixando Brendon tenso.

— Eu perguntei como você está.

Ele assentiu energicamente.

— Bem, bem. Katie, Jenny e eu tivemos uma ótima sessão de brainstorming para a nova campanha de marketing. Dividimos com o departamento de engenharia os ajustes de perfil que planejamos, e a expansão está caminhando. Eu já falei disso, né? — Ele continuou transferindo os tomates de seu prato para o de Darcy. — Vamos iniciar a expansão para o Canadá ainda este ano, para começarmos em... bem, tecnicamente, no primeiro trimestre. Depois a gente segue para o México antes de expandir para a Europa. Nossos investidores estão empolgados, eu estou empolgado, nós todos estamos...

— Empolgados? — perguntou Darcy, arqueando uma sobrancelha. — Brendon.

Ele pegou o café de Darcy e tomou um gole. Um gole foi mais do que suficiente para lembrá-lo por que não pedia café naquele restaurante.

— Sim?

— Como você está, *de verdade*?

Ele mordeu o lábio.

— Legal?

— Legal.

Ele forçou um sorriso.

— Você vai ficar repetindo tudo o que eu digo?

Engolindo em seco, Darcy deixou o garfo e a faca no prato, os talheres tilintando baixinho contra a porcelana. Ela levou o guardanapo aos lábios, limpando cuidadosamente os cantos da boca, tomando cuidado para não borrar o batom. Só depois de recolocar o guardanapo no colo, alisando o linho sobre as pernas, ela olhou para ele.

Brendon desejou que ela não o tivesse feito. A carga de pena em seu olhar quase o derrubou.

— Tudo bem se você não estiver legal, sabe?

Ele empurrou o prato para o lado e passou a mão na nuca.

— O que você quer que eu diga, Darce? Quer que eu diga que *não* estou legal?

Ele cutucou o interior da bochecha com a língua e praticamente a ouviu contando até cinco antes de falar.

— Só estou dizendo que você não precisa fingir perto de mim. É inútil. Eu percebo. Eu só gostaria que você não sentisse necessidade mentir para mim…

— Não estou mentindo. Eu realmente não vejo sentido em falar a respeito.

Conversar não traria Annie de volta a Seattle tão cedo. Conversar não a traria de volta, *ponto*.

Darcy ensaiou morder o lábio inferior antes de se lembrar do batom, optando por fazer um biquinho.

— Ignorar as próprias emoções e se esconder atrás de uma fachada despreocupada não é a melhor forma de lidar com isso. Estou falando por experiência própria quando digo que você vai acabar com o equivalente emocional de uma bala Mentos jogada em uma garrafa de refrigerante. Vai borbulhar e explodir. Seria melhor colocar para fora em vez de deixar infeccionar e estourar.

Ele coçou a sobrancelha.

— Está querendo ser minha terapeuta agora?

Ela estreitou os olhos.

— Não seja idiota, Brendon. Sou sua irmã e *eu mesma* recebi esse conselho do *meu* terapeuta.

A expressão dela o desafiava a rir, algo que ele não teria sonhado em fazer.

— Desculpa — murmurou ele, sentindo-se exatamente o idiota de que ela o chamara. — Eu não sabia. Isso é ótimo, Darce. Fico feliz que você esteja conversando com alguém.

Ela revirou os olhos.

— Você dá ótimos conselhos, não me leve a mal, mas achei que precisava de uma terceira pessoa, alguém imparcial para conversar sobre... coisas.

— Coisas — repetiu Brendon, sem querer bisbilhotar, mas ainda curioso.

Ela circulou a borda da xícara com o dedo.

— *Coisas*. Coisas sobre os nossos pais. Sobre a vovó. Natasha. Sobre a Elle. — Ela ergueu os olhos, vulnerável. — Eu amo a Elle. *Muito*. E não quero que qualquer bagagem que eu ainda esteja carregando sem nem saber ponha em risco nosso relacionamento. Então, sim, decidi que seria sensato ver alguém.

Ele esticou a mão, cobrindo a mão de Darcy.

— Estou orgulhoso de você.

Ela jogou os cabelos sobre o ombro e revirou os olhos.

— Não é nada de mais, Brendon. — A maneira como ela virou a mão e apertou os dedos dele dizia o contrário. — A propósito, eu convidei Elle para morar comigo.

Ele abriu um sorriso genuíno, o primeiro do dia.

— Ah, é? E quando vai precisar da minha ajuda com as caixas?

— Como se o seu carrinho *comportasse* uma caixa — provocou Darcy, com os olhos acesos. — E você não deveria estar me perguntando se ela aceitou?

— Pfff. É claro que ela aceitou.

Darcy sorriu levemente.

— É, ela aceitou.

— Estou muito feliz por você.

Darcy desfez o sorriso e baixou o queixo, fungando com força.

Ela pigarreou e levantou a cabeça, encarando-o.

— Eu também estou. Mas tudo bem se você estiver triste.

Ele cerrou o maxilar e, por um segundo, ficou tentado a fazê-la desistir com outro sorriso jovial. Mas a sinceridade de Darcy o obrigava a ser sincero de volta.

— Se eu não falar sobre... sobre a Annie, é mais fácil para mim acreditar que ela vai voltar. Que é temporário. Falar sobre o assunto, dizer em voz alta, torna tudo real. É... É difícil continuar agindo como se tudo fosse ficar bem quando eu falo em voz alta. — Ele passou o polegar pelo lábio inferior e deu de ombros. — Annie foi embora há uma semana, e por mais que eu queira fingir que está tudo bem, sei que é uma ilusão. Eu só...

Darcy franziu a testa e esperou enquanto ele organizava os pensamentos, se preparando para fazer a pergunta na qual não parara de pensar nos últimos seis dias.

Ele engoliu o nó crescente na garganta, do qual não tinha esperança de se livrar tão cedo.

— Fico me perguntando se havia algo mais que eu poderia ter feito, algo que poderia ter dito, algo que *deveria* ter dito que fizesse a diferença e...

— Brendon. — Darcy apertou os dedos dele e deu um rápido aceno com a cabeça. — Não faz isso com você mesmo, ok? Não joga esse jogo do *e se*. Não há nada que você poderia ter feito diferente para influenciar a decisão de Annie. Ela é responsável pelas próprias escolhas.

Ele abaixou o queixo, uma risada sardônica borbulhando sem que pudesse impedi-la.

— Ok, mas por que é tão difícil de aceitar?

Ela esfregou o dorso da mão dele delicadamente, em um ritmo quase hipnótico. Como um metrônomo.

— Porque você quer resolver tudo para todo mundo. Deixar todo mundo feliz. Você gosta de consertar as coisas, mas algumas coisas não são suas para consertar.

Ele fechou os olhos contra a onda de emoção que o atingiu. *Tudo* tinha solução. Nada era incorrigível demais, nada era impossível de consertar. Quando a gente gosta de alguém, nunca é tarde demais. Só é preciso querer muito consertar, tentar com mais dedicação e... Ele tossiu, erguendo a cabeça e olhando para Darcy, com a testa franzida.

— Margot me disse que tenho complexo de herói.

Darcy sorriu melancolicamente.

— Você tem. Você inclusive criou um aplicativo de namoro porque é louco para trazer alegria às pessoas. Você é assim desde que a mamãe e o papai se separaram. Lembra de quando tentou assar biscoitos para ela quando papai saiu de casa, mas esqueceu de tirar as forminhas quando pré-aqueceu o forno e usou cravo em vez de canela porque não tínhamos canela? Eles ficaram basicamente intragáveis. Lembra?

— Vagamente.

Na maior parte do tempo, ele só se lembrava de estar confuso, porque para ele seus pais pareciam perfeitamente felizes até não estarem mais. Ele se lembrava de olhar pela janela do quarto e desejar que o pai voltasse para casa. Que a mãe saísse do quarto onde tinha se escondido havia dias. Ele se lembrava da sensação doentia de pavor, do estômago embrulhando, ao ouvir pela primeira vez a palavra *divórcio* sendo sussurrada. Ele se lembrava da sensação de impotência e depois alívio quando foram morar com a avó. E depois de *culpa* pelo alívio.

Ele realmente não se lembrava dos biscoitos, embora tivesse certeza de que Darcy falava a verdade. Parecia algo que o Brendon de 12 anos teria feito. Pensar que biscoitos poderiam, talvez não *curar* um coração partido, mas ajudar. Querer consertar uma situação que não cabia a ele com um pouco de açúcar e muita esperança.

— Você provavelmente devia conversar com alguém sobre isso. Um profissional — sugeriu Darcy, com naturalidade.

Ele riu.

— Provavelmente.

— Você falou com Annie desde que ela foi embora?

— Trocamos algumas mensagens.

Ele se esquivou, não querendo admitir que, para cada mensagem que ele havia enviado, outras três definhavam em seu bloco de notas, nunca enviadas. Ele não queria sobrecarregá-la com cada pequeno e insignificante momento que o fazia pensar nela e, portanto, parecia significativo para ele.

— Que bom. Faz ela saber que você ainda está pensando nela, que ela ainda está na sua cabeça, mesmo longe.

Mesmo que ela possa não voltar.

Saber disso não mudava como ele se sentia. Mesmo que Annie não fosse dele, nunca, mesmo que ela se mudasse para o outro lado do mundo, Brendon ainda gostaria dela. E ele queria que ela soubesse disso, porque aquele sentimento não vinha com condicionais, com amarras.

Ele teve que umedecer os lábios antes de se forçar a responder.

— Annie não vai voltar, vai?

Ela baixou os olhos, olhando para a toalha de mesa engomada.

— Ela não disse...

— Não faz isso — rosnou ele.

Ela franziu a testa bruscamente.

— Não fazer *o quê*?

— *Isso* — disse ele, tirando a mão do aperto dela e puxando o cabelo de frustração. — Você está me pedindo para ser sincero, mas fica aí mentindo para proteger meus sentimentos.

Ela abriu e fechou a boca várias vezes antes de finalmente conseguir falar.

— Não estou mentindo, Brendon. Eu estou...

— Encobrindo a verdade, então. Varrendo-a para debaixo do tapete. Embrulhando-a com um grande laço para não me deixar triste. Chame do que quiser, mas você faz isso desde sempre. Que inferno, Darce. Você vê que não é exatamente normal você ter fingido ser o Papai Noel só para eu continuar acreditando nele depois que a mamãe e o papai pisaram na bola, não vê?

Ela deixou o queixo cair.

— Não era para você saber disso.

Ela o protegera da dura realidade durante a maior parte de sua vida, mas não podia protegê-lo disso. Dessa decepção esmagadora de desejar tanto alguém, de fazer tudo ao alcance para demonstrar que se importava, e ainda assim não estar à altura. Do fato de que, depois de tudo, Annie ainda questionava os sentimentos dele. Que ela não se sentia segura o suficiente com ele para se permitir desejá-lo, talvez.

— Mas eu sei — disse ele.

Brendon mal podia imaginar tudo que Darcy havia feito por ele que ele não testemunhara. Uma nova dor se instalou em seu peito e ele tocou levemente na canela dela com o pé sob a mesa.

O queixo de Darcy tremeu.

— Eu sinceramente não sei se ela vai voltar.

A inspiração de Darcy soou mais como um suspiro. Seu rosto e seus olhos ficaram vermelhos. Quando uma lágrima renegada escorregou por seu rosto, ela a enxugou com raiva.

Brendon segurou os apoios de braço com mais força.

— Eu não queria fazer você chorar.

Darcy levantou a cabeça e abriu a boca, deixando escapar uma bufada de incredulidade.

— *Você* está chorando, Brendon. Eu estou chorando porque você está.

Ele levou a mão ao rosto e... Merda. Seus dedos estavam molhados porque sim, ele estava chorando no meio de um restaurante em plena hora do almoço. Ele procurou o guardanapo e se limpou correndo com o tecido duro de tão engomado. Assim que estancou as lágrimas, ele se levantou e enfiou a mão no bolso de trás para pegar a carteira, ignorando o olhar de desânimo de Darcy e deixando na mesa dinheiro suficiente para pagar a refeição.

— Brendon.

— Preciso de um pouco de espaço — desabafou ele, uma risada histérica seguindo sua explicação assim que ele ouviu o que dissera.

Darcy segurou o pulso do irmão, impedindo-o de sair daquele jeito.

— Você vai ficar bem?

Um "eu vou ficar bem" pairava na ponta da sua língua, mas alguma coisa nos olhos da irmã o levou a falar a verdade.

— Me pergunta daqui a uma semana.

Brendon não sabia como se sentia agora, apenas que tudo doía.

Ela assentiu, parecendo estar à beira das lágrimas.

— Ei.... — Brendon deu um tapinha no ombro dela. — Estou realmente feliz por vocês duas.

Ela esfregou os olhos e abriu um sorriso discreto.

— Obrigada, Brendon.

Quando se tratava de formar casais, de unir as pessoas, de ajudá-las a encontrar seus finais felizes, Brendon acertava com mais frequência do que errava.

Ele só gostaria de não ser a exceção.

Capítulo vinte e quatro

Domingo, 20 de junho

Annie olhou para a lista de prós e contras que rabiscara em um guardanapo durante o voo. Além de alguns novos rabiscos, nada havia mudado na semana desde que ela voltara para a Filadélfia.

Seattle:
+ Amigos
+ Darcy
+ Brendon
+ Ótima comida
+ Clima bom (nem a chuva é tão ruim)
+ Lojas legais
+ Sem imposto estadual
+ Brendon
- Sem emprego?! (adendo, sem emprego <u>ainda</u>)

Londres:
+ Segurança profissional?
- Um trabalho que eu não amo
+ Sotaque lindo?!

Ela demorou alguns dias para perceber que havia colocado o nome de Brendon duas vezes.

Um mês antes, no papel, mudar para Londres parecia ser *a* decisão. Não simplesmente a única, mas a certa. A mais prudente. Agora, olhando para aquela lista, vendo tudo naquela lista, era óbvio que Seattle tinha mais a oferecer do que Londres. O grande número de prós era irrefutável.

Mas a segurança de um emprego era importante.

Ser feliz também.

Mas e se ela se mudasse para Seattle e as coisas com Brendon não dessem certo? Ela teria Darcy, mas Brendon era seu irmão, e aquilo inevitavelmente seria *problemático*.

Talvez ela estivesse complicando demais as coisas. Mas e se não estivesse? E se... Annie fechou os olhos.

Seu coração estava em Seattle, já sua cabeça... Ela não sabia onde estava sua cabeça.

O tempo não era um recurso inesgotável. Seu voo para Londres era em dez dias e, independentemente de Annie estar nele ou não, sua sublocatária chegaria no dia 5 de julho.

Não importava qual fosse sua decisão, ela não tinha escolha a não ser fazer as malas.

Empoleirado sobre uma pilha de livros em sua mesinha de cabeceira, o celular tocou. Ela se esticou na cama para alcançá-lo e abriu um sorriso involuntário, o calor irradiando selvagem no peito.

Brendon.

Ele mandava mensagens quase diariamente. Não com frequência suficiente para sobrecarregá-la, mas aqueles pequenos lembretes de que ele estava pensando nela a faziam se sentir... querida? Qualquer que fosse o oposto de deixada de lado.

BRENDON (23:19): O que "petite a petite le uasô féte son nide" significa?

Ela apertou os olhos para a tela. Maluquice, era isso o que significava.

ANNIE (23:27): Hmm, que idioma é esse?

Ela murmurou as palavras que ele escrevera e riu baixinho. Não era maluquice, só francês digitado foneticamente. Mal digitado.

ANNIE (23:29): Ah. Você quer dizer "petit a petit, l'oiseau fait son nid"?
BRENDON (23:31): Talvez? 😁
BRENDON (23:32): Estou assistindo *L'amour est dans le pré*, mas não tem legenda.
BRENDON (23:32): Perdi minha tradutora favorita e estou morrendo aqui.

Uma dor cruel ondulou em seu peito, e Annie se enfiou debaixo das cobertas. Ele ainda assistia ao programa, mesmo que ela não estivesse lá para explicar o que estava acontecendo. Se ela pudesse piscar os olhos e se ver sentada no sofá ao lado dele, ela o teria feito sem pensar duas vezes.

ANNIE (23:34): Significa "pouco a pouco, o pássaro faz seu ninho". É um provérbio francês sobre paciência e perseverança. Tipo "Roma não foi construída em um dia".
BRENDON (23:36): Ah tá. Faz sentido. Obrigado ☺

Annie deixou os dedos pairarem sobre o teclado, pensando no que escreveria em seguida.
Obrigada por ser paciente comigo. A propósito, sinto sua falta. Mais do que imaginava ser possível, mas sinto.

Ela fechou os olhos e clicou em apagar, escolhendo algo mais seguro.

ANNIE (23:37): Imagina.

☾

Segunda-feira, 21 de junho

Annie folheou a pasta que Brendon lhe dera com oportunidades de emprego para graduados em linguística.

- Lexicografia
- Fonoaudiologia
- Educação
- Tradução
- Edição de texto
- Escrita técnica

Metade das opções a fez torcer o nariz. Outras eram promissoras. Lexicografia tinha um certo apelo; a ideia de compilar e editar dicionários, especialmente dicionários para falantes bilíngues, era interessante.

Tradução freelancer também chamou sua atenção. Era totalmente o tipo de coisa que ela gostaria de fazer.

Annie pegou o celular e abriu o navegador.

Era hora de fazer algumas pesquisas.

☾

Terça-feira, 22 de junho

BRENDON (22:56): Estou precisando de tradução novamente.

Annie sorriu. Deus, havia mesmo sido a primeira vez que ela sorrira o dia todo?

Ela não andava tendo muitos motivos para sorrir ultimamente.

ANNIE (22:59): Manda.

BRENDON (23:02): C'est a tês côte que je vu constrruir ma vi

Demorou um minuto para decodificar o que ele havia digitado para o francês real. As palavras se materializaram em sua mente e ela abaixou a cabeça, olhando para os dedos dos pés plantados no piso laminado da sala de estar.

ANNIE (23:04): C'est à tes côtés que je veux construire ma vie.

Sua visão ficou embaçada e um nó se formou em sua garganta. Meu Deus, como ela sentia falta dele.

ANNIE (23:04): Significa "eu gostaria de construir minha vida com você ao meu lado".

Ela olhou para o telefone, observando o tempo passar, os segundos se transformando em minutos. Seu coração foi até a garganta quando uma nova mensagem chegou.

BRENDON (23:07): Ah.
BRENDON (23:08): Obrigado.

Ela largou o celular e enterrou o rosto nas mãos.

☾

Quinta-feira, 24 de junho

Seu passaporte estava em *algum lugar* no buraco negro da bolsa. A localização exata ainda era uma incógnita, mas com certeza não era aquela em que o documento deveria estar cuidadosamente guardado: no bolso lateral com zíper onde Annie mantinha documentos importantes de viagem.

Ela virou a bolsa de cabeça para baixo no chão do quarto, espalhando uma montanha de itens dos mais diversos no carpete. Batom. Outro batom. Protetor solar. Carteira. Ela torceu o nariz. Lixo. O pânico se espalhou por seu peito. Onde estava aquele maldito passaporte?

Revirando a pilha com os dedos suados, ela respirou fundo, tentando acalmar o coração acelerado.

Talvez não fosse uma coisa ruim.

Talvez, perder o passaporte fosse o universo lhe dizendo para não se mudar para Londres, não aceitar o emprego, que se danasse a segurança financeira. O destino tinha assumido o volante e estava decidindo o caminho para...

Enterrado no fundo da pilha, debaixo da latinha de balas de canela, estava o passaporte. Seus ombros desabaram. Lá se ia a teoria. Annie ainda tinha controle do próprio destino. Quando ela puxou o passaporte da pilha, alguma coisa guardada dentro dele caiu no chão.

Sua mão parou, pairando sobre a foto. Era uma das que Brendon havia tirado dela no casamento, seu rosto borrado enquanto ela tentava tirar a câmera das mãos dele. Enquanto ela esticava o braço para Brendon.

Annie levantou a foto, analisando seu sorriso, traçando-o com a ponta dos dedos. Mesmo desfocada, a imagem irradiava felicidade. Ela levou a mão ao rosto e traçou o pobre projeto de sorriso curvando sua boca.

A foto era boa, mas não se comparava ao momento real. A estar lá. Rindo com Brendon. As pontas dos dedos pulsando em cima do peito dele. *As covinhas dele.* O susto quando ele caiu de costas na água. A barriga doendo por segurar o riso quando ele irrompeu pela superfície, se debatendo.

Sem olhar, Annie tateou o tapete atrás dela, procurando o celular para fotografar a foto e enviá-la para Brendon. Um pequeno gesto, talvez, mas ela queria que ele soubesse que estava pensando nele. Que apreciava a paciência, a tolerância dele quanto à sua indecisão. Que ele dera, sim, espaço para que ela pudesse se decidir nos termos dela.

O celular estava em algum lugar. Ela fez uma careta e torceu para não o ter guardado acidentalmente em uma das caixas. Considerando que estava no modo silencioso, procurar seria um verdadeiro deleite.

Ela o encontrou debaixo do rolo de fita adesiva e suspirou de alívio por não ter estragado tudo; reabrir todas aquelas caixas e vasculhar seus pertences só para encontrar o celular tornaria todo o trabalho anterior inútil. Ela colocou o volume no máximo para o caso de perdê-lo novamente. Para *quando* o perdesse novamente.

Antes de abrir a câmera, ela viu uma notificação e deslizou para abri-la.

Elle a marcara em uma foto no Instagram.

Annie franziu a testa ao ver que não estava na foto. Era uma selfie de Elle, Margot, Darcy e Brendon sentados ao redor da mesinha de centro e do tabuleiro de Banco Imobiliário. Annie tocou na foto e apertou os lábios, os olhos lacrimejando violentamente. Elle marcara seu perfil na almofada vazia ao lado de Brendon.

Ele estava com os braços apoiados casualmente nos joelhos e seu sorriso era a coisa mais radiante da foto. Ao fechar os olhos,

Annie pôde ouvir sua risada rouca, imaginar exatamente como os lábios dele se curvavam naquele mesmo sorriso quando eles se beijavam.

A legenda dizia: *A turma está toda aqui menos @anniekyriakos. Saudade!* 😘 🫶

Annie não conseguiu não clicar no perfil dele para obter sua dose de Brendon da maneira que era possível.

Grande erro.

Ela arfou bruscamente, o peito ameaçando despencar, e apertou os dentes para evitar que o queixo tremesse. Sua visão embaçou e o rosto queimou diante da última postagem de Brendon.

Ele estava lindo, como sempre, assim como a garota praticamente atirada em cima dele enquanto ambos sorriam para a câmera.

A meu ver, não se pode apressar algo que a gente quer que dure para sempre.

Aquilo tinha durado, o que — pouco mais de uma semana?

Annie sentiu falta de ar e seus pulmões se contraíram. Ela soluçou e abraçou os joelhos contra o peito.

Ela não sabia com quem estava mais zangada: consigo mesma ou Brendon.

Uma coisa era seguir em frente, outra era... *aquilo*. Ela partira havia menos de duas semanas quando ele postou a foto. Era como esfregar na cara dela o fato de ter encontrado outra pessoa. O fato de que Annie fora apenas um pontinho em seu radar, completamente substituível.

Ela contraiu os lábios. Não tinha pedido a ele para esperar, então não tinha o direito de ficar chateada. O que eles tinham não era — Annie engoliu em seco — um relacionamento a distância. Nem estavam dando um tempo. Ele não era dela. *Claramente.*

Darcy avisara que aquilo aconteceria, que Brendon seguiria em frente. Ela só não esperava que acontecesse tão cedo, ela só não esperava sentir como se tivesse levado uma punhalada no peito com uma faca cega que foi rasgando tudo do pescoço até o umbigo. Estripando-a.

Annie bateu com a palma da mão no peito e respirou fundo. Ela causara aquilo a si mesma; primeiro se envolvendo com Brendon, depois o afastando. Ela não tinha ninguém para culpar além de si mesma, porque ela sabia que não se devia brincar com fogo.

Ela sempre se importava mais do que a outra pessoa. *Sempre*. Por que pensar que agora seria diferente? Só porque dessa vez ela se importou mais do que nunca? Jesus. Ela bufou de ironia no silêncio de seu quarto e enterrou o rosto nas mãos. Tinha sido de uma ingenuidade estúpida acreditar que dessa vez seria diferente. Que esta seria a exceção, quando só serviu para provar que ela estava certa.

Ela nunca odiou tanto estar certa em sua vida.

Os acordes de "Never Gonna Give You Up", de Rick Astley, explodiram, fazendo-a pular de susto, a cabeça batendo nas caixas empilhadas precariamente às suas costas. Annie piscou, observando a torre balançar ameaçadoramente sobre sua cabeça, e se perguntou se todas desabariam. Se elas arrebentariam nas laterais, se tudo o que ela possuía se espalharia ao seu redor em um caos tão terrível e turbulento quanto o caos que ela sentia por dentro. Se ela conseguiria colar as caixas novamente ou se seria tão inútil quanto usar fita adesiva para colar de volta os cacos de um coração.

Ela apertou a mão sobre a boca e sufocou um soluço enquanto ouvia o toque de Darcy continuar tocando, Rick Astley prometendo que nunca desistiria dela. Nunca a decepcionaria.

Para um pedaço de plástico barato, o celular parecia mais um tijolo quando ela o levantou, o polegar pairando sobre a tela para enviar Darcy para o correio de voz.

Mas *persistente* era praticamente o nome do meio de Darcy. Se os últimos dias tinham ensinado alguma coisa, Darcy ligaria sem parar até Annie atender.

Annie rezou para que a voz não tremesse.

— Alô.

— Só queria saber como você está — disse Darcy. — A Elle está mandando oi.

Annie respirou fundo, precisando de ar, mas seus olhos lacrimejaram e seu nariz também. Sua próxima inspiração foi barulhenta e irregular, e ela apertou os lábios, o rosto queimando, o corpo todo ardente de vergonha por sua *óbvia* tristeza. De vergonha por não saber chorar mais discretamente, conter as emoções por alguns malditos minutos para despistar Darcy. Ela *tinha* que escolher justo aquele minuto para ser um desastre e desmoronar no celular com a pior pessoa possível. A pessoa que, sem falta, sabia quando ela estava mentindo, a pessoa que derrubava suas melhores defesas. Annie estava jogando com o time desfalcado.

— Annie? — chamou Darcy, parecendo preocupada. Típico. Quem diria? — Tá tudo bem?

— Aham.

Annie rangeu os dentes ao mentir, porque era melhor que a alternativa: explodir em lágrimas e ter que se explicar. Ouvir Darcy dizer "eu avisei". Ou pior, ouvi-la oferecer um consolo banal. Mesmo que Annie tivesse se metido por conta própria nessa confusão e Darcy *tivesse* avisado.

Annie simplesmente não dera ouvidos.

— Simplesmente ótima.

— Quer tentar de novo?

Annie riu em meio às lágrimas, que começaram a fluir com força total. Elas escorriam pelo rosto e pelo pescoço, acomodando-se nas cavidades acima da clavícula. Annie as afastava furiosamente, incapaz de estancar o fluxo.

— É alergia — disse Annie, e fungou com força, as bochechas queimando. — Esse maldito pólen está me matando.

— Mentira.

Annie bufou e jogou a cabeça para trás, observando as caixas balançarem para a frente e para trás como uma árvore durante uma forte ventania.

— Você tinha razão.

— Normalmente tenho. — Darcy fez uma pausa, pigarreando delicadamente. — Quer me dizer sobre o que eu tive razão dessa vez?

Ela deu uma risada chorosa e fraca antes de responder:

— Na verdade, não.

— Vamos tentar de novo.

Annie revirou os olhos.

— Podemos não fazer isso? Será que você não pode deixar pra lá? Por favor, Darcy.

— Se você não me disser o que há de errado, vou reservar o próximo voo disponível com destino à Filadélfia.

Annie não tinha a menor sombra de dúvida de que Darcy estava falando sério.

Ela apertou os lábios e tentou regular os batimentos cardíacos. O coração estava batendo muito rápido, martelando, cada palpitação um soco contra a parede do peito. Quando ela engoliu, sua garganta parecia estar em carne viva, áspera e dolorida.

— Darcy.

— O Expedia está me dizendo aqui que tem vaga em um voo hoje à noite.

Annie fungou.

— Por quanto? Mil dólares?

— Ajudar você não tem preço, Annie.

Ela apertou os olhos, lágrimas quentes escorrendo pelas bochechas.

— Por favor, não faz isso.

— Fala comigo, por favor — implorou Darcy. — Ou então vou torrar uma fortuna indecente voando para a Filadélfia.

Não era uma simples ameaça; Darcy faria mesmo aquilo em um piscar de olhos. Annie sabia disso porque faria o mesmo por Darcy.

— Você estava certa. Sobre Brendon seguir em frente. Ele seguiu. E eu estou...

— *O quê?* — Darcy teve a audácia de rir. Annie estava sentada no chão do quarto, com lágrimas escorrendo pelo queixo, e Darcy ria dela. — Annie.

— Não me venha com esse seu *Annie*. Eu sei o que eu vi.

— O que *exatamente* você acha que viu? — demandou Darcy, e Annie não sabia se a raiva na voz da amiga era dirigida a ela ou a Brendon.

Annie revirou os olhos.

— Instagram. A Elle me marcou, aí eu... entrei no perfil dele e... Ela é muito bonita e ele parece... feliz.

Como se a partida de Annie não o tivesse afetado em nada. Porque Brendon definitivamente não parecia arrasado. Todos os dias Annie sentia saudade dele, e a cada dia ela tinha mais certeza de que não deveria se mudar para Londres. Ela sentia Seattle chamando por ela. Ela acordava e pensava em Brendon. Ela dormia pensando nele. Ler as mensagens dele *doía*.

Mas no curto espaço de doze dias ele tinha seguido em frente, suas mensagens para ela uma farsa total, despistando-a do fato de que ele já havia encontrado outra pessoa.

Darcy rosnou.

— Que merda você está falando?

— *Instagram* — repetiu ela, batendo a mão livre no tapete, desejando mais do que um baque surdo para pontuar sua frustração.

— Eu não *tenho* Instagram. Um segundo, peraí.

Do outro lado da linha, Annie ouviu Darcy digitando, suas unhas estalando rapidamente contra o teclado. Houve uma breve pausa antes de Darcy começar a rir.

— Vou desligar — ameaçou Annie.

— *Annie*. Meu Deus. Por favor, fica calma.

— Fica calma você — disparou ela de volta, sem nada melhor para oferecer.

— É só a Jenny.

Ah, Jenny, ótimo.

— Ela trabalha no departamento de marketing do OTP. — Darcy falava de uma maneira lenta e suave que beirava a condescendência, mas Annie não conseguia reclamar porque aquilo estava fazendo mágica em seu sistema nervoso. — Eles trabalham juntos, Annie. Eles são amigos.

Ela ficou tonta de vergonha.

— Ah.

— *Aaaah* — provocou Darcy.

— Cala a boca. Essa foto tem, tipo, um milhão de violações de RH. Os rostos deles estão se tocando.

Darcy gargalhou.

— Você está com ciúme.

— *Não* é isso, eu estou...

— Annie, tá tudo bem.

Não estava nada bem. Quando foi que ela se tornara o tipo de pessoa que entra no Instagram e tira conclusões precipitadas?

— Eu odeio isso — disse ela, gemendo com o rosto escondido atrás da mão. — É tão humilhante.

— Lembre-se com quem você está falando. Esqueceu do meu aniversário de 13 anos, quando você dormiu na minha casa e...

— Nós juramos *nunca* falar sobre isso. Não aconteceu.

— A questão é — continuou Darcy — você já fez coisas muito mais humilhantes.

— Nossa, você *realmente* sabe fazer uma garota se sentir melhor.

— Annie.

Ela engoliu em seco.

— Tá, ok. Eu *estou* com ciúme. E é idiota. *Eu* sou uma idiota.

— Para com isso. Não fala assim da minha melhor amiga.

— Sua melhor amiga é uma idiota. Supera.

— Minha melhor amiga é uma idiota quando se trata do meu irmão. Posso aceitar isso.

— Pois é. — Annie assentiu, embora Darcy não pudesse vê-la, e baixou a voz, que saiu em um sussurro patético: — Eu sou mesmo.

— Ele não para de lamentar pelos cantos, sabia? Ele realmente sente sua falta.

Os olhos de Annie ardiam.

— Também sinto falta dele. Bastante.

Muita.

O que estava fazendo? Sentada a quilômetros de distância, limpando seu apartamento, se torturando com fotos e pensando em Brendon quando ela poderia ter a coisa real? Ela teve a coisa real e ela *queria* a coisa real.

Ela não queria mais um carimbo no passaporte. Ela queria Brendon.

— Pronta para voltar para casa? — perguntou Darcy gentilmente, como se tivesse medo de assustá-la, como se Annie fosse um bichinho amedrontado.

Casa.

Era um risco, mas não valia a pena ter tudo o que ela queria quando a alternativa era nunca ter nada? Ficar sentada ali, sozinha, sofrendo absurdamente graças às próprias escolhas?

Seus olhos ardiam, mas ela fez uma varredura lenta pelo quarto, a maioria de seus pertences já encaixotados, o resto espalhado ao acaso pelo tapete, esperando mais caixas ou mais malas. Não havia quadros nas paredes. As estantes estavam vazias. Em pouco mais de uma semana, outra pessoa habitaria aquele apartamento. Com sorte, alguém que passaria mais tempo ali do que ela.

Ela respirou fundo e ouviu as batidas implacáveis do próprio coração.

— Acho que sim...

Darcy deu um grito agudo, ofegante e chocado.

— Finalmente, *porra*.

Annie apertou os dedos trêmulos contra os lábios e soltou uma gargalhada.

— Eloquente.

— Cala a boca. Você está falando sério?

Desde quando o amor deve ser conveniente?

Ela sabia daquilo o tempo todo, só estava com medo. Morrendo de medo.

Medo de que Brendon fosse como todas as pessoas com que ela já saíra. Mas a verdade era que ele era diferente de qualquer pessoa que ela já conhecera. E ele nunca lhe dera motivos para duvidar dele ou do que ele sentia. Sempre que podia, demonstrava que se importava. Até aquele momento, quando não tinha motivos para acreditar que ela voltaria, ele escrevia com mais frequência do que qualquer um de seus supostos amigos na Filadélfia. Foi ela quem o comparou com as pessoas de seu passado, foi ela quem o julgou mal. Um erro que ela queria — *precisava* — desesperadamente corrigir.

— Sim. Eu estou. Eu estou... — Ela estalou os ouvidos quando cerrou a mandíbula, tentando evitar uma nova onda de lágrimas. — Será que é tarde demais?

— Tarde demais? Para o Brendon? Tá de sacanagem, né? Estamos falando da mesma pessoa? Meu irmão que, quando finalmente deixei de ser babaca, me disse que nunca é tarde demais quando a gente ama alguém? Aquele Brendon? A personificação de comédias românticas natalinas com cabelo ruivo e um coração de ouro? Um metro e noventa e três...

— *Darcy*.

— Brendon não vai se incomodar com a sua demora de algumas semanas para tomar uma decisão que vai mudar a sua vida. Ele entende. Vai ficar aliviado quando eu...

— Você não vai falar nada — interrompeu Annie.

— Não? — perguntou Darcy, desconfiada.

— Não. Não vai. — Ela se sentou um pouco mais ereta, se descolando das caixas às suas costas. — Eu quero contar.

E ela queria fazer isso pessoalmente. Ver a cara dele quando ela chegasse em Seattle. De vez. Ver que ela estava *totalmente* dentro.

— Não vou falar nada.

Não dava para ver Darcy revirar os olhos, mas dava praticamente para ouvir.

— E você não vai mencionar isso — insistiu ela, ficando de joelhos. — Esse meu surto com a foto. Ele vai achar que...

— Que você é humana e às vezes humanos têm reações confusas que nem sempre são fundamentadas na racionalidade? Não vou dizer nada.

— Obrigada. Não pela condescendência, mas pelo resto.

— De nada. Agora me diz quando eu devo te buscar no aeroporto.

Capítulo vinte e cinco

Sábado, 26 de junho

ANNIE (8:15): Olha o que eu achei.

Brendon sorriu para a foto borrada de Annie que ele tirara na noite do casamento de Katie e Jian. Ela estava banhada em luz azul, o sol se esgueirando no horizonte atrás. Seu sorriso estava embaçado, mas ainda era radiante, fazendo o peito de Brendon palpitar.

Ele pegou a toalha, limpando o pó de giz das mãos que restara de sua escalada matinal, antes de escrever uma resposta.

BRENDON (8:22): Você está linda.
ANNIE (8:26): Eu estava olhando pra você.

Terça-feira, 29 de junho

ANNIE (16:23): Saudade.

Os dedos dele pairaram sobre o teclado.
Você não precisa sentir saudade. Volta. Por favor.

BRENDON (16:25): Eu também.
ANNIE (16:31): ♥

Quinta-feira, 1º de julho

BRENDON (11:11): Pensando em você.

— Brendon. *Brendon.*

Brendon tirou os olhos do celular. Nenhuma mensagem não lida. Ele ofereceu à mãe um sorriso tenso do outro lado da mesa do bistrô que ela escolhera para o almoço.

— Desculpe. O que você disse?

— Eu disse para jantarmos juntos no sábado. Abriu um restaurante novo na Main Street que estou morrendo de vontade de conhecer. Talvez você possa até arrastar sua irmã, se conseguir desgrudá-la da namorada por tempo suficiente.

Ele beliscou a ponta do nariz. O relacionamento entre a mãe e Darcy tinha sido tenso por tanto tempo que ele não se lembrava de uma época diferente, mas as sutilezas e cutucadas da mãe que o colocavam no meio daquilo o desgastavam.

— Claro.

Ele assentiu distraidamente, olhando para o telefone quando vibrou.

Era uma ligação, e de alguém que ligou para o número errado, ainda por cima.

— É falta de educação ficar mexendo no celular à mesa.

Ele apertou os dentes.

— Desculpe. Tem razão. É que eu estou... esperando uma mensagem.

— De alguém *especial?* — Sua mãe prolongou a palavra.

Ela nem imaginava como.

— Eu tenho saído com alguém, na verdade — disse Brendon, se preparando. — Com a Annie.

Sua mãe franziu os lábios.

— Annie? Annie da sua irmã?

A primeira e única Annie que ele conhecia, sim.

— A própria.

— Hum. — Ela riu. — Você tinha uma queda e tanto por ela.

Ele brincou com os talheres.

— Aham. Tinha.

— Eu não sabia que Annie morava em Seattle.

Ele se encolheu levemente.

— Na verdade ela não mora. Ela ainda está na Filadélfia, mas está pensando em se mudar. Eu estou... Eu espero que ela faça isso.

O celular vibrou novamente.

ANNIE (12:01): Desculpa! Eu estava no avião. Pensando em você também.

No avião... Ele arfou.

Sua mãe murmurou:

— Você é tão otimista, Brendon. Adoro como nada te desanima. Você nunca fica no chão, sempre se levanta. Eu admiro isso, sabe?

Brendon contraiu a mandíbula. Ele não se sentia muito otimista.

☾

Sexta-feira, 2 de julho

BRENDON (11:14): Oi. Espero que esteja se acomodando bem.

Ele olhou para a tela, rezando para que uma explicação se materializasse. Pelo menos uma mensagem de que ela havia chegado bem em Londres.

ANNIE (11:22): ☺

Ele fechou os olhos e arremessou o celular, que quicou na cama.

☾

Sábado, 4 de julho

Brendon descansou os braços no parapeito do *Argosy* e olhou para as águas escuras e agitadas do lago Union. O sol havia se posto no horizonte quarenta e cinco minutos antes, e o céu agora parecia uma tela índigo pontilhada de estrelas brilhantes e cintilantes. A lua, quase cheia, refletia na água turbulenta, transformando a superfície em mercúrio líquido.

Enfrentando a brisa, ele apertou os braços, tentando se proteger do vento cortante no convés superior do barco, para onde Elle o arrastara. Nada disso tinha sido ideia dele, celebrar o Dia da Independência, ir para o lago, ficar no convés de observação superior.

Quatro de julho. Três semanas desde que Annie partira de Seattle. Três dias desde a data do voo para Londres. Já estava na hora — já *passara* da hora — de Brendon aceitar que ela não voltaria.

Sua irmã podia tê-lo deixado remoendo aquilo em paz, sozinho no canto dele, mas não. Darcy, Elle e Margot o arrastaram até um barco para assistir aos fogos de artifício com uma centena de estranhos. Ele estava perfeitamente bem com a ideia de ficar em casa e ver os fogos de artifício da varanda com vista para o parque, como fazia todos os anos. A única parte desse feriado da qual ele gostava. Mas neste ano estava difícil se animar até para isso.

Elle esbarrou nele com o quadril e sorriu.

— Animado para o show?

— Muito.

Ele sorriu brevemente antes de se virar e encarar a água e a cidade ao longe.

Fingir estar bem quando ele se sentia tudo menos isso era exaustivo.

Um assobio alto encheu o ar, seguido por um estalo agudo: o primeiro fogo de artifício estourou no alto. Uma luz branca brilhante iluminou o céu em um rápido estroboscópio de cintilações e flashes que sinalizaram o início do espetáculo. Uma dúzia de estalos se seguiram em rápida sucessão e estrelas em cascata começaram a preencher o céu, suas caudas longas e brilhantes como faíscas em forma de folha de palmeira chovendo em dourado.

Flashes de vermelho e azul refletiam no lago, tornando-o claro como se fosse meio-dia. Ao lado dele, Elle estava arfando de admiração. Brendon desviou a atenção do show de luzes e a observou se recostando em Darcy, logo atrás dela. O braço da irmã estava apoiado no gradil, envolvendo a namorada. Ela sussurrou algo no ouvido de Elle que a fez sorrir e se virar, dando um beijo rápido na bochecha de Darcy, antes de voltar a admirar o céu. À sua esquerda, Margot narrava o show em uma live do Instagram, chamando cada fogo de artifício pelo nome próprio. *Brocado. Chrysanthemum. Pistilo. Palma. Spinner. Peixe.*

Um cometa brilhante disparou alto no céu, uma bola compacta de luz branca brilhante. Ele estourou em uma chuva de brilhos, reacendendo e enviando outra cascata de estrelas que se dissolveram à medida que flutuavam em direção ao solo.

Os olhos de Brendon ardiam de tanto encarar o céu sem piscar. Quando finalmente se forçou a desviar o olhar, uma imagem reversa ficou impressa em suas retinas, um zigue-zague de preto contra um branco forte por trás das pálpebras. Ele engoliu em seco, ignorando o súbito nó indigesto que se instalara permanentemente no fundo da garganta.

Se Brendon não estivesse parado no convés de observação de um barco no meio do lago, com a brisa despenteando seu cabelo e afastando-o da testa, ele teria pensado que precisava de ar. A verdade é que não sabia do que precisava, apenas sabia que não estava ali. Ele tinha a sensação de que estava a oito mil quilômetros de distância. Inacessível. Intocável.

Ele se afastou do parapeito, precisando de um minuto. Só um minuto. Um minuto para... Na verdade, ele não sabia o que precisava fazer. Ficar ali, assistindo aos fogos de artifício e sentindo-se dolorosamente sozinho, apesar de estar cercado por uma multidão, amigos, família, era demais para ele. Sentiu alguém segurar seu pulso, impedindo-o de ir muito longe.

— Aonde você vai? — perguntou Darcy, franzindo a testa. — Vai perder o show.

Ele mordeu a carne das bochechas, precisando do breve lampejo de dor para se firmar, e deu de ombros, ainda se sentindo confuso.

— Ok.

Ela franziu mais a testa, o vinco entre suas delicadas sobrancelhas se transformando em uma trincheira.

— Você adora fogos de artifício, Brendon.

Sim, ele costumava adorar, quando tinha algo para comemorar. Algo pelo que se alegrar.

— Não estou no clima, Darce.

Quando era criança, Brendon fazia pedidos para aqueles fogos de artifício como se fossem estrelas cadentes de verdade. Mas não era mais tão ingênuo. Quando o show terminasse e o barco voltasse para o porto, e o céu voltasse a ser a ardósia negra de todas as noites, ele entraria em seu carro e retornaria para seu apartamento vazio, e Annie... Annie ainda estaria em Londres. Nem todos os pedidos do mundo pedidos poderiam trazê-la de volta. Observar fogos de artifício não chegava aos pés do que ele sentia quando Annie o tocava, quando eles se beijavam, quando ela *respirava* perto dele.

Ele soltou a mão o mais educadamente que pôde.

— Eu já volto.

Afinal, era difícil ir muito longe quando se está em um barco.

Ignorando o peso quase esmagador do olhar de Darcy, ele se virou.

E congelou.

A alguns metros de distância, no centro da plataforma de observação ao lado da escada, ele a viu.

Annie.

A cor dos fogos de artifício refletia em seu rosto e em seu vestido frente única branco. Seu cabelo louro adquiria tons de rosa-choque e roxo, iluminado como fios de fibra ótica. Um estrondo alto encheu o ar, mas nem se comparava ao trovejar dos batimentos de Brendon ecoando na cabeça.

Alguém esbarrou nele com força e ele cambaleou para a frente, parando a vários metros de Annie, mantendo-se longe dela porque... ele só podia estar vendo coisas. Sonhando.

Ela deu um sorriso hesitante que beirava a timidez.

— Você está perdendo os fogos de artifício.

Outro estrondo alto soou atrás dele e seu coração bateu contra o peito.

— Não — disse ele, engolindo em seco e balançando a cabeça. — Não estou, não.

Annie jogou a cabeça para trás e piscou com força para o céu, os cílios batendo na bochecha. Ela fungou forte e riu.

— Você não devia dizer coisas assim.

O nó na garganta dele cresceu até atingir proporções épicas, dificultando a respiração.

— Não?

Annie balançou a cabeça breve e firmemente. Ela estava *ali*. Naquele barco, parada na frente dele, mais linda e estonteante do que qualquer queima de fogos de artifício que ele já presenciara na vida.

Ela ergueu o queixo e os fogos de artifício explodiram em um borrifo brilhante de faíscas estroboscópicas. Azuis, vermelhos, verdes e roxos, todos refletidos nos olhos de Annie. Um arco-íris captado nas partes planas do rosto, apenas para ele. O coração de Brendon começou a bater mais forte, um barulho violento de címbalos e estrondos bombásticos se juntando à sinfonia de estouros pirotécnicos, assobios e crepitações que vinham lá de cima.

Quando Annie piscou, seus olhos brilhavam mais que todos os fogos de artifício. Mais que as estrelas, a lua e as luzes da cidade do outro lado do lago. O coração dele parou quando a notou engolir em seco.

— Não.

Annie balançou a cabeça, continuando a piscar muito rápido.

Brendon deu um passo na direção dela, ganhando confiança enquanto diminuía lentamente a distância entre os dois.

— Não?

Ela endireitou um pouco as costas e levantou o queixo.

— Esse, Brendon, é o meu grande gesto. Vim aqui para deixar você sem ar e aí você vem e diz algo *assim*... Não é justo roubar meu grande momento quando me esforcei tanto...

Brendon segurou o rosto dela e se inclinou, engolindo suas palavras, sorrindo ao senti-la se derreter nele, o corpo inteiro afundando no dele. Ele não tinha certeza de quando atravessara o resto da distância entre os dois, só que o fizera, seus pés o guiando pelo convés, algo em seu peito puxando forte diante da necessidade de estar perto dela. De tocá-la. Ele a segurou perto, determinado a nunca a deixar escapar novamente.

Annie riu contra seus lábios, e Brendon nunca provara nada mais maravilhoso do que a alegria dela. Ele sorriu, mal podendo chamar o que estavam fazendo de um beijo, suas bocas meramente comprimidas enquanto riam.

Annie o empurrou de leve pelo peito, não recuando, mas arqueando as costas e esticando o pescoço para fitá-lo com olhos doces e afetuosos que o deixaram fraco. Brendon quase caiu de joelhos, puxando-a junto para o chão do convés. Os fogos de artifício continuavam a estourar ao fundo, mas ele só sabia disso porque o rosto de Annie continuava a ser banhado de cor.

— Sinto muito? — disse ele, dando de ombros e envolvendo a cintura dela, descansando os dedos nas costas.

— Não, você não sente — decretou Annie, ainda sorrindo.

— É, eu realmente não sinto.

Ele balançou a cabeça, mal acreditando que ela estava ali. Que estava ali e estava sorrindo e que ele a estava tocando. Ele soltou uma risada silenciosa e incrédula.

— Será que você pode me beliscar?

— Isso é um convite? — perguntou Annie, seu sorriso atrevido.

Ela desceu as mãos, enfiando-as no cós da calça jeans de Brendon, avançando em território indecente.

Ele sorriu.

— Você tem permissão para me apalpar sempre que quiser.

Imediatamente, Brendon sentiu um beliscão forte no traseiro.

— Ei!

Por cima do ombro, Margot lançou uma piscadinha atrevida para ele, não mais filmando os fogos de artifício. Em vez disso, sua câmera estava apontada para Brendon e Annie. Ele revirou os olhos e se voltou para a única coisa que importava no momento.

— Você está mesmo aqui.

Annie assentiu.

— O que você está fazendo aqui? — sussurrou ele.

Brendon estava quase com medo demais para perguntar, mas era incapaz de se conter. Incapaz de conter a curiosidade insaciável que o consumia, morrendo de vontade de saber se ela estava aqui para sempre ou se era apenas uma visita. Uma conexão. Um sonho.

Bom demais para ser verdade.

Annie levantou uma das mãos, passando os dedos ao redor do pescoço dele, brincando com seu cabelo. Ela continuava sorrindo, e algo no peito de Brendon explodiu com os fogos que apareceram refletidos nos olhos dela.

— Você não sabia? Eu moro aqui agora.

Ele sufocou uma risada e sentiu uma ardência no canto dos olhos.

— Ah é?

— É.

O sorriso dela se alargou, o branco de seus dentes refletindo o tom de framboesa dos fogos de artifício.

— Moro.

— Quando eu disse que esperava que você estivesse se adaptando...

Annie se inclinou para a frente, encostando o nariz no dele.

— Eu estava. Me adaptando. Aqui.

— Você está morando com a Darce?

Ela balançou a cabeça, as ondas de seu cabelo varrendo os ombros nus de pele dourada.

— Estou morando com a Margot no antigo quarto da Elle.

Brendon virou o rosto, rindo, vendo que Margot ainda estava gravando e com a língua de fora. Ela murmurou um *eca* e soprou um beijo para ele.

Annie estava morando com Margot. Annie morava em Capitol Hill.

Annie morava em Seattle. Annie morava *aqui*.

Seus olhos ardiam.

— Sério?

— Eu sei que disse que você seria o primeiro a saber, mas quis fazer uma surpresa então...

— Eu posso ser o segundo. Ou o terceiro.

Ele tentou piscar e falhou miseravelmente, mas Annie riu mesmo assim.

— Quarto? — Os olhos de Annie dispararam para trás dele. — Foi um esforço conjunto te convencer a vir para cá, mas eu sei... — Ela apertou os lábios, os olhos marejados, fazendo os dele marejarem também. — Eu sei como você gosta de fogos de artifício.

Um canhão de confete explodiu dentro do peito de Brendon.

— Fogos de artifício são legais. Mas nada supera você.

A espera tinha valido a pena. Aquilo tinha valido a pena. Annie valia a pena. Teria valido a pena esperar semanas, meses por ela. Esse sentimento, essa sensação de acerto que vinha do coração, da alma, não tinha prazo de validade. Brendon estava falando a verdade.

Não se pode apressar algo que a gente quer que dure para sempre.

Uma lágrima escorreu pela bochecha de Annie, rápida e furiosa, pingando de seu queixo. Ele aproximou uma mão e passou o polegar sobre a pele delicada de sua pálpebra inferior.

Annie o segurou pelo ombro e fungou, os olhos cheios de lágrimas, o choro transbordando.

O estômago de Brendon deu uma cambalhota.

— O que foi?

Ela soltou uma gargalhada.

— *Nada*, eu só estou... *verklempt*.

O corpo inteiro dele tremeu de tanto rir.

— Você está *verklempt*?

— Shhh.

Ela afastou as mãos dele e esfregou os olhos.

Brendon passou os dedos pelo cabelo dela e a segurou pela nuca.

— Eu não estou tirando sarro de você.

Quando ela o encarou, ele riu.

— Tá bom, eu estou. Um pouco. Mas, principalmente, acho que preciso dizer que se você disser a palavra *verklempt* de novo, e ainda com uma cara séria, vou me apaixonar por você.

Ele acariciou o lóbulo da orelha de Annie, fazendo-a se inclinar para o toque, permitindo que ele embalasse seu rosto na mão.

— Isso foi uma ameaça?

Ele sorriu e puxou-a pela nuca. Mesmo com os lábios quentes de Annie contra os dele, Brendon estremeceu.

— Esteja avisada — murmurou ele.

— *Verklempt* — sussurrou ela, curvando os lábios.

O coração dele disparou.

— É um desafio?

Ela sorriu.

— Um desafio duplo.

— Vou deixar melhor ainda — murmurou ele. — Que tal se eu prometer?

O sorriso de Annie suavizou quando ele descansou a testa na dela.

— Brendon?

— O quê?

— Cala a boca e me beija.

Epílogo

Domingo, 19 de dezembro

— Brendon, você sabe que eu amo andar na Space Mountain quase tanto quanto eu te amo, mas cinco vezes seguidas não é um pouco demais?

Ele fez uma pausa, puxando a gola da camisa, e sorriu para Annie. Não importava quantas vezes ela dissesse aquelas palavras — *eu te amo* —, ele jamais se cansaria. Seu coração, já alojado no fundo da garganta, inflou.

— Só mais uma vez — implorou ele, entrelaçando os dedos nos dela e arrastando-a para a fila sinuosa que crescia rapidamente.

Annie ajeitou as orelhas de Minnie Mouse empoleiradas no topo da cabeça, combinando com as orelhas de Mickey de Brendon, e puxou a bainha do macacão jeans. Ao longo dos últimos três dias na ensolarada Califórnia, sua pele adquirira o mesmo tom dourado do verão. Embora fosse dezembro, as temperaturas estavam sufocantes, e o sol era opressor.

— Só estou dizendo que talvez possamos variar um pouco e voltar mais tarde. Andar em outro brinquedo. Tipo, Piratas do Caribe. Ou na Mansão Assombrada.

Com um sorriso atrevido, ela se aproximou e ficou na ponta dos pés. Brendon se abaixou para deixá-la sussurrar em seu ouvido.

— Eu até posso deixar você fazer o que quiser comigo quando as luzes se apagarem.

Ele levantou as sobrancelhas até a testa, que suava rapidamente, seu couro cabeludo escorrendo. Ele estava perspirando todo.

— Sua safada — decretou ele, piscando o melhor que podia, e falhando.

Ela sorriu.

— Isso é um sim?

Por mais tentadora que fosse a proposta, Brendon já tinha um plano. Um plano que falhara em executar quatro vezes seguidas. Um plano que o faria amaldiçoar a si mesmo se não o executasse direito. Direito não: perfeitamente.

Ele balançou a cabeça e puxou com mais força a gola. Usar duas camisas no calor de Anaheim havia sido má ideia, mas fazia parte do plano. Ele não tinha intenção de usar as duas camisas o dia todo, apenas até fazer o que viera fazer aqui.

— Não? — insistiu Annie, fazendo beicinho. — Brendon, você está falando sério?

— Eu juro que é a última vez — prometeu ele, tanto para ela quanto para si mesmo.

Ele estava se dando uma última chance para fazer aquilo, se recusando a se acovardar novamente.

Annie revirou os olhos, sorrindo para ele com carinho.

— Só mais uma, e depois a gente vai nos brinquedos que eu quiser pela próxima hora, combinado? — disse ela, esbarrando no quadril dele com o dela. — Ou você esqueceu que é meu aniversário?

— Claro que não.

Era aniversário de Annie, e já fazia quase sete meses desde a fatídica viagem a Seattle. Duzentos e três dias desde o primeiro beijo. Sim, ele contou. Quase seis meses desde que Annie se mudara para Seattle permanentemente. Cinco meses desde que ele deixara escapar que a amava e ela respondera timidamente com as mesmas palavras. Também cinco meses desde que ela começara a trabalhar como tradutora freelancer especializada em contratos comerciais, enquanto assumia alguns projetos que a interessava fora da área de especialização. Quatro meses desde que ela desistira de morar com Margot e fora morar com ele, visto que ela passava a maior parte do tempo na casa dele de qualquer forma. Era a escolha mais sensata.

Ele tinha 99,99% de certeza de que ela diria sim, mas era o 0,01% que o fazia suar.

Bom, isso e as duas camisas que ele estava usando.

Ele se inclinou, roçando os lábios na testa dela.

— É claro que não.

Como ele poderia ter esquecido quando reservara aquela viagem como uma surpresa especificamente para o aniversário dela, tirando-a de Seattle para umas férias improvisadas? Férias que, ele esperava, fossem as primeiras de muitas pela eternidade. Férias para lugares muito mais emocionantes do que a Califórnia. Mas ele tinha um objetivo, e a Space Mountain era essencial para alcançá-lo.

— Pode escolher o próximo brinquedo. E eu prometo fazer o que eu quiser com você nele.

Ela jogou a cabeça para trás e riu, fazendo-o sorrir.

— Nossa, que bondade da sua parte.

A fila avançou. Dentro do bolso esquerdo, o celular dele vibrou. Ele o verificou discretamente.

MARGOT (12:32): E aí, já rolou? Hein? Estou morrendo aqui.

Ele reprimiu uma risada.

BRENDON (12:35): Ainda não. Ansiosa para ser minha madrinha?
MARGOT (12:36): Desde que eu possa usar um smoking matador, tô dentro. Agora anda logo com isso!!!! 🤡

Brendon guardou o celular e sentiu os nervos se acalmando, mas apenas por um momento. Quanto mais ele avançava, serpenteando pela fila sinuosa, mais difícil achava ficar parado. Ele se balançava para a frente e para trás, mais ansioso que o grupo de criancinhas vários passos à frente. Brendon passava os dedos pelo cabelo úmido e puxava a gola novamente, o suor escorrendo pelo couro cabeludo e pela nuca, encharcando as duas camadas. Já dava para sentir as manchas de suor nas axilas, pelo amor de Deus. Mas ele não podia mais recuar. Não quando tinha chegado tão longe, tão perto.

Assim que acabasse, ele precisaria de um galão de água para se reidratar. Mais que isso, ele precisaria de alguma coisa com eletrólitos também, um Gatorade, sei lá. Todo aquele estresse devia estar causando um estrago na sua contagem de vitaminas do complexo B.

— Ei. — Annie puxou a manga de Brendon, a testa franzida de preocupação. — Tira uma das blusas. Eu juro que ninguém precisa de duas camisas quando está fazendo mais de 28 graus.

— Estou bem — mentiu ele, ajeitando a gola da camisa de cambraia. — É uma estética, Annie.

Ela o olhou como se ele tivesse enlouquecido, mas sorriu afavelmente.

— Você é tão esquisito.
— Mas você me ama mesmo assim.

Ela sorriu para ele.

— Devo ser tão esquisita quanto você, porque sim, eu amo.

Eu amo.

Ele jogou os ombros para trás e avançou mais um passo quando a fila andou. Ele podia fazer aquilo. Mais cinco minutos arriscando uma insolação e... Dane-se, ele pensaria no resto quando chegasse a hora.

Talvez fosse a sensação dos dedos de Annie entrelaçados aos dele, seu polegar fazendo círculos suaves no dorso da mão dele, mas o tempo voou até o atendente chamar os dois, gesticulando para que ocupassem os dois primeiros assentos no carrinho. Ele deixou Annie entrar primeiro e a seguiu, puxando a barra de segurança por cima dos ombros.

Foi naquele momento que ele empacara nas últimas quatro vezes que os dois andaram no brinquedo. Bastava desabotoar a camisa, revelando a camiseta por baixo. A camiseta estampada com uma pergunta muito importante, preparada só para aquela ocasião.

Enquanto Annie se preocupava com as barras de segurança, ele alcançou o primeiro botão da camisa com os dedos trêmulos, respirou fundo e abriu a camisa toda, tomando cuidado para manter a mensagem escondida até os dois dispararem pela escuridão.

O carrinho começou a se mover e Annie estendeu a mão, segurando a dele. Ele apertou de volta e, com a mão direita, ajeitou a camisa para que as palavras embaixo pudessem ser vistas. Não por Annie, mas pela câmera escondida, onde quer que ficasse localizada, a mesma que tirava uma foto de quem andava no brinquedo.

Quando a montanha-russa subiu os trilhos e despencou no abismo escuro, Brendon rezou para não parecer enjoado demais. Annie tinha razão; cinco vezes era meio excessivo. Por mais que ele adorasse montanhas-russas, por mais que ele adorasse *aquela* montanha-russa, andar nela tantas vezes seguidas era mais cruel para seu corpo hoje em dia do que quando ele era criança. Seu sistema nervoso também não estava ajudando no enjoo.

Na primeira queda, com o carrinho ziguezagueando ao longo dos trilhos, o aperto de Annie na mão dele se intensificou, estrangulando seus dedos. Brendon apertou de volta e fechou os olhos com força, sorrindo apesar da agitação e ansiedade na barriga. Não havia como voltar atrás agora. Não que ele quisesse. Ele nunca quis voltar atrás. Não quando o caminho à frente era com Annie.

No que pareceu um piscar de olhos, o carrinho desacelerou até parar e atracar no mesmo local onde os dois entraram. Saindo pela esquerda em vez da direita, Brendon abotoou a camisa ao acaso, desencontrando os botões e não dando a mínima, porque em alguns minutos ele poderia tirar aquela coisa e enfiá-la com o resto de seus pertences no armário que alugara.

Na lojinha de presentes, Annie virou à direita rumo à saída, mas Brendon fechou os dedos ao redor do pulso dela, impedindo-a de sair. Ela o olhou curiosa.

— Não quer ver a nossa foto? — perguntou ele, umedecendo os lábios repentinamente ressecados.

Ela torceu o nariz.

— A que tiram no brinquedo? Brendon, essas fotos custam uma fortuna e ninguém nunca parece nem um pouco decente. Elas são sempre humilhantes e ficam borradas. Eu prefiro não ser imortalizada gritando em um papel fotográfico superfaturado.

Não, não. Annie tinha que ver a foto. Era crucial. Ele deu uma olhada rápida para trás, na direção das telas. Uma mensagem dizendo "Carregando, por favor, aguardem" piscava nos monitores. Ele engoliu em seco e se virou para ela.

— Vamos pelo menos dar uma olhada. Não precisamos comprar se não quisermos.

Com um revirar de olhos bem-humorado, Annie assentiu e o seguiu até o balcão onde as fotos digitais estavam sendo processadas. Ainda bem que ela soltou a mão dele para se apoiar no balcão, porque as palmas já estavam começando a suar de novo, pior do que antes. Com o movimento mais indiferente que conseguiu, Brendon enfiou as mãos dentro dos bolsos da bermuda cargo e verificou quatro vezes se a caixa de veludo que havia guardado naquela manhã ainda estava lá. Conferir se, apesar do fecho de botão, não havia voado durante a atração, perdendo-se para sempre, ou ao menos até um dos técnicos do parque poder recuperá-la para ele.

Lá estava. Ele esfregou o polegar sobre o veludo macio e tentou controlar a respiração enquanto as fotos começavam a aparecer em seus respectivos monitores.

— Cadê a nossa? — Annie se inclinou mais perto, os olhos passando de uma tela para outra. — Não estou vendo a gente em lugar nenhum.

Ele procurou e... lá estavam eles. Bem no centro; Annie simplesmente não tinha notado ainda. Enquanto ela se ocupava procurando, Brendon tirou a caixa do bolso com a mão trêmula, e a abriu.

Ela arregalou os olhos azuis e deu um pulinho.

— Achei! Meu Deus, meu cabelo está todo...

E, nesse momento, ela congelou por inteiro, exceto pelos olhos brilhando e o queixo caindo.

Ali, na tela, claro como o dia, em preto e branco, a camisa de Brendon dizia: *Casa comigo?*

Ele se ajoelhou, cambaleando e perdendo brevemente o equilíbrio até cair com os dois joelhos no chão.

Era agora.

Ele conseguiu dar uma respiração profunda que chacoalhou a garganta.

— Annie Kyriakos...

— Sim — disparou ela, rapidamente cobrindo a boca com uma mão.

O riso cresceu dentro do peito dele.

— *Annie*. Eu... eu tinha um discurso.

Os olhos dela dobraram de tamanho e, por trás da palma da mão, ela bufou.

— Nossa, desculpa? Fala...

Brendon assentiu e... teve um branco. Ele esqueceu completamente o que ia dizer, sua mente simplesmente se esvaziou. Ela disse sim e todas aquelas palavras cuidadosamente ensaiadas voaram longe. Ele tinha praticado na frente do espelho por semanas, no chuveiro... Sempre que Annie não estava por perto, ele repassava o que queria dizer. Convencera até Margot a ouvir, e agora... nada. Seu cérebro tinha travado no pior momento possível.

Ele abaixou o queixo, rindo da ironia. Como é que ele, alguém cujo hobby era assistir a propostas de casamento que viralizaram no YouTube, podia simplesmente esquecer tudo o que tinha planejado dizer? Todos os detalhes. Sobre como ela o fazia rir, como ela o fazia querer ser melhor, como ela o fazia se sentir capaz de conquistar o mundo, só que de forma muito, muito mais eloquente que isso? O *sim* veemente de Annie tinha feito aquilo, e Brendon não podia sentir um único grama de indignação porque puta merda. Ela disse sim.

— Esqueci o que eu queria dizer — confessou, as pontas das orelhas queimando mesmo com as bochechas doendo de tanto sorrir.

Annie jogou a cabeça para trás e riu.

— Levanta e me dá minha maldita aliança, Brendon.

Com as pernas ainda tremendo, ele se levantou e abriu a caixa, revelando um anel de diamante marquesa da década de

1930 que Elle e Darcy o ajudaram a escolher em uma das lojas de antiguidades favoritas de Annie.

— Puta merda — disse ela.

Annie balançou o dedo ansiosamente e deu outra gargalhada quando Brendon deslizou a aliança ali.

Em vez de soltar sua mão e deixá-la admirar a nova joia, ele a segurou firme, olhando-a nos olhos. Ele não conseguia se lembrar de tudo o que tinha planejado dizer, mas se lembrava de uma coisa.

— Annie, eu prometo ter sempre um copo pronto para você fazer xixi na roda-gigante. — Ele sorriu quando Annie bufou e ficou vermelha, abaixando o queixo. — Prometo sempre manter seu estoque de tiras Respire Bem e prometo nunca regar demais nossas suculentas. — Ele pousou a mão livre no rosto dela, segurando seu queixo. — Eu prometo...

— Peraí, isso são votos. — Annie sorriu para ele, com os olhos ficando embaçados e semicerrados nos cantos, e não pelo sol forte do meio-dia. — Melhor guardar para o dia do casamento, não?

Casamento. *Puta merda* era pouco. Ele ia se casar com Annie Kyriakos, a garota que superava em muito seus sonhos mais loucos.

— Opa? — Brendon riu e passou o polegar pela curva da bochecha dela, seu peito doendo de tanto amor. — Annie, conhecer e amar você, ser amado por você, me tornou um homem melhor de mais formas do que sou capaz de calcular. Você me tornou a pessoa mais sortuda do planeta. Não, do universo. Chame de votos se quiser, mas eu queria dizer que prometo sempre te amar. Prometo sempre me esforçar. Prometo nunca parar de dar tudo de mim, mesmo quando você colocar o papel higiênico no suporte do jeito errado.

— É para puxar por cima, seu monstro!

O sorriso dele se suavizou, assim como o dela.

— E prometo que vamos viajar para um lugar muito melhor na nossa lua de mel do que a Disney.

Ela torceu o nariz e sorriu.

— Hum, que tal a Euro Disney em Paris?

Ele a levaria até a lua se isso a fizesse feliz.

Agradecimentos

Eu me sinto tão feliz por ter uma abundância de pessoas incríveis a quem agradecer por ajudar este livro a se tornar realidade.

À minha incrível agente, Sarah Younger, obrigada, obrigada, *obrigada* por tudo que você faz. Tenho muita sorte de ter você ao meu lado. Agradeço à minha fabulosa editora, Nicole Fischer, por me ajudar a aperfeiçoar este livro. Você não tem ideia do quanto estimo sua paciência, orientação e valorizo seus comentários.

Obrigada a toda a equipe da Avon/Harper Collins por tornar meus sonhos realidade. E um agradecimento muito especial à equipe do Harper Library Lovefest por serem apoiadores tão eloquentes e fiéis de *Presságios do amor*. Foi um prazer conhecê-los na PLA Conference!

Dizem que escrever é um trabalho solitário e, em 2020, isso se mostrou especialmente verdadeiro. Para minha sorte, tenho o maior grupo de amigos com quem contar. Rompire, seu apoio inabalável significa o mundo para mim. Anna, Amy, Em, Julia, Lana, Lisa e Megan, podemos estar espalhadas por todo o país, mas vocês foram meu farol este ano. Obrigada por serem minhas líderes de torcida, terapeutas e sempre estarem lá quando preciso de um brainstorming. Torço para que em breve a gente possa se reunir e fazer um retiro de escrita ao vivo.

Aos debutantes de 2020, obrigada pela gentileza, apoio e piedade. Estrear em 2020 foi uma experiência única, para dizer o mínimo, mas sou grata por estar na mesma turma de autores tão talentosos. Estou muito feliz por todos vocês e mal posso esperar para ver o que está reservado para todos nós!

Mãe, obrigada por ser minha rocha e sempre, sem falta, me apoiar. Você é minha maior fã e apoiadora desde o primeiro dia, e é impossível encontrar palavras que façam jus ao meu amor e gratidão por você. Você é a melhor pessoa que eu conheço.

Também não posso deixar de mencionar meu bebê de quatro patas, Samantha. Obrigada por ser uma fonte inesgotável de alegria e riso em minha vida, e por destruir só *metade* dos meus cadernos. Eu não estava planejando usá-los de qualquer maneira.

Por último, mas não menos importante, quero agradecer aos meus leitores. Existem tantos livros maravilhosos no mundo, e o fato de vocês terem reservado um tempo para ler o meu significa tudo para mim. Meu desejo mais sincero é que minhas palavras proporcionem um escape, um abraço caloroso e um sopro de esperança a quem precisar.

Este livro foi impresso pela Cruzado, em 2023, para a Harlequin. O papel do miolo é pólen natural 70g/m², e o da capa é cartão 250g/m².